Verdun

DU MÊME AUTEUR

Aux Editions Flammarion

LES HOMMES DE BONNE VOLONTÉ

ROMAN

ESSAIS

CELA DÉPEND DE VOUS.
PROBLÈMES EUROPÉENS.
LE COUPLE FRANCE-ALLEMAGNE.
VISITE AUX AMÉRICAINS.
ZOLA ET SON EXEMPLE. Discours de Médan.

POÉSIE

L'HOMME BLANC.

Aux éditions de la N. R. F. :

ROMANS

MORT DE QUELQU'UN.
LES COPAINS.
PSYCHÉ I. LUCIENNE.
II. LE DIEU DES CORPS.
III. QUAND LE NAVIRE...

CONTES ET ESSAIS

LE VIN BLANC DE LA VILLETTE.
LE BOURG RÉGÉNÉRÉ.
POUR L'ESPRIT ET LA LIBERTÉ.
DONOGOO-TONKA.
PUISSANCES DE PARIS.

POÉSIE

LA VIE UNANIME.
ODES ET PRIÈRES.
LE VOYAGE DES AMANTS.
CHANTS DES DIX ANNÉES.
UN ÊTRE EN MARCHE.
PETIT TRAITÉ DE VERSIFICATION (en collaboration avec Georges Chennevière).

THÉATRE

Tome I. KNOCK. M. LE TROUHADEC.
Tome II. LE MARIAGE DE LE TROUHADEC. LA SCINTILLANTE.
Tome III. CROMEDEYRE-LE-VIEIL. AMÉDÉE.
Tome IV. LE DICTATEUR. DÉMÉTRIOS.
Tome V. VOLPONE (en coll. avec S. Zweig). LE DÉJEUNER MAROCAIN.
Tome VI. MUSSE. JEAN LE MAUFRANC.
Tome VII. BOËN. DONOGOO.

Chez d'autres éditeurs :

LA VÉRITÉ EN BOUTEILLES (Trémois).

JULES ROMAINS

LES HOMMES DE BONNE VOLONTÉ

XVI

Verdun

EDITIONS DE LA MAISON FRANÇAISE, Inc.
610 Fifth Avenue, New York, N. Y.

La présente réimpression, autorisée et revue par
l'auteur, a été effectuée à New York, exclusivement
pour répondre aux demandes du public que l'inter-
ruption des relations commerciales avec la France
empêchait de satisfaire, et pour travailler ainsi à
maintenir la diffusion du livre français. Les exemplaires de cette édition ne pourront être mis en
vente que dans les pays où les libraires, ayant
épuisé leurs stocks, ne sont plus à même d'être
ravitaillés par la France, et pour le temps où durera
cette impossibilité. Dans tous les autres cas, les
seuls exemplaires dont la vente soit autorisée
restent ceux des Editions Flammarion.

PQ
2635
O52
H6
1932
V.16

61481

Droits de traduction, de reproduction et d'adaptation
réservés pour tous les pays.
Copyright 1938,
by ERNEST FLAMMARION.

Verdun

I

21 FÉVRIER AU MATIN

A sept heures, le lundi 21 février, le commandant
Gastaldi sortit de son P. C., accompagné du sous-
lieutenant Mazel, pour aller faire le tour de la première ligne et voir où en étaient les travaux de la
nuit précédente. Il avait pris, dès son arrivée dans
le secteur, l'habitude de cette tournée matinale,
où il trouvait même, quand le temps était assez
beau, un certain agrément. Or, dans les trois derniers jours, le temps s'était rétabli, et, ce matin-
là, il s'annonçait magnifique. Il gelait juste assez
pour maintenir à l'état de dureté convenable la
légère couche de neige qui recouvrait le sol. Il
y avait aussi de la neige à toutes les branches des
arbres, et elle commençait à scintiller dans la traînée horizontale du soleil, qui s'était levé depuis
un bon quart d'heure. Le vent continuait à souffler
de l'est, piquant, mais pas trop vif. Il apportait
les bruits du côté de la forêt de Spincourt, c'est-
à-dire de chez l'ennemi ; bruits peu remarquables
pour le moment, à peine plus inquiétants que ceux
d'une bourgade au loin qui s'éveille.

Un des petits plaisirs du commandant était de

s'apercevoir chaque matin du nouveau gain que le
jour avait fait sur la nuit.

— La semaine prochaine » dit-il à Mazel, « si
nous sommes encore ici, il faudra nous mettre en
route une demi-heure plus tôt.

Ils prirent par la lisière est du bois de Champneuville, puis, en suivant le contour que dessinait
le canton du bois de Ville qu'on appelait assez
bizarrement le bois Vendu, ils se dirigèrent vers
la partie de la lisière nord-est nommée les Rappes,
et qui formait de ce côté-là la limite du Centre de
Résistance confié au bataillon.

Le commandant se serait volontiers abandonné à
la bonne humeur que lui inspirait cette allègre
matinée, et il n'avait pas besoin de se forcer pour
répondre très cordialement au bonjour des hommes
qu'il entrevoyait dans leurs trous ou leurs cagnas,
occupés à boire leur « jus ». Mais sans donner
comme certains dans le pessimisme, il était difficile
de ne pas se sentir tant soit peu tarabusté par tous
les mauvais bruits qui couraient depuis quelques
jours : « Les Boches vont nous attaquer. Vous
verrez. Maintenant que le temps s'est remis au
beau, ça ne traînera pas. » Tel était le refrain que
les gens ne cessaient de vous répéter. La veille
encore, un sergent, venu de l'Herbebois, avait
versé du noir : « Il y a beaucoup de remue-ménage
chez les Boches, à l'entrée d'Azannes... On a vu
de grandes flammes avant-hier, et de la fumée, au-
dessus du village. On ne sait pas ce que c'est. Mais
c'est sûrement un sale truc qu'ils essayent... Depuis
que le vent souffle de l'est, on entend des trains
rouler toute la journée dans la forêt de Spincourt.
Et puis il paraît que pour l'état-major, ce qu'il y a
de plus inquiétant que tout le reste, c'est le silence
presque complet de l'artillerie ennemie, qu'on
n'arrive pas à émoustiller, malgré les obus qu'on

a fait pleuvoir sur elle à divers moments de ces
jours-ci. » Il est vrai que s'il fallait constamment se
tourmenter pour les malheurs qui peuvent arriver,
on ne vivrait pas, surtout au front.

En passant à la Grand'Garde 1, il cria :

— Hé ! Raoul ! Vous êtes là ? Ouste ! On vous
emmène.

Le lieutenant Raoul sortit de son trou, en ache-
vant de boucler la sacoche de son browning.

Les trois hommes continuèrent vers les Rappes
en bavardant.

— Ce serait un joli matin pour partir pour la
chasse » déclara Gastaldi.

Ils parlèrent de chasse. Il fut question des avantages et des inconvénients de la neige — une aimable petite neige au sol, et point la tourmente,
bien entendu — pour les chasseurs. Le problème
variait selon le gibier. Chacun des trois hommes
tenait à faire preuve d'une compétence vétilleuse.

Ils venaient de franchir l'intervalle entre les ouvrages 8 et 10, et ils avançaient à travers la broussaille vers les ouvrages 8 bis et 9, lorsque :
« Boum ! » il y eut un coup de canon à l'est. Ils
s'arrêtèrent tous trois, comme au commandement.
Le coup était assez fort ; ce devait être un moyen
calibre, peut-être un 150. Le bruit empruntait en
outre quelque solennité au calme de ce matin de
février pimpant qu'il venait de rompre. Il s'écoula
ainsi une fraction de temps difficile à apprécier.
Les trois hommes n'échangèrent aucune parole.

Soudain, « Boum, ban, ban, ran, ran, ranran-
ran... » une immense traînée de détonations,
comme si un cordon de mine allumait des milliers
de charges disposées sur un quart de cercle de l'horizon nord-nord-est. Et presque aussitôt des explosions toutes proches, des éclatements d'obus dans
l'air, dans les branches, dans la terre ; des mor-

ceaux de fonte, de bois ; des paquets de terre ; des
cailloux qui volent au-dessus de vos têtes ; de
grosses fumées qui jaillissent de vingt endroits à
la ronde ; un tremblement général du sol ; l'air
tout entier qui prend l'odeur d'une culasse de canon chaude qu'on vient d'ouvrir.

— Vite, dans le trou, là-bas ! » cria le commandant Gastaldi.

Ils se jetèrent tous trois, pendant que le ciel
continuait à se démolir au-dessus d'eux, dans un
abri fraîchement creusé. Ils y trouvèrent deux
hommes qui les accueillirent avec des yeux déjà
hagards.

Le trou était profond, et descendait assez bas
sous une butte naturelle que formait le sol. Au
fond et à gauche, une sape non terminée était
destinée à ouvrir un jour, à flanc de coteau, vers
la courbe de niveau 300 ; ce qui donnerait une
vue dans la direction de Ville. Mais l'issue n'était
pas encore pratiquée. Il fallait donc se contenter
de demeurer dans cette poche ténébreuse, sans
rien voir de ce qui se passait au dehors, sauf —
si l'on avançait vers la sortie tournée du côté intérieur des lignes — un rond de sous-bois et de ciel,
où se faisaient des passages d'éclats et de débris,
des jets de terre ou de fumée, des cassements de
branches les unes derrière les autres, aussi loin que
l'œil pouvait atteindre ; et tout un poudroiement
de neige secouée, qui, dans le soleil matinal, gardait un aspect précieux, amusant, comme une
atmosphère truquée de féerie enfantine.

— Ça, c'est le marmitage des grands jours, ou
je ne m'y connais pas », dit Gastaldi à ses compagnons.

C'était la première phrase qu'il prononçait depuis leur arrivée dans le trou. Le vacarme qui parvenait à l'intérieur du sol était assez violent pour

qu'on eût de la peine à s'entendre. Que se dire au surplus ? Des choses peu encourageantes. Chacun était capable de les trouver tout seul.

« Nous encore » pensait Gastaldi, « dans ce trou, ça pourrait aller, au moins pour un certain temps... Évidemment, il suffirait d'un 210 bien placé, dans les deux premiers mètres de l'entrée, pour nous enterrer vivants... Mais ce serait un coup de déveine. A part ça, l'abri est bon... Ce qui m'ennuie, c'est d'être pris là-dedans, pendant que mon bataillon reçoit cette avalanche sur le crâne... »

Il dit à Mazel :

— C'est embêtant... Ils vont me chercher partout... Ils ne vont pas vous trouver non plus... Peut-être qu'aussi la brigade va téléphoner pour savoir ce qui se passe par ici.

— Si ça ce calmait un peu » répondit Mazel après avoir regardé par l'orifice, « j'essayerais de faire un bond au moins jusqu'au P. C. du capitaine Leriche... Mais en ce moment !

— Il n'est pas question de ça ! Ce serait de la folie.

Ils laissèrent passer un quart d'heure, une demi-heure, sans presque ouvrir la bouche. Parfois, lorsqu'un coup plus violent ou plus proche venait d'ébranler la paroi du réduit, ou de faire tomber de la voûte une poignée de terre, ils grommelaient une interjection : « Pan ! », « Zut ! », « Nom de Dieu ! » Ils avaient les entrailles crispées par l'attente du 210 ou du 280 qui pour eux serait le point final de l'aventure. Mais cette peur, dont ils n'essayaient pas de se défendre, ne les empêchait pas d'être ennuyés exactement de la même façon que l'employé, qu'une grosse averse a surpris sur le chemin de son travail, et qui, abrité sous une porte cochère, ne cesse de se dire : « Quel empoi-

sonnement ! Je vais être terriblement en retard.
Vous verrez que le patron m'aura juste fait appeler pendant ce temps-là. Et peut-être que
l'averse est surtout forte par ici. Ils trouveront là-
bas que j'ai eu vraiment peur de me mouiller. »

— Quelle heure avez-vous ? » cria Gastaldi.

— Neuf heures moins cinq, mon commandant,
je crois... » répondit Mazel.

— Moi, j'ai neuf heures moins deux » fit le
lieutenant Raoul.

— Alors c'est bien ça ! Je pensais que ma
montre était détraquée. A quelle heure ça a-t-il
commencé ?

— Je ne sais pas, mon commandant... Il devait
être entre sept heures quinze et sept heures et
demie...

— Plus près de quinze que de la demie » dit
Raoul.

— Voilà donc plus d'une heure et demie que ça
dure ! Je suis peut-être abruti. Mais j'ai l'impression que ça tape toujours aussi fort. Pas vous ?

— Oh ! si, mon commandant » dit Mazel.

— Il n'y a pas de raison » fit observer Raoul,
« si c'est un tir de préparation avant une grande
attaque, pour qu'ils s'arrêtent de si tôt... Il paraît
qu'hier un déserteur a dit à la brigade qu'avant
l'attaque il y aurait un bombardement de cent
heures.

— Cent heures ! Vous êtes gai, vous ! » grogna
Gastaldi en haussant les épaules. « En tout cas,
nous voilà propres.

Le capitaine de réserve Pierre Lafeuille, attaché
à l'État-Major du 30e Corps, avait quitté Souville

dès cinq heures quarante du matin. Il avait pour
mission de procéder, durant toute la journée, à
une reconnaissance générale du secteur de la 72e Division, plus spécialement de la région comprise
entre le Bois d'Haumont et le Bois des Caures. Il
était invité, s'il se présentait quelque urgence, à
téléphoner ses observations en cours de route.

Il s'était fait conduire en auto jusqu'à Louvemont par un camarade qui avait affaire auprès
de l'État-Major de la 51e. De là il était parti seul,
à pied, le nez sur sa carte que les premières clartés
de l'aube lui permettaient de lire. Il comptait
joindre d'abord la route de Vacherauville à Ville ;
monter de là jusqu'à Mormont Ferme, où se te-
naient le P. C. et la réserve du Sous-Secteur. Il se
ferait servir à Mormont Ferme son petit déjeuner
(pour compléter le café noir qu'il avait pris à Souville). Puis il gagnerait la corne sud-ouest du
bois des Caures ; de là, il atteindrait le bois d'Haumont, par le ravin, pour revenir ensuite sur Hau-
mont-village, ou l'inverse, selon l'heure qu'il
serait, et l'opportunité. Il verrait de même s'il
aurait le temps de pousser jusqu'à Brabant, ou s'il
redescendrait directement sur Samogneux. A Samogneux, il trouverait sans difficulté un véhicule pour
Verdun ; à Verdun, un véhicule pour Souville. La
partie pédestre du circuit était assez longue. Mais
elle aussi pourrait être abrégée, grâce à quelque
camion ou voiture régimentaire de rencontre sur
laquelle on ferait un bout de chemin.

Effectivement, à peine avait-il quitté Louvemont,
où son camarade l'avait déposé peu après six
heures, qu'il fut rattrapé par une camionnette
Ford qui elle aussi allait à Mormont Ferme. Le
trajet ne lui prit ainsi qu'une quinzaine de minutes.

Il mangea rapidement un morceau à l'une des

popotes de Mormont, recueillit quelques renseignements au passage, et partit pour le Bois des Caures
à six heures quarante, c'est-à-dire vers le moment
où le soleil se levait.

Une vague idée, où il entrait peut-être quelque
prudence personnelle, le détourna de prendre par
le plus droit, qui était le chemin de crête, ou
encore, à la rigueur, la Ferme d'Anglemont, pour
aller rejoindre, à cent mètres au-dessous, le chemin du ravin qui monte vers la lisière nord-ouest
du Bois des Caures.

Le crochet était long. Lafeuille y perdit assez de
temps, et il commençait à se faire des reproches.

Il était arrivé au fond du ravin, et il identifiait
le chemin à un trait qu'il avait sur sa carte avec
celui qui se présentait devant lui, lorsque retentit
le premier coup de canon.

Il releva la tête, en se défendant d'une légère
angoisse, prêta l'oreille. Tout l'horizon du nord-est
se mit à craquer. L'impression était moins immédiatement accablante que pour Gastaldi et ses
compagnons. Mais les dimensions de l'événement
se laissaient plus vite saisir. On le voyait s'abattre
sur tout ce pays de collines et de bois saupoudrés
de neige. Les griffes de la catastrophe, en s'enfon-
çant, couvraient des kilomètres, tant en largeur
qu'en profondeur. C'était en avant et sur la droite,
entre ce fond de ravin et les premières lignes, dans
toute la région formée par le Bois d'Haumont, le
Bois des Caures, le Bois de Ville, la Wavrille,
l'Herbebois, plus loin peut-être encore à l'est, que
l'on entendait crouler continûment la plus grande
densité de tonnerre. Plusieurs centaines de pièces
d'artillerie de campagne devaient être entrées en
action à la fois. Mais sur les côtés, en arrière, sur
les croupes boisées qui fermaient l'horizon au sud,
de gros obus allaient éclater. Lafeuille voyait mon-

ter leurs fumées coup sur coup ; et comme chacune
naissait bien avant que la précédente ne fût dis-
sipée, le cirque confus des bois était planté de
torches laiteuses, de plus en plus rapprochées l'une
de l'autre. Des obus encore plus gros sillonnaient
le haut du ciel, où leurs gémissements et ferraille-
ments se détachaient à peine sur le grondement
d'alentour ; et l'on devinait que, passant par-dessus
les hauteurs visibles, ils allaient tomber bien plus
loin, sur les pentes et dans les ravins de l'arrière,
sur Louvemont, sur la Côte du Poivre, plus loin
encore, sur les boucles de la Meuse, sur les villages
de la vallée, sur Verdun.

Pierre Lafeuille se sentait, dans la même minute, tout à fait lucide et complètement idiot. Sa
lucidité consistait à ne rien laisser perdre, ni tourner en brouhaha fantasmagorique, de ce qui se passait autour de lui. Son idiotie consistait à ne pas
être capable de la moindre décision en ce qui
regardait le salut de sa propre personne ; à ne pas
même entrevoir le commencement d'une réaction
raisonnable. Elle se traduisait encore par un rabâ-
chage intérieur, dont il mesurait toute la sottise,
mais sur lequel il n'avait pas plus d'autorité que
s'il avait été contraint à l'entendre de la bouche
d'un camarade stupide collé à lui : « Tu trembles
comme la feuille... Tu t'appelles Lafeuille et tu
trembles comme la feuille... » A la vérité, il ne
tremblait pas. Il était plutôt privé de chaleur et
paralysé.

Il finit par découvrir qu'à une trentaine de
mètres de lui, en contrebas, il y avait, sous une
assez grande épaisseur de talus et de buissons, un
renfoncement à l'abri duquel un homme devait
pouvoir se blottir. Il y courut en deux ou trois
bonds, interrompant sa course pour se coller
contre la terre, quand il croyait qu'un obus allait

éclater dans son voisinage, et d'ailleurs chaque fois
avec une faute grossière d'appréciation.

Quand il fut pelotonné dans son renfoncement,
il se fit une idée plus pondérée de la situation, et
des chances qu'elle lui accordait. Il constata que,
dans le cercle d'horizon que ses yeux pouvaient
atteindre, et qui n'était pas très vaste, il tombait
bon nombre d'obus ; mais que, comme ces obus,
chargés de battre une certaine zone, ne visaient
spécialement aucun point, et provenant de batteries différentes, n'avaient pas la même ligne de
tir, leurs chutes se répartissaient presque parfaitement au hasard. Chaque point n'avait donc que
très peu de chances d'être frappé, le bombardement dût-il durer avec la même densité pendant
plusieurs heures. Il n'était pas même absurde
d'envisager des changements individuels de place
— quelque chose comme un itinéraire à poursuivre
— dans cette honorable restitution de l'enfer. Les
précautions ordinaires — se coucher à plat ventre,
utiliser des trous, des renflements de sol, etc... —
n'étaient probablement pas d'une grande efficacité.
Car le tumulte était trop abasourdissant pour qu'on
pût se flatter de voir venir un coup parmi les
autres. Et des obus de cette dimension pouvaient
vous nettoyer même d'assez loin, leurs éclats dé-
crire des courbes très amples et aller vous chercher
dans un creux. De gros obus fusants, qui explo-
saient très haut, achevaient de rendre illusoires les
abris d'occasion. Il valait mieux accepter carrément son risque. La seule précaution raisonnable
était de ne pas se rapprocher du cœur de la catastrophe, que désignait, dans le tonnerre général,
un grondement plus dru : les bois du nord et du
nord-est. C'était encore d'utiliser le plus possible les contre-pentes.

Il en vint à penser qu'il ferait bien de cheminer

vers Haumont en contournant par le sud la croupe qui le supporte. Il se représentait déjà son arrivée à Haumont, la façon dont il dirait : « Mais oui, je viens de Mormont Ferme... — Tout seul ? — Mon Dieu oui... j'ai même rencontré peu de monde sur la route. — Et vous venez à travers ce bombardement ? — Dame... on avait oublié de me creuser un tunnel... » Et il demanderait du ton le plus naturel le téléphone, pour rendre compte au Corps d'Armée du début de sa mission.

Il partit donc, en profitant de ce qui lui sembla une légère accalmie locale du marmitage. Il se tenait peu au-dessus du fond du ravin. Mais il vit éclater sur le bas de la pente opposée des obus dont la fumée lui parut suspecte. Cette fumée, au lieu de s'élever, tendait à se répandre vers le fond ; et Lafeuille croyait sentir un premier picotement dans sa gorge et ses narines. « Des gaz ? Il ne me manquait plus que ça. » Il remonta la pente en biais à travers la broussaille. Soudain, il tomba sur une petite organisation. Un détachement du 165ᵉ occupait là, dans les bois, un système de tranchées, d'ailleurs rudimentaire. Tout le monde était terré. Lafeuille découvrit non sans difficulté l'abri du chef de détachement, qui était un capitaine.

— D'où sortez-vous ? » lui dit l'autre.

Lafeuille conta son aventure, laconiquement. Il s'émerveillait de son propre flegme.

Il demanda des renseignements. L'autre lui confirma ce que Lafeuille ne savait que trop sur l'heure de déclenchement du marmitage, et l'intensité que tout de suite il avait atteinte. Mais il ajouta quelques indications qui avaient leur intérêt. Entre 7 heures 25 et 8 heures, sa liaison avec le bois d'Haumont était restée bonne. Le bataillon lui avait prescrit de se tenir en alerte pour le

moment où l'ennemi attaquerait. Il avait appris
que le bombardement du bois, après avoir commencé par des percutants et des fusants, s'était
continué par des percutants seulement. Il avait recueilli une estafette qui était partie du bois des
Caures dans la direction de Mormont Ferme, mais
qui, affolée par les obus, s'était trompée de chemin. D'après l'estafette, le marmitage, au Bois des
Caures, avait débuté par une violente rafale de
minenwerfer sur les premières lignes ; ensuite
étaient venus, pêle-mêle, des 77, des 150, des 210.
Mais la particularité la plus notable, pour le
Bois d'Haumont comme pour le Bois des Caures,
c'était, outre la violence du feu, le fait que l'artillerie ennemie, au lieu de concentrer son tir sur les
seules premières lignes, cherchait visiblement à
encadrer certains objectifs, à les isoler. Pendant
qu'elle pilonnait les lisières nord de ces deux bois,
pour y détruire toutes les organisations et en écraser les défenseurs sous les décombres de leurs
abris, elle arrosait d'un tir aussi dense les lisières
sud, c'est-à-dire l'endroit par où le commandement
français aurait à faire passer les renforts. Les bois
bombardés devenaient donc à la fois impossibles à
tenir et impossibles à secourir. Impossibles même à
évacuer, pour le cas où l'on en aurait eu envie ; ce
qui ne laissait d'autre perspective que l'écrabouillement passif des unités de première ligne. Les malheureux n'auraient même pas besoin de faire appel
à leur courage pour ne pas lâcher pied. Se replier
vers l'arrière à travers les bois criblés d'explosions
était encore plus effrayant, eût demandé encore
plus d'énergie désespérée, que de rester blotti
dans ses trous en attendant la mort.

— Nous encore » criait le capitaine à l'oreille
de Lafeuille, « nous aurions pu nous replier, si
nous en avions reçu l'ordre. Mais je parie qu'à un

kilomètre en avant, c'est-à-dire juste en deçà de la crête, on ne pourrait déjà plus. » Leur conversation avait lieu dans une rumeur assourdissante. L'un comme l'autre commençaient de s'y habituer. « D'ailleurs, reprit le capitaine, je ne risque pas d'en recevoir l'ordre. Je suis coupé avec tout le monde.

C'était d'abord le Bois d'Haumont qui n'avait plus donné signe de vie. Quelques minutes après, le capitaine avait reçu des appels pressants de la brigade : « Êtes-vous en liaison avec le Bois d'Haumont ? Il ne nous répond plus. Qu'est-ce qui se passe ? Faites l'impossible pour avoir des nouvelles. Dès que vous en aurez, appelez-nous. »

Faire l'impossible !... Qu'est-ce que ça voulait dire ? Ce n'était pas lui qui pouvait rétablir les fils avec le Bois d'Haumont, qui étaient probablement sectionnés ou arrachés en vingt endroits. Il décida un de ses agents de liaison, particulièrement courageux, à risquer une pointe jusqu'à la corne sud-est du Bois. L'homme était revenu un quart d'heure après, couvert de terre, le visage souillé, avec de la terre encore dans les yeux, les oreilles, les narines, et du sang qui lui coulait de vingt petites écorchures. « Mon capitaine, je n'avais pas fait cent mètres vers la crête, que j'ai été roulé par un obus qui a éclaté tout près. Et j'ai vu qu'il en éclatait encore bien plus entre ici et le bois. Il n'y avait pas moyen de continuer. Ce n'est pas la peine d'en envoyer un autre. Personne ne passera. » Dans l'intervalle, la brigade avait rappelé : « Alors ? Toujours rien de nouveau ? Mais dégrouillez-vous donc, pour l'amour de Dieu ! » Il avait répondu qu'un de ses agents était en route vers l'avant malgré un barrage effroyable, et qu'il attendait son retour, si le pauvre diable n'y restait pas. Quand l'homme fut revenu, le capitaine reprit

son téléphone pour faire son rapport à la brigade.
Plus rien.

— Depuis ce moment-là, je suis coupé du monde
entier. Vous m'avez même bien épaté tout à l'heure
en arrivant. Vous devez être aimanté négativement
pour les obus.

Lafeuille ne fut pas peu fier qu'en sa personne le
cran des officiers d'état-major, sur lequel couraient tant de médiocres plaisanteries, reçût l'hom-
mage d'un officier des lignes.

— A votre place, les Boches auraient pu arriver
sans que j'en sois davantage prévenu. On nous
cueillerait comme des bigorneaux au fond de nos
trous avec une épingle... Je suppose tout de même
qu'avant de se lancer, les Boches feront un peu
allonger leur tir... Mais avec ce baroud de tous
les côtés, est-ce que nous aurons le temps de nous
en rendre compte ?

— Il y a un point que je voudrais savoir » lui
dit Lafeuille, qui venait de réfléchir. « Les renseignements que vous m'avez donnés, sur le Bois
d'Haumont, les Caures, et le reste, la brigade les
a déjà ?... A ce moment-là, vous n'étiez pas encore coupés ?...

— C'est-à-dire... » fit le capitaine sur un ton
d'embarras navré « vous allez voir ce qui est le
plus embêtant de tout. Tant que j'étais en liaison
avec le Bois d'Haumont, je n'ai pas pris sur moi
de retransmettre à la brigade ce qu'on me télé-
phonait de là-haut. Je me disais : La brigade en
sait sûrement plus que moi... J'aurais eu l'air d'un
imbécile, moi qui n'étais pas sur les lieux... Ensuite, quand la brigade m'a dit : « Le bois ne
répond plus. Qu'est-ce qui se passe ? », j'ai compris que ça voulait dire : « Jusqu'ici nous avons
été au courant... Ce qui nous manque, c'est la
suite. » Mais moi non plus, je n'avais pas la suite.

Et puis vous savez, je les sentais si nerveux, si pressés... Ils m'auraient peut-être envoyé promener : « Mais oui, mais oui ! C'est de l'histoire ancienne. Vous nous faites perdre notre temps. Ce n'est pas ça qu'on vous demande. »

— Et ce que vous avait raconté l'estafette du Bois des Caures ? Vous l'avez transmis ?

— Dame... écoutez, ça ne me regardait pas... et ça ne regardait pas non plus la brigade...

— Votre brigade, c'est bien toujours la 144e ?

— Oui.

Lafeuille parut un instant hésiter à comprendre.

— Au Bois des Caures » reprit le capitaine, « ce sont les chasseurs, vous savez bien... C'est même Driant qui commande.

— Oui, c'est vrai. Mais où est l'autre régiment de votre brigade ?

— Le 164 ?... Je crois qu'il tient toujours le front entre le Bois de Ville et Ornes... Il doit prendre une pipe en ce moment, lui aussi, à en juger par le bruit qui vient de par là... Il a été rattaché à la 51e Division, quand elle a pris le secteur... Je n'ai peut-être pas à critiquer. Mais laissez-moi dire tout de même que je trouve idiote cette valse qu'on fait faire aux unités en ce moment. » Il eut la parole coupée par une explosion toute voisine, qui provoqua un petit éboulement dans un coin de l'abri. « Zut ! le prochain va me crever mon plafond... Pourvu que celui-ci ne m'ait pas écrasé une dizaine d'hommes dans un abri. Vous m'avouerez qu'il n'y a pas moyen d'aller voir. Qu'est-ce que je disais ?... Oui, voilà une brigade qu'on disloque en deux morceaux, placés très loin l'un de l'autre, et rattachés au point de vue secteur à deux divisions différentes ; mais comme d'autre part, après lui avoir complètement enlevé le 164e, on le lui a remis sous sa coupe au point de

vue état-major, voilà une même brigade qui se
trouve, pour un de ses régiments, dépendre de la
51ᵉ Division, et pour l'autre, de la 72ᵉ !... Et
voilà des troupes qui ont des ordres à recevoir de
tous les côtés !... Vous verrez, ça fera du vilain.

— Soit... Mais en somme, si je vous comprends
bien, vous n'êtes pas absolument sûr que la brigade ait eu de son côté les renseignements que
vous avez eus sur le Bois d'Haumont ?...

— Non, ma foi...

— Et les renseignements de votre estafette du
Bois des Caures, vous n'êtes pas sûr que personne
les ait eus ?... Qu'en avez-vous fait, de votre estafette ?

— Quand elle a été un peu reposée, je lui ai
montré le chemin de Mormont Ferme. Vous auriez
pu vous croiser.

— Ce n'était pas très probable. Je n'ai pas pris
le chemin le plus direct. Si le malheureux est
parti comme ça tout bêtement, il a bien des
chances d'être mort...

Lafeuille s'agita dans l'abri.

— La conclusion de tout ça, dit-il, c'est que
votre brigade ignore peut-être ce qui s'est passé au
juste en première ligne... c'est que la Division
l'ignore peut-être aussi... et, pour peu qu'il y ait
eu des loups de ce genre-là de gauche et de droite,
rien ne prouve qu'à cette heure-ci » il regarda
sa montre et lut : 9 heures 15, « le Corps d'Armée
et même la Région Fortifiée soient au courant.

Le capitaine eut la force de plaisanter :

— J'ai idée qu'ils se doutent de quelque chose. »
Et d'un geste du pouce retourné, il désignait la
zone nº 1 de la catastrophe.

— Ce que je sais, moi » reprit Lafeuille, « c'est
qu'il faut absolument que je trouve un téléphone
quelque part.

II

COMMENT ON ÉCRASE UN FRONT

Dans le Bois de Ville, le capitaine Delpeuch, qui commandait la réserve du Centre de Résistance, et dont l'abri était tout voisin du P. C. de Gastaldi, s'était inquiété de lui dès le début du bombardement, l'avait fait rechercher dans la mesure du possible, et ne le voyant pas revenir, le considéra comme perdu avec ses deux compagnons, Mazel et Raoul. Il se décida donc à prendre le commandement de la position. Dans la situation présente, il n'était pas question pour Delpeuch de donner des ordres. Toute son ambition se bornait à se faire une idée des événements les plus proches, et à la transmettre aux échelons supérieurs.

Il apprit presque aussitôt qu'à cinq cents mètres devant lui un abri venait de s'effondrer en ensevelissant une escouade. Peu après, plus en avant et sur la gauche, une demi-section subissait le même sort. Ce qui le confirma dans la pensée que le chef de bataillon et les deux lieutenants avaient péri. Il voulut rendre compte à l'arrière. Mais son téléphone était coupé. Il envoya des coureurs.

Pendant ce temps, Gastaldi avait obtenu qu'un des deux hommes qu'il avait trouvés dans l'abri essayât de gagner l'arrière du Bois :

— Tu leur diras ce qui nous est arrivé. Tu ne seras pas forcé de revenir... Dis aussi que je charge le capitaine Delpeuch de prendre le commandement en mon absence. Il faudra qu'il demande tout de suite à l'artillerie de répondre et de taper

dur. On n'entend rien qui vienne de chez nous.
Qu'est-ce qu'ils foutent aux Chambrettes et ailleurs ? S'ils ne nous collent pas un barrage de première classe à 300 mètres en avant de ce point-ci
— rappelle-toi bien : 300 mètres — les Boches
vont arriver les mains dans les poches. Ça ne fera
pas un pli. D'ailleurs tout ça est écrit sur le papier.
C'est pour le cas où tu le perdrais. File. Tâche
de ne pas te faire tuer.

— Le pauvre vieux ! » murmura le lieutenant
Mazel en le regardant s'éloigner.

Le sous-bois ressemblait à la superposition d'une
tornade dans un pays de sable, d'un incendie de
forêt, et d'une explosion de poudrière. L'air était
épaissi par la poussière, les projections de terre,
la fumée. Là-dedans, des branches cassées, des
morceaux d'écorce, des aiguilles de pin, des
pierres, des éclats de fonte, secoués en tous sens
comme des souillures dans de l'eau trouble. Il y
avait peut-être encore de la neige ; mais on ne la
reconnaissait plus. Elle se confondait avec la poussière. Elle n'était qu'une sorte de poussière de
plâtre, versée avec le reste dans le tourbillon. Au
delà de cinquante mètres, on ne voyait rien. L'horizon visible était happé par la gueule d'un horizon rugissant.

— Nous autres » dit le commandant, « nous
n'allons pas rester comme ça. Nous avons des
outils. Nous allons creuser le bout de la sape jusqu'à l'air libre, en nous relayant. Je suis sûr qu'il
ne reste pas plus de deux mètres d'épaisseur de
terre. Nous aurons vue sur le ravin et sur les
lignes boches, comme c'était indiqué dans le plan
de l'ouvrage. J'aime mieux remuer que de me
morfondre. Nous aurons même le plaisir, si nous
finissons à temps, de pouvoir les canarder par
notre meurtrière quand ils attaqueront.

Sur tout le front, du Bois d'Haumont à l'Her-bebois, en passant par le Bois des Caures et le Bois de Ville, et sur une épaisseur de plusieurs kilomètres, il régnait la même danse de poussière, de fumée, et de débris, fouettée par un orchestre tonitruant. Là-dessous, des milliers d'hommes, par petits paquets de deux, de trois, de dix, quelquefois de vingt, courbaient le dos, l'un contre l'autre, au fond de trous dont la plupart n'étaient que des égratignures du sol, dont bien peu méritaient le nom d'abris. Ils écoutaient la terre se fendre sous le choc des obus, s'éventrer tout autour d'eux. Ils respiraient par les fissures de leurs gîtes l'odeur de la catastrophe, qui était une odeur de planète calcinée. Ils n'avaient individuellement à peu près aucune espérance de survivre ; sauf quelques enragés qui s'obstinaient à croire en leur bonne étoile, et qui étaient hommes à mourir juste un peu avant d'avouer que « ça y était ». Les autres se demandaient si le prochain obus, ou plutôt l'un des douze prochains, car on ne les comptait plus qu'à la douzaine, ne leur rendrait pas service en les débarrassant de leur angoisse, puisque tôt ou tard, mais sûrement avant la nuit, ils étaient sûrs d'y passer.

Quant aux artilleurs, même lorsqu'ils recevaient des ordres — et pour diverses raisons ils en recevaient peu — ils ne savaient sur quoi tirer. Ils avaient devant eux cette zone de tornade, complètement opaque ; et de ce qui pouvait se passer dedans, ils ne savaient à peu près rien. Les Allemands avaient peut-être déjà attaqué ; avaient peut-être déjà pris pied dans les bois. Comment les artilleurs l'auraient-ils deviné ? C'était leur

demander de frapper au petit bonheur à travers
les volutes rousses et blanches d'une forêt en feu.

Un peu avant dix heures et demie, Lafeuille,
harassé, ahuri, qui avait marché en zigzag, comme
une bête traquée, en évitant les zones où semblaient tomber le plus d'obus, qui s'était plusieurs
fois trompé de chemin et n'avait plus eu le courage de regarder sa carte, qui à trois reprises avait
fait un long détour dans la broussaille pour atteindre une organisation qu'il supposait munie
d'un poste téléphonique (mais l'une des trois
n'avait pas le téléphone ; et le fil des deux autres
était rompu), retombait sans l'avoir prémédité sur
la route de Ville à Vacherauville, plus bas que le
chemin de Louvemont, et découvrait sans oser y
croire un poste téléphonique en état de fonctionnement.

Il avait d'ailleurs recueilli en route un certain
nombre d'informations complémentaires, et il avait
grande hâte de les communiquer avant qu'elles
n'eussent perdu toute fraîcheur.

Il répéta deux fois, tant il était surpris de trouver
un fil intact, et quelqu'un au bout du fil :

— Vous êtes bien le 30e Corps ?

— Mais oui ! Parlez ! Dépêchez-vous.

— Le capitaine Lafeuille.

— Ah ! bien. On se demandait ce que vous étiez
devenu. Alors ?

— Alors, voilà ! J'ai été presque aux premières
loges, dès le début, et j'aurais eu dès ce moment
des choses intéressantes à vous dire. Mais je n'ai
pas pu dénicher un téléphone qui ne fût pas
coupé... si bien que j'arrive trop tard.

— Mais non ! Dites tout ce que vous savez...

Nous n'avons encore à peu près rien. C'est terrible, mais c'est comme ça.

Pour énoncer les renseignements qu'il avait sur le début de l'affaire — et qu'il ne pouvait pas croire ignorés du Corps d'Armée — Lafeuille avait adopté un ton rapide, le ton du monsieur qui sait bien qu'il répète des faits connus. Mais il entendit l'autre, au bout du fil, crier : « Attendez ! Attendez ! Je prends un crayon. Dictez-moi tout, lentement. »

A Dugny, le commandant Plée était en grande discussion avec deux de ses collègues, du même grade, de l'État-Major de la R. F. V. Il ne voulait pas admettre que le bombardement du front nord fût la préparation d'une attaque.

— Vous êtes extraordinaire ! » s'écriaient les deux autres. « Qu'est-ce qui vous faut !

— D'abord, il n'a pas l'intensité requise.

— Eh bien ! Demandez aux pauvres gars qui sont là-haut.

— Naturellement, puisqu'il cherche à nous donner le change, l'ennemi fait une certaine dépense de munitions. Mais, je regrette d'avoir à vous contredire, dans l'état actuel de la technique, ce n'est pas un véritable tir d'écrasement.

— D'abord, mon cher, qu'en savez-vous ? Nous n'avons encore aucun rapport sérieux.

— Donc, vous non plus n'avez pas le droit de conclure.

— Et les 380 qui tombent sur Verdun, qu'est-ce que vous en faites ?

— Ce ne sont pas les premiers. Rappelez-vous le 4 juin et le 1er octobre.

— Ce n'est pas du tout comparable.

L'on vint annoncer que le 30e Corps était au téléphone, et demandait l'un de ces messieurs d'extrême urgence. Plée eut une hésitation imperceptible.

— Priez le capitaine Geoffroy de prendre la
communication...

Il ajouta ensuite, pour ses deux collègues :

— Le 30e Corps va s'affoler, lui aussi... Il va
nous demander au moins cent pièces d'artillerie
lourde !

Malgré son assurance, cet appel du 30e Corps le
tarabustait un peu. Si ce n'était pas grave, Geoffroy, qui avait du coup d'œil, ne le dérangerait
pas. Si c'était grave...

Tous trois se taisaient. Bientôt Geoffroy parut :

— Excusez-moi, mon commandant. Le 30e nous
transmet un rapport du capitaine Lafeuille. Je l'ai
pris sous la dictée. Comme c'est le premier document de cette qualité qui nous parvienne de là-
haut... Lafeuille est un garçon très sérieux...

— Lisez, lisez.

— Voici : » Geoffroy ajusta son monocle d'un
geste qui jadis avait fait plus d'une fois sourire
Manifassier. « A 7 h. 30, déclenchement violent
de minenwerfer sur le Bois des Caures (1re ligne).
Arrosage du Bois des Caures 77, 150, et 210, et
barrages sur les lisières sud des Bois d'Haumont et
Caures. Dans Bois d'Haumont, percutants et fusants d'abord, puis percutants seulement.

« Gaz depuis Haumont bois jusqu'à Vacherauville. Réserves prenaient position dans de bonnes
conditions. Sur Vacherauville et Bras quelques
obus. Obus sur fort de Vacherauville, peut-être
fort de Marre.

— Eh bien ! » s'écria Plée, presque triomphant.
« Ça vous paraît si grave que ça ? vous, Geoffroy ? » Et il regarda les deux autres.

— Je connais Lafeuille » dit posément Geoffroy. « Cela me semble assez grave.

— Bah !... Passez-moi votre papier.

— C'est très mal écrit, mon commandant.

— Ça ne fait rien. « Arrosage du Bois des Caures... » Bien oui ! Personne ne conteste. « Barrages... »

— Il ne dit pas, mon commandant : « Arrosage *partiel*... ou intermittent... » Il ne dit pas : « Tentatives de barrages... »

— Et alors, qu'est-ce que vous en concluez ?

Geoffroy rectifia très légèrement la position :

— J'en conclus, mon commandant, que ça tape tant que ça peut.

III

PETITE BATAILLE A L'ÉTAT-MAJOR. — L'ORDRE GÉNÉRAL N° 15

Dans les minutes qui suivirent, il se forma, au Quartier Général de Dugny, par une sorte de cristallisation progressive mais rapide, une idée de l'événement qui avait déjà quelque ressemblance avec lui.

Cette idée ne se constituait pas sans vaincre des résistances. Elle devait mordre sur des idées antérieures, sur des préjugés individuels, sur des amours-propres. Elle y était aidée par de nouveaux rapports qui arrivaient des unités, et qui, si incomplets fussent-ils chacun, ou même entachés d'erreur, tendaient à susciter, à leur lieu de rencontre, une vision des choses à peu près continue et cohérente.

Il était devenu difficile de nier que l'ennemi concentrait, sur le front nord de Verdun, à droite de la Meuse, et sur un arc de cercle d'environ douze kilomètres, une puissance de feu exceptionnelle. Les spécialistes tentèrent une première évaluation :

— Au moins six cents pièces d'artillerie de campagne » disaient-ils, « et presque autant d'artillerie lourde.

Ce dernier chiffre paraissait exagéré à certains, qui voulaient faire dans les comptes-rendus la part de l'émotion et de l'imagination.

L'activité de l'ennemi ne se limitait pas à cet arc de cercle. Il avait déclenché des tirs sur la rive gauche, la région de Vauquois, la forêt d'Argonne. Mais ce n'était là, semblait-il pour le moment, que des essais de diversion auxquels on ne pouvait guère se laisser prendre. Quant à l'opération principale, fallait-il s'obstiner à y voir aussi une diversion gigantesque, au profit d'un théâtre d'offensive que les jours prochains révéleraient ? C'était toujours l'avis du commandant Plée, et de quelques officiers de son clan. Mais chaque demi-heure diminuait la vraisemblance de leur thèse. Les artilleurs surtout la déclaraient absurde :

— Est-ce que Plée » disait l'un d'eux, « se représente combien de jours de leur production de munitions les Boches nous ont déjà envoyés sur le crâne depuis ce matin ? Tout ça pour nous faire une blague ? Il ne sait pas de quoi il parle !

Avant la fin de la matinée, on s'était à peu près mis d'accord, entre gens de tendances contraires, pour adopter, sur le plan pratique, une formule moyenne :

— Même si les Boches ne doivent pas attaquer ici, ils exercent en ce moment une menace très impressionnante. A cette menace, si elle s'accentue, nous sommes encore en très mauvaise posture pour répondre, malgré les efforts de ces derniers jours. Nous manquons de matériel, surtout d'artillerie lourde, et de projectiles de tous calibres. Nous manquons d'effectifs, tant pour boucher les vides du front que pour hâter les travaux. Les envois d'hommes et de matériel qui sont en route ne sont pas suffisants. Demandons-en le plus possible. On ne risque pas de nous en expédier trop.

Le général Herr, qui personnellement ne doutait plus de l'imminence d'une attaque par l'infanterie, mais qui ne pouvait pas deviner encore sur quel point exact elle aurait lieu, ni jurer qu'elle serait une offensive « de tout à fait grand style », appuyait ceux de ses collaborateurs qui préconisaient l'effort maximum, tout en essayant de réduire l'opposition des autres :

— Écoutez », disait-il à Plée. « Après tout, c'est au Grand Quartier de décider si nous sommes en présence d'un début d'offensive principale, ou seulement d'une opération latérale, déjà très sérieuse d'ailleurs... Le G. Q. G. possède des éléments d'information et de comparaison que nous n'avons pas. C'est à lui de prendre sa responsabilité. Donc il ne nous enverra comme renforts que ce qu'il croira devoir nous envoyer. Mais ce n'est pas à nous de lui en demander moins, pour lui épargner une erreur éventuelle. Notre responsabilité à nous, c'est ici qu'elle est ; à Verdun. C'est Verdun, en tout état de cause, que nous devons sauver.

L'examen de la situation fit apparaître une évidence fort grave, qui n'était à la rigueur une nouveauté pour personne, mais que l'on mesurait pour la première fois dans toutes ses conséquences, et avec toute l'angoisse qu'elle justifiait :

Verdun était difficile à défendre, et peut-être
— si l'ennemi se donnait assez de peine — difficile à sauver, parce qu'il était difficile à secourir.
Réclamer des renforts, réclamer du matériel,
c'était très bien. Mais comment les faire arriver,
au rythme qu'exigerait une grande bataille ?
Comment faire arriver ensuite le ravitaillement en
vivres et en munitions, au rythme qu'exigeraient
de tels effectifs ? Vous criez : « Qu'on nous envoie
d'urgence cent mille hommes, deux cent mille
hommes !... » Mais quand ils seront là, vous les
laisserez crever de faim ? Quand ils auront épuisé
leurs paquets de cartouches et leurs caissons, vous
leur direz de se battre avec des lance-pierres ? Et
les blessés, s'il vous en tombe sur les bras des
milliers chaque jour, par où les évacuer vers l'intérieur ? Vous aurez déjà du mal, dans l'afflux des
renforts, à faire partir en sens inverse les milliers
de civils dont il faudra vider dare-dare la ville
et les environs. Regardez la carte !

La carte montrait en effet, dans l'état présent du
front, le saillant de Verdun comme une misérable
bosse vouée, faute d'artères, à l'inanition et à
l'anémie.

Une seule ligne de chemin de fer normale exis-
tait encore : celle qui venait de Sainte-Menehould. L'autre, qui venait de Saint-Mihiel, était
coupée depuis beau temps par un saillant de l'ennemi, et ne pouvait plus servir éventuellement que
de voie de garage pour quelque train d'artillerie
lourde. Quant à la ligne de Sainte-Menehould elle-
même, combien de jours, combien d'heures tien-
drait-elle encore ?

— Vous n'avez pas vu le message de tout à
l'heure ? Les Boches tirent à gros obus sur le
coude d'Aubréville. Peut-être que ce soir aucun
train ne passera plus.

Le coude d'Aubréville, il en était question depuis des mois. Des esprits chagrins avaient signalé
dès le milieu de 1915 que les batteries allemandes
du nord-est de Vauquois le démoliraient quand
elles voudraient, mais qu'en attendant elles se garderaient bien de tirer dessus, même à titre d'essai,
de peur de donner l'éveil. Pour parer à ce danger
— ajoutaient ces esprits compliqués — il suffirait
d'établir une dérivation de quelques kilomètres.
« Travail énorme ! » avait-on répondu en haut lieu.
« Nous n'avons pas de main-d'œuvre. »

Que restait-il du côté des chemins de fer ? Une
plaisanterie : le tortillard, à voie d'un mètre, venant de Bar-le-Duc, nommé le Meusien, capable
de ravitailler en temps de paix une garnison de
sous-préfecture. Pour ne pas parler de quelques
tronçons de tortillard, encore plus microscopiques,
et d'un emploi tout local, comme la voie de
soixante centimètres de Clermont à Dombales, ou
le réseau de même module circulant à travers la
place de Verdun.

Une seule petite artère, à peu près sérieuse,
pour desservir, alimenter, irriguer la pauvre bosse :
la route de Bar-le-Duc à Verdun par Rumont et
Souilly, au demeurant étroite et en mauvais état.

— Moi, voyez-vous » disait en confidence l'un
des officiers amis de Plée, qui exprimaient parfois
la pensée de leur chef de file plus librement que
lui-même : « j'estime que la meilleure raison pour
ne pas demander qu'on nous fourre, à saturation,
des hommes et du matériel, c'est qu'une fois tout
ça coincé ici, tout sera perdu. Vous me comprenez ? Bon.

Quelles que fussent les arrière-pensées de chacun,
on ne pouvait pourtant pas se dispenser de faire
quelque chose en faveur de l'unique voie d'accès
qui rattachait encore Verdun à la France. Amé-

liorer la mauvaise petite route, l'élargir ? travail
de longue haleine, qui eût réclamé une main-
d'œuvre surabondante. Le Génie déclara qu'il n'y
fallait pas songer. Souhaiter au moins qu'elle pût
servir telle quelle, avec ses modestes ressources, et
qu'au moment où l'on aurait besoin d'elle pour
une urgence vitale, elle ne fût pas encombrée par
des bestiaux, des villageois en déménagement, ou
même de placides carrioles régimentaires ; ni em-
pruntée sans raison par le premier détachement
venu ; ni que ceux qui l'emprunteraient pour des
motifs valables n'en usassent pas trop à leur aise,
ce n'était pas sans doute là des vœux exorbitants.

Les partisans de « l'action énergique » obtinrent
donc qu'on prît enfin quelques mesures de po-
lice au sujet de cette route. Et ils réussirent, en
renonçant à voir figurer dans le texte certaines formules jugées par leurs adversaires « trop draco-
niennes et même vexatoires », à faire mettre,
séance tenante, sur le papier le texte suivant, qui
allait être expédié immédiatement par le 3e Bureau à toutes les unités de la Région Fortifiée, avec
le numéro d'enregistrement 4093, et sous de titre :
Ordre général n° 15 :

I

La route de Bar-le-Duc à Verdun par Rumont et
Erize est interdite de la manière la plus absolue à
tout convoi de chevaux et à toute voiture isolée hip-
pomobile.

II

Toutes les voitures automobiles s'engageant sur
cette route devront se conformer aux consignes qui
leur seront notifiées par le service de surveillance.

III

Toute troupe ou colonne de voitures engagée sur cette route au moment de la mise en vigueur du présent ordre devra l'avoir dégagée le plus rapide- ment possible (délai maximum : 3 heures).

Le général de division, commandant la
R. F. V.
Général Herr.

A la dernière minute, ceux qui, derrière le commandant Plée, traitaient « l'action énergique » d' « affolement prématuré », firent une contre- attaque, non sans succès, puisqu'ils obtinrent que fût ajouté ce post-scriptum :

L'ordre ci-dessus n'entrera en vigueur que sur un ordre téléphonique ainsi conçu : « Application de l'ordre général n° 15. »

— Comme ça » dit l'un d'eux en sortant de la pièce où avait eu lieu la discussion, « nous aurons le temps de voir ; et les agités se calmeront. Mais », il s'épongea le front, « on a eu chaud !

IV

DU BOIS D'HAUMONT A L'HERBEBOIS. — « QU'EST-CE QU'ATTEND L'ARTILLERIE ? »

Gastaldi, penché sur le lieutenant Raoul, disait tout bas à Mazel (le plus bas qu'il pouvait dans ce tonnerre continu) :

— C'est très embêtant. Je me demande ce qu'il a. Je ne vois pas de blessure. Vous voyez quelque chose, vous ?

— Non, mon commandant... Derrière l'oreille, là ?... Non ; c'est de la saleté.

— J'étais justement en train de lui crier : « Mais rentrez donc ! Qu'est-ce que vous allez faire par là ? »

— L'obus a éclaté tout près, évidemment. Mais il ne saigne pas.

— Ou c'est la commotion, ou c'est un éclat invisible... Il faudrait le déshabiller.

— Ça m'étonnerait. Ces obus-là font plutôt de gros éclats.

— C'est vrai. Et on ne peut pas penser à des gaz... Nous les aurions sentis... J'ai dix-huit mois de front. J'ai vu mourir des tas de bonhommes... Il se présente toujours des cas qu'on n'a pas encore vus. C'est à croire qu'on ne finira jamais d'en apprendre sur cette matière-là... Oh !... ou plutôt si.

— Que voulez-vous dire, mon commandant ?

— Oh ! rien. J'ai idée que nous, tout au moins, nous aurons bientôt fini d'en apprendre. C'est déjà un miracle qu'il ne soit tombé qu'un obus sur notre toit, et que ça ait été un 77. Les miracles, vous avez remarqué, dans le métier que nous faisons, ça ne dure pas indéfiniment. Il n'a pas l'air d'être mort, n'est-ce pas ?

— Non, sûrement pas, mon commandant.

— Le pouls est tellement faible... Quoi lui faire ? Nous l'avons secoué, pincé, piqué... On a scrupule. J'essayerais bien de lui donner une claque. Mais c'est pénible... Oh ! écoutez donc, ce que ça tape là-bas ! Ça doit être dans l'Herbebois... C'est plus fort que chez nous, pour l'instant, je trouve.

Gastaldi releva un peu la tête du lieutenant Raoul pour l'appuyer sur un renflement que faisait le sol.

— Ils tapent moins sur nous » continua-t-il,
« et davantage sur le sud du bois. Je me reproche
d'avoir fait partir le second de ces pauvres types.
Il y est sûrement resté. C'était idiot. Mais on
s'énerve. Nous voilà tous les deux seuls, maintenant... c'est-à-dire...

Il jeta un regard sur Raoul étendu. Puis il se
retourna vers la sape encombrée de terre :

— Nous ferions peut-être bien d'aller surveiller
par là. Ils sont capables d'attaquer avant d'avoir
cessé leur bombardement. Tout est possible. Nous
a-t-on assez dit qu'ils n'avaient pas de parallèles
de départ ! C'est une guerre où l'on ne comprend
rien.

Il rampa jusqu'au fond de la sape, mit son œil
à la meurtrière :

— On ne voit rien. Il aurait fallu pouvoir sortir
pour couper ces branches. Et puis il y a cette
fumée, cette poussière qui se rabat.

A l'Herbebois, le 2e bataillon du 164e subit depuis le matin le même travail d'anéantissement
que les troupes du Bois d'Haumont, du Bois des
Caures, du Bois de Ville.

C'est la 6e Compagnie qui est le plus mal placée.
Elle occupe l'avancée nord-est du bastion naturel
que forme l'Herbebois. Elle regarde juste Sou-
mazannes, où les Boches se sont tellement agités
depuis quelques jours, et d'où sûrement ils feront
partir une de leurs principales masses d'attaque.
Leur artillerie pilonne tout l'Herbebois, comme il
est facile d'en juger ; mais elle s'occupe tout spécialement de mettre en bouillie les défenses que
leurs vagues d'assaut seraient venues d'abord
heurter : à savoir la ligne de tranchées 17 à 25. Les

Boches n'ont pas tort de leur point de vue. Ceux
qui ont tort, ce sont les gars de la 6e, qui tiennent
les tranchées 17 à 25. Ou plutôt, c'est eux qui
auraient tort si on leur avait demandé leur avis.
Mais on ne le leur a pas demandé. Ah non ! Le
sort leur a même joué un tour plus pendable que
ça. Il y avait douze jours que la compagnie était
en ligne, ce qui fait une paye dans un secteur
pareil. Savez-vous quand elle devait être relevée ?
Ce matin. Et, à sept heures, il y avait déjà des
copains qui bouclaient leurs musettes, qui fice-
laient des petits paquets en sifflotant de plaisir.
Boum ! Mets celui-là dans ton paquet. Boum !
Fourre celui-ci dans ta musette. Et roum-boum-
boum... sans arrêt comme la sonnerie d'un réveille-
matin. Et de la fumée comme si la montagne était
une tasse de chocolat bouillant. Et tout de suite
des morts, comme si des mouches tombaient dans
la tasse. Vous parlez s'il a encore été question de
la relève ! Ah ! nom de Dieu de nom de Dieu ! On
n'a pas idée d'être déveinards à ce point-là ! Des
gars vernis, ce sont ceux de la compagnie Méné-
trier qui s'aboulaient, leur barda sur le dos et
traînant les godasses. Boum ! Roum-boum-boum !
« C'est malsain là-haut, qu'ils se sont dit. C'est
pas des trucs à faire pour l'arrivée des gens. Puisque c'est comme ça, on n'y va pas. » Ils doivent
être planqués dans un ravin. Ils doivent rigoler
par en dessous. Ah ! les fils de salauds ! Il faut
bien espérer que les Boches leur envoient quelques
210 dans leur fond de ravin ! Il ne faut pourtant
pas que tout soit pour les mêmes.

Sous le bombardement, la 6e rumine sa mal-
chance. On est en train de la casser en petits morceaux ; on lui tue un homme toutes les cinq minutes ; mais ça ne l'empêche pas de se dire que
le plus vexant dans le fait de recevoir cette ava-

lanche, c'est de la recevoir juste au momont où ce
n'était plus votre tour. Et pour se le dire, chaque
homme n'a pas besoin que son voisin le lui souffle.
Ç'a été aussitôt la pensée de tout le monde :
« Quelle sacrée guigne ! » Bien entendu, cette pensée, on la ressasse, on la marmonne entre les dents,
on la gueule à haute voix. Et s'il y a des copains
auprès de vous, ils ne manquent pas de répondre,
tout en se recroquevillant contre la terre secouée
par les explosions : « Tu parles d'une sacrée
guigne ! » D'ailleurs, l'échange des mots est superflu. Les copains du trou d'à côté, qui ne savent
même pas si vous êtes encore vivants, étaient en
train de dire, quand de la terre leur a sauté dans
la bouche : « Pour une guigne, alors ! » La tranchée 25 n'a aucune idée de ce que les torpilles et
les obus boches ont pu faire de la tranchée 18, qui
occupe l'autre angle du saillant (les angles, c'est
encore ce qu'il y a de pire) ; mais elle peut af-
firmer de confiance que s'il reste un homme dans
la tranchée 18, il bougonne tout seul : « Le jour
de la relève ! C'est-y pas malheureux ! »

Justement il est question de la tranchée 18
entre le sous-lieutenant Delmas, qui commande la
première ligne, et le capitaine de la 6ᵉ, dont l'abri
est un peu en retrait dans le bois. Et, chose prodigieuse, l'entretien a lieu par téléphone. Tous les
autres fils ont sauté. Mais celui-là, au plus fort de
la tourmente, a tenu. Le capitaine demande au
sous-lieutenant des nouvelles de T. 18. Depuis le
matin, personne ne sait rien de T. 18. Le lieutenant
non plus. Le capitaine demande au lieutenant de
« faire l'impossible » pour entrer en contact avec
T. 18, où doit sûrement se trouver l'adjudant Vigaud. Le lieutenant répond qu'il a déjà « fait
l'impossible », mais qu'il va recommencer.

— Envoyez-y quelqu'un » dit le capitaine.

« De mon côté, j'y envoie quelqu'un. Espérons que l'un des deux passera, et reviendra.

Le sous-lieutenant Delmas a une demi-escouade terrée près de lui. Il demande un volontaire. Trois secondes de réflexion chez les hommes. Puis l'un d'eux déclare :

— Oh ! moi, je veux bien...

avec l'air de dire : « Quand on a la poisse de s'offrir une grande attaque boche le jour marqué pour la relève, qu'est-ce que tout le reste peut bien vous foutre ! »

Une demi-heure après, l'homme revient. Il dit qu'il a réussi à ramper jusqu'à T. 22 ; mais qu'au delà, il n'y avait matériellement pas moyen d'avancer :

— C'est pas que j'avais peur, mon lieutenant. Mais ça tombait si serré... j'aurais été haché tout de suite. Comme si vous vouliez mettre la main dans un engrenage.

— Bon... merci.

Là-dessus, la compagnie appelle. Le petit fil miraculeux fonctionne toujours :

— Voilà : le lieutenant Chabrier est parti avec un homme dans la direction de T. 18. Ils ont pu l'atteindre en se traînant à quatre pattes... Ils l'ont trouvée plus qu'en ruines, complètement retournée et concassée. Plus personne de vivant. Il y avait quelques débris de corps et d'équipements qui se baladaient dans les décombres.

Un coureur, épuisé, arrive aux Chambrettes. Il vacille sur ses jambes. Il fait des yeux d'aliéné. Il finit par dire en haletant qu'il vient de l'Herbebois, qu'il est envoyé par le commandant Jamond, et qu'il doit voir tout de suite le lieutenant-colonel en personne. Il dit qu'il a couru pendant plus de trois kilomètres, en se jetant à plat ventre à chaque instant, et qu'au moins dix obus sont tombés tout près de lui. Il ne sait plus le nom du lieutenant-colonel.

— Riverain ?

— Je ne sais plus.

— Vous avez un message écrit ? Alors, le nom est dessus ?

— Non, mon lieutenant. Le commandant Jamond a oublié de le mettre. Il était trop pressé.

— Enfin... le lieutenant-colonel qui commande l'artillerie ?

— Oui, c'est ça.

On le mène au lieutenant-colonel Riverain. Le coureur tend un papier griffonné au crayon ; mais pendant que l'officier essaye de lire, le coureur lui débite, en haletant toujours, le contenu du message qu'il s'est gravé dans la tête pour le cas où il perdrait le papier. Il se l'est répété vingt fois depuis, tandis que les obus éclataient autour de lui et qu'il se couchait à plat ventre. Il le débite, en y ajoutant quelques termes de son cru, et même des explications. Il n'est pas une machine. Il a très bien compris de quoi il s'agissait. Il se rend compte de l'urgence de la situation autant que les officiers.

Ce que dit le message, c'est que le commandant Jamond supplie l'artillerie de tirer. Voilà des heures qu'on attend qu'elle tire, et elle ne tire pas ; ou si peu que de là-haut on ne s'en aperçoit pas. Elle ne peut sans doute pas faire taire l'artillerie des Boches. Mais elle pourrait arroser leurs premières lignes. Les Boches vont attaquer d'un moment à l'autre. C'est malheureux de penser qu'ils vont sortir sans même être gênés. Les hommes sont déjà assez démoralisés par le bom-

bardement. Ça les remonterait d'entendre que nos
canons font ce qu'ils peuvent.

Le lieutenant-colonel répond tristement :

— Tu es un brave petit d'avoir couru comme
ça... Tu penses si je voudrais vous aider !... Assois-
toi ici... Repose-toi... Attends un peu.

Il appelle au téléphone le général de brigade.
Par bonheur cette liaison-là existe encore. Le fil,
d'ailleurs très court, n'a pas encore été arraché par
une explosion.

— Mon général, je reçois un nouvel appel, par
coureur, de l'Herbebois cette fois-ci... Ça me fend
le cœur, mon général. Je me ronge les poings. Je
me dégoûte.

Ce n'est que la reprise d'une conversation, aussi
angoissée, qu'ils ont eue un quart d'heure plus tôt.

— Qu'est-ce que vous pouvez faire ? » dit le
général.

— Mes batteries de campagne, il y en a plus de
la moitié avec lesquelles je suis coupé... Les autres
me disent qu'elles sont obligées de se terrer ;
qu'elles ont des pièces démolies, des caissons qui
ont sauté en l'air ; bref qu'il n'est pas question
de soutenir un tir en ce moment. Avec la lourde,
j'ai essayé un peu de contre-batterie, au petit
bonheur. J'ai fait tirer la pièce de 16, de la Coupure, vous savez, sur Warphemont. Entre nous !...
Je pense aussi que la pièce de 305 sera bientôt en
place, à côté de chez vous, mon général... Quand
je lui aurai fait tirer une dizaine d'obus, à quinze
ou vingt kilomètres, cela fera belle jambe à l'infanterie !... Les pauvres ! ce n'est pas cela qu'ils
me demandent. Ce qu'ils me demandent, ce serait
une contre-préparation du tonnerre de Dieu sur
les premières lignes boches... Je les comprends
bien !

— Et alors ?

— Il y a une chose terrible, mon général : ce brouillard de poussière, cette fumée qui recouvrent tout.

— Vous avez bien vos repères ?

— C'est vrai, mon général. Mais, surtout avec le 75, ce n'est pas la même chose. On se sent paralysé quand on ne voit rien, quand on ne peut absolument rien savoir des effets de son tir ; quand on tape comme un aveugle dans du coton. Je me dis encore ceci, mon général. Je n'avais déjà pas des munitions à gogo, vous le savez ; et maintenant, avec toutes celles qui ont sauté !... Si je les gaspille en ce moment, qu'est-ce que je deviendrai quand l'infanterie boche sortira ? Comme je ne puis pas compter sur du ravitaillement, un jour pareil, avec les barrages qu'ils tendront sûrement entre Verdun et nous...

— Faites tout de même quelque chose, je vous en prie » reprend le général d'une voix très anxieuse, qui n'a pas le ton d'un ordre, qui ressemble à la supplication que l'on adresse à un médecin, auprès d'un être cher qui va mourir. « Nos hommes sont dans une situation épouvantable.

— A qui le dites-vous, mon général !

— On ne peut pas les laisser dans cette impression qu'ils sont abandonnés, que nous les sacrifions froidement, sans bouger le petit doigt.

— C'est vrai, mon général. Je vais faire tout mon possible, tout mon possible. Je vous promets.

Vers une heure, les gens de l'Herbebois constatèrent que le bombardement ennemi baissait d'intensité. Ils en profitèrent pour risquer le nez hors de leurs trous, pour se héler d'une cagna à

l'autre, se renseigner sur le sort des voisins. Les
obus se faisaient de plus en plus rares. Le feu
avait vraiment l'air de s'éteindre, au moins dans
leur zone ; car sur la gauche il grondait encore.

Ils hésitaient à s'en réjouir. Ce calme relatif
annonçait peut-être l'attaque de l'infanterie. Peut-
être en ce moment même, les observateurs boches,
avant de dire à leurs chefs qu'on pouvait y aller,
essayaient-ils de voir à la lorgnette, profitant de ce
que la poussière tombait un peu, dans quel état
leur artillerie avait mis les positions françaises.

Mais à la guerre, la règle est de prendre la minute comme elle s'offre, sans lui demander des
serments d'avenir. Beaucoup d'hommes, qui
n'avaient pas eu depuis le matin le courage d'ava-
ler une bouchée, tiraient des vivres de leur musette, se mettaient en devoir de casser la croûte,
écartaient s'il y avait lieu le cadavre d'un camarade, se partageaient le vin de leurs bidons, en se
disant l'un à l'autre :

— Celui-là, les Boches ne l'auront pas !

Soudain : « tsinc... tong... tsinc-tsinc-tsinc
tsinc... tong-tong-tong... »

Pas d'erreur, les 75. Et d'autres coups, mêlés,
qui sont aussi de chez nous ; des 90 ; peut-être
même des 155 à tir rapide.

Les hommes se regardaient, avec des faces déjà
illuminées, mais d'une lumière où tremblait l'inquiétude. Ils rigolaient presque, mais leurs nerfs
étaient si surmenés, qu'il s'en manquait de peu
que leur rigolade ne tournât en larmes.

Enfin ! Il fallait être contents, nom de Dieu ! Il
fallait se sentir soulagés. L'artillerie française
s'était tout de même réveillée ; elle tapait sur les
Boches. Ce n'était pas encore aussi fourni comme
dégelée qu'on l'aurait voulu ; et ça pouvait avoir
d'un autre côté l'inconvénient de les exciter à re-

commencer leur marmitage. Tant pis ! ils verraient
au moins que nous avions de quoi leur répondre,
et que si leur intention était d'attaquer, ça n'irait
pas tout seul.

V

L'ÉVÉNEMENT ET SON IMAGE

L'ampleur, l'intensité du bombardement dé-
chaîné depuis le matin avaient mis en somme très
longtemps à se faire connaître, et surtout mesurer
tant bien que mal, par l'État-Major de la Région
Fortifiée, à Dugny. Et certes, la lenteur de l'événement à produire son image, à quatre lieues de
distance, dans les esprits qui avaient pour fonction de se le représenter, trouvait, dans les circonstances créées par le bombardement, des explications et des excuses. Moins explicable en
revanche fut la rapidité avec laquelle la nouvelle de
l'accalmie, pourtant partielle et suspecte, signalée
sur le front de l'Herbebois, franchit ces mêmes
quatre lieues. Elle y parvint au moment où le
3e Bureau achevait de mettre au point les termes
d'un message qu'on allait téléphoner au Quartier
Général d'Avize, où résidait l'État-Major du
Groupe des Armées du Centre ; message dont l'objet était de fournir à l'échelon supérieur un premier compte-rendu d'ensemble des événements
depuis le matin. La rédaction en avait été labo-
rieuse. C'était une vraie conférence qui se trouvait
réunie à ce propos. L'on n'ignorait pas que la
substance de cette communication passerait aussitôt dans un nouveau message qu'Avize télépho-
nerait au Grand Quartier de Chantilly ; donc

qu'une simple nuance dans la présentation des
faits risquait d'influer sur l'opinion du Commandement Suprême, partant sur ses décisions éventuelles.

— Vous voyez bien ! » s'écria le commandant
Plée. « Vous alliez forcer la note. Ne nous don-
nons pas le ridicule de parler de « tir d'écrasement », de « préparation formidable », préludant
à une « offensive de grand style », alors que dans
deux heures nous serons peut-être obligés de reté-
léphoner qu'il y a eu méprise, que ce n'est pas ça.

Quelqu'un lui fit observer que si l'on trouvait
excessif d'inquiéter les gens pour un bombardement qui durait depuis plusieurs heures, il était
peut-être imprudent de les rassurer pour une accalmie qui durait depuis quelques minutes.

— Ajoutez qu'elle est purement locale » appuyait un autre. Et il ouvrait la fenêtre :
« Écoutez.

L'horizon des Hauts de Meuse grondait. Gron-
dait-il moins fort que dans la matinée ? moins largement ? Personne n'osait plus se prononcer. Il n'y
a pas de fait matériel dont la matérialité soit assez
dure pour que l'idée d'un homme tenace n'arrive
pas à mordre dessus.

En définitive, Plée obtint des atténuations de
texte. Il apporta également une insistance singu-
lière à vouloir qu'au lieu de réserver les honneurs
du compte-rendu, comme le faisait une première
rédaction, aux bois du front nord : Haumont, les
Caures, Ville, l'Herbebois — honneur dont ils se
seraient bien eux-mêmes passés, les pauvres,
comme ils se seraient passés de concentrer le feu
de huit cent quatre-vingt-deux pièces d'artillerie
de campagne et de sept cents pièces d'artillerie
lourde — on n'omît pas de citer les divers endroits
du vaste front semi-circulaire de Verdun où des

chutes de projectiles avaient été signalées depuis la
veille au soir, par exemple : les Hautes-Charrières,
Pintheville, Champlon, le bois du Chevalier, Forges... « afin, disait-il, de permettre au Commandement Suprême une vue objective et complète de la
situation. » Ce qui, en fait d'objectivité, noyait les
contours de l'événement principal, l'empêchait de
prendre son relief.

L'un des assistants ne se gêna pas pour dire à
son voisin, entre haut et bas :

— Les Hautes-Charrières ! Champlon ! Le bois
du Chevalier !... mettre ça aujourd'hui sur le
même plan que l'Herbebois, Haumont, le Bois des
Caures ! C'est un défi au bon sens.

Plée ne parut pas entendre.

Sur le front nord, l'artillerie française, qui ne
voulait pas trop entamer ses réserves de projectiles,
laissait le tir s'espacer, s'égrener peu à peu — à
la grande déception des hommes des premières
lignes. Déception qui ne fut pas loin de tourner au
désespoir quand, du côté de l'adversaire, l'accalmie cessa plus brusquement qu'elle n'avait commencé.

— Ah ! les salauds ! Ils se sont arrêtés juste le
temps de prendre leur café. Et ils remettent ça !

De nouveau le Bois d'Haumont, le Bois des
Caures, le Bois de Ville, l'Herbebois, connurent le
tonnerre continu des explosions, la tornade de
poussière et de fumée, les arrachements du sol,
l'écrabouillement des hommes sous leurs abris
effondrés. Il était deux heures.

VI

LE PREMIER COMMUNIQUÉ DE VERDUN

Quelques minutes plus tard, le lieutenant-colonel G. entrait chez le général Joffre, un papier à la main, et lui disait, de sa voix fine et modérée :

— Je suis un peu surpris... Nous recevons à l'instant un message d'Avize. Dans l'ensemble, les événements se confirment, si l'on veut. Mais c'est leur interprétation qui devient douteuse. Vous avez présents à l'esprit, mon général, les coups de téléphone que nous avons reçus de-ci de-là... le ton qu'ils avaient ?

— Oui... eh bien ?

— Voici... C'est d'Olonne qui a pris le message... Il a certainement noté sans erreur...

Le lieutenant-colonel G. se mit à lire le papier qu'il tenait, en s'interrompant pour certaines remarques.

— « D'Avize, 21 février, 14 heures, par téléphone.

« Le tir continue à être intense entre la Meuse et Ornes... » Donc rive droite, ça se confirme... « Il paraît surtout dirigé sur le bois des Caures et le bois de Ville. Néanmoins, ce n'est pas un tir d'écrasement... » Cela, c'est important... ce serait même très important... Mais j'avoue que je suis embarrassé. Collas me disait à l'instant qu'il venait de recevoir à titre privé un coup de téléphone de son ami Geoffroy, vous savez ? l'ancien chef ou sous-chef de cabinet de Caillaux, qui est à l'État-Major de Verdun, et que Geoffroy lui avait dit, d'après des camarades à lui qui revenaient des premières lignes, que c'était absolument épouvantable... que ça dépassait de beaucoup en intensité et comme effet destructeur notre préparation de septembre en Champagne... Et ce Geoffroy, paraît-il, est le contraire d'un emballé. Alors quand Langle de Cary nous téléphone : « Néanmoins, ce n'est pas un tir d'écrasement », je ne sais plus trop... Je dis Langle de Cary parce que je suppose bien qu'il n'a pas laissé partir le message sans y jeter un coup d'œil. Donc Langle de Cary continue : « ... Jusqu'à maintenant nous ne semblons pas avoir beaucoup souffert... »

Un rire très gai secoua la poitrine de Joffre :

— S'il vous le dit, c'est que c'est la vérité. Lui, jusqu'à présent, il n'a pas l'impression d'avoir beaucoup souffert... C'est un fait... Ensuite ?

— Ensuite... « Tir également sur les Hautes-Charrières... »

— Où est-ce ? » demanda Joffre.

— Attendez, mon général... il y a les Charrières et les Hautes-Charrières, toutes deux, d'ailleurs, très éloignées du front nord de Verdun... Les Charrières, ça doit être tout à fait à l'intérieur de la Région Fortifiée, dans la zone la plus protégée... Ce n'est évidemment pas d'elles qu'il est question. Les Hautes-Charrières, cela se place, sauf erreur, oh ! très bas, du côté du saillant de Saint-Mihiel... donc à peut-être quarante kilomètres à vol d'oiseau du bois des Caures et de l'Herbebois. Voulez-vous une carte, mon général ?

— Non, pas la peine.

— Je continue : « Je fais tirer vigoureusement notre artillerie sur tous les saillants de l'ennemi... »

Joffre interrompit, l'œil amusé :

— Pourquoi riez-vous ?

— Je ne ris pas, mon général, je souris...

— Mais pourquoi ?

— Rien... j'imaginais Langle de Cary tirant sur les saillants de l'ennemi... Et puis cette idée de tirer sur « tous » les saillants de l'ennemi, comme ça, avec impartialité, en ce moment, c'est drôle.

Joffre laissa légèrement secouer son torse puissant par un rire silencieux.

— « ... Bombardement dans la région de Pintheville, Champlon, et au bois du Chevalier... »

— Où sont ces patelins-là ? » Patelin était un des mots sur lesquels l'accent pyrénéen de Joffre mettait la vibration la plus sympathique.

— Je ne me souviens pas au juste, mon général... Pintheville et Champlon doivent être dans la plaine de Woëvre. Le bois du Chevalier...

— Je sais » dit Joffre. « C'est du côté des Éparges... plus bas... Nous y avons eu des coups durs, l'autre hiver...

— C'est cela.

— Mais je croyais que ça s'appelait Bois *des* Chevaliers ?

— Je crois en effet.

— A moins que ce ne soit un autre. Il y a je ne sais combien de Bois Juré et de Bois du Chauffour, autour de Verdun. C'est le diable pour s'y reconnaître. Nous devrions exiger que le nom soit toujours accompagné de la cote entre parenthèses... Enfin, n'importe.

— Je continue : « ... mais c'est probablement une réponse à nos tirs d'hier. Un déserteur a d'ailleurs dit que l'ennemi croyait devoir être attaqué par nous dans cette région. »

« Sur la rive gauche de la Meuse, les tirs ennemis n'ont qu'une allure de réglage. Dans la région de Forges, obus produisant une fumée blanche très épaisse mais qui ne paraissent pas asphyxiants. » Voilà.

Joffre ne riait plus. Il réfléchissait. Il semblait perplexe. Une minute passa.

— Quelle est votre impression à vous ? » dit-il enfin.

— Je ne puis que vous répéter, mon général, que je suis très embarrassé.

— Il est sûr qu'il y a là dedans à boire et à manger. Cela me fait penser à certaines dépêches dans les familles : « L'oncle Oscar est malade ; mais ne vous effrayez pas. » Et quand on se décide à faire le voyage, l'oncle Oscar est mort.

— J'ai le sentiment » reprit le lieutenant-colonel G., « que Langle de Cary ne s'intéresse pas à Verdun. Il ne peut pas imaginer que l'ennemi s'y intéresse. Pour lui, il y a le front de Champagne. Le plus curieux, c'est qu'il se trouve des gens à Verdun qui pensent comme lui.

— Il faudra tirer ça au clair, ces jours-ci. En attendant, cela ne nous rend pas notre affaire à nous des plus commodes... Si la présente attaque sur Verdun est une feinte, convenons que, du point de vue de l'ennemi, l'endroit n'est pas mal choisi. Ils savent que pour nous Verdun est un cul-de-sac; qu'après avoir eu beaucoup de mal à y amener du monde, nous aurons encore plus de mal à l'en faire sortir. Eux, avec la forme du front, et les lignes de communications dont ils disposent, ils seront en tout état de cause beaucoup moins gênés. Quand ils nous auront accrochés, leurs divisions mettront bien moins de temps à glisser de Verdun au Soissonnais ou en Artois, pour y appuyer une offensive véritable, que les nôtres pour se tirer les pieds de ce cul-de-sac, qui n'a ni chemins de fer, ni routes. C'est toujours de ça que j'ai peur... A la vérité, tant que leur infanterie n'est pas engagée, il n'y a pas moyen de se faire une opinion. Je voudrais voir ceux qui font les malins et qui

n'ont que la peine de critiquer. Si dans trois ou
quatre jours, les Allemands déclenchent leur vraie
offensive ailleurs, et que j'aie eu le malheur de
me laisser accrocher à Verdun, on n'aura pas de
mots assez durs pour ma naïveté. Mais à l'opposé,
si je me laissais prendre Verdun, pour n'avoir pas
cru assez vite que c'était sérieux, les mêmes di-
raient que je suis décidément bouché à l'émeri...
En tout cas, le 7ᵉ corps est arrivé ? Le 20ᵉ est en
route ? Bon. Il faudra chercher ce que nous pouvons gratter un peu partout.

A 15 heures, le Grand Quartier Général crut
pouvoir laisser partir le communiqué suivant, que
les Parisiens trouvèrent un peu plus tard dans les
journaux du soir, et grâce auquel ils apprirent les
événements qui se déroulaient depuis le matin :

Communiqué du 21 février, 15 heures.

Faible action des deux artilleries sur l'ensemble
du front, sauf au nord de Verdun où elles ont eu
une certaine activité.

VII

L'INFANTERIE ATTAQUE. —
« SALAUDS D'ARTILLEURS ! »

— Je me demande si nous n'avons pas eu tort de
ne pas profiter du semblant d'accalmie de tout à

l'heure pour essayer de rejoindre nos hommes.

— Je me le demande aussi » dit Mazel.

— Ils vont nous croire morts.

— Sûrement.

— D'un autre côté, on ne savait pas ce que ça allait durer, ni ce que ça signifiait. D'un moment à l'autre, ils pouvaient lancer leur attaque d'infanterie.

Le commandant alla mettre un œil à la meurtrière du fond de la sape, et revint :

— Évidemment, ce n'est pas notre place... Il faudrait ici un sergent et quelques hommes. C'est un très bon observatoire pour voir partir l'attaque ; presque le meilleur, maintenant, que nous ayons. Il faudrait aussi, pour bien faire, une mitrailleuse, donc un deuxième trou.

— Et le téléphone.

— Surtout le téléphone ! A quoi ça leur servirait-il, à ceux qui seraient ici, de voir monter les Boches, s'ils ne pouvaient pas nous prévenir... et demander un barrage à l'artillerie ? Ah ! l'on peut dire que ça se goupille mal. C'est vrai !... Si les choses marchaient comme elles doivent, voilà une ligne d'ouvrages qui était très bien conçue. Hein ? Regardez-moi celui-ci, une fois terminé... Un gradé là dedans, vraiment à l'œil. Dès que les Boches là-bas montrent le nez : « Allo ! allo ! Barrage, sur tout le ravin, tapez dans le tas. » Au lieu de ça !...

— Même si le téléphone avait été installé » dit Mazel, « il y a longtemps que le fil serait coupé avec ce bombardement-là.

— Vous croyez ? » fit Gastaldi d'un ton qui voulait dire : C'est ma foi vrai ! j'aurais dû y penser. Il reprit, soucieux : « Alors, votre idée, c'est que même plus loin en arrière, les fils ont sauté ?

— C'est à craindre.

— Alors, tout le bois serait isolé ? tout le Centre de résistance ?

— Un fil a pu tenir. Et il est peut-être tombé moins d'obus sur la lisière sud. Quoique, à en juger par le bruit...

— Les téléphonistes sont des salauds » s'écria le commandant. « Ils posent très mal leurs fils. Ils s'en foutent... Quand je pense que tout à l'heure les Boches vont peut-être attaquer, et que Delpeuch ne pourra pas demander un barrage ! C'est effrayant !... Dans une organisation stable, comme celle-ci, les fils devraient être enterrés profondément, au moins les principaux, et avoir une gaine renforcée... Oh ! chut ! ce n'est pas Raoul qui vient de pousser un gémissement ?

— Je ne crois pas.

Mazel s'approcha de Raoul, se pencha sur lui, le tâta. La lumière était très faible, et malgré l'accoutumance, Mazel distinguait à peine les traits de son camarade. Il crut voir que le visage était pâle, mais calme. Les yeux clos, sans aucune pulsation. La peau, ni chaude ni froide.

— Je ne m'y connais pas. On dirait une espèce de coma ou de léthargie. Dans cet état-là, on ne doit pas souffrir. Si un obus arrivait maintenant, lui passerait à la mort sans s'en apercevoir. C'est drôle... C'est à se demander si dans cet état-là il reste, même tout au fond, une connaissance quelconque ; si, pour le type lui-même, ce n'est pas déjà exactement comme s'il était mort. J'ai lu plusieurs livres sur la mort, ces temps-ci.

— Vous en avez de bonnes !

— Je lis beaucoup. Je n'ai jamais tant lu de ma vie. C'est encore ce qui me défend le mieux contre le cafard.

— Possible. Mais des bouquins sur la mort ?

Comme si on n'avait pas déjà assez d'occasions d'y
penser comme ça... On dirait tout de même que ça
tape un peu moins fort. Vous ne trouvez pas ? On
s'entend causer.

— Ils ont l'air d'avoir un peu allongé le tir. Ils
arrosent du côté de Champneuville et de la Wavrille, du côté de votre P. C. justement.

— En fait de lectures, à votre place, j'aimerais
encore mieux les histoires de petites femmes.

— Vous savez, mon commandant, on s'en fatigue. J'avais commencé par lire beaucoup de romans policiers. A la fin, c'est la barbe. Le seul
avantage, c'est qu'ils coûtent moins cher. Moi, ce
qui me distrait le mieux, c'est quand j'ai à réfléchir. L'autre jour, ma belle-sœur m'a envoyé
la Mort, de Maeterlinck. C'est très profond, très
étudié.

Ils se turent quelques instants. Le bombardement semblait bien s'être reporté plus au sud.

— Pour en revenir aux téléphonistes » dit le
chef de bataillon, « ç'a toujours été des farceurs.
Tenez, je me rappelle une histoire qui m'est arrivée en Oranie du Sud, du temps que j'étais
simple lieutenant sous les ordres de Lyautey. Le
téléphone de campagne en était encore à ses
débuts, pour ainsi dire. Et là-bas ça n'avait peut-
être pas une grande nécessité. Mais Lyautey —
il n'avait pas encore fait son chemin — adorait
qu'on soit moderne en tout. Il avait beaucoup
d'amour-propre pour les troupes coloniales. Il
disait souvent : « Est-ce que vous vous prenez
pour des épaves du Second Empire ?... » Alors,
un jour...

Gastaldi s'interrompit brusquement. Il regarda
Mazel, la bouche ouverte.

— Hein ?

— Oui...

— Chut !...

Ils écoutaient, comme ils avaient écouté,
quelques heures plus tôt, le cœur de Raoul devenu
imperceptible.

Il n'y avait pas de doute. On n'entendait plus
rien. Ce n'était pas simplement une accalmie,
approximative ou locale. Plus rien jusqu'au
fond de l'horizon, strictement plus rien. Le bombardement s'était arrêté d'un coup, comme certains orages.

— Mauvais, ça » murmura Mazel. Il regarda sa
montre : 16 heures. Le silence durait depuis une
minute. Il se glissa vers l'ouverture de l'abri, avec
un reste de précautions. Il vit le sous-bois encore
plein de poussière et de fumée. Des brindilles
achevaient de tomber des branches. Tout sentait la
ruine fraîche. Cela ressemblait à la minute qui suit
l'effondrement d'une maison. Le silence était jeté
là-dessus comme un drap sur un mort.

Pendant ce temps, Gastaldi avait rampé jusqu'au trou du fond de la sape. Il regarda attentivement la portion du ravin et l'étroite bande des
lignes ennemies que son œil pouvait atteindre.
Rien ne bougeait encore dans le jour déjà décli-
nant.

Les deux hommes se retrouvèrent au milieu de
l'abri.

— Ils sortent ?

— Je n'ai rien vu.

— Qu'est-ce qu'on fait, nous ?

Le commandant haussa les épaules :

— Si je pensais que nous ayons le temps de
rentrer...

Il retourna au fond de la sape :

— Venez ! Venez ! » cria-t-il, « les voilà !... Passez-moi un fusil. Il y a les fusils de ces pauvres
bougres, dans l'encoignure en face de vous. Don-

nez-m'en un. Quand le magasin sera vidé, vous me
passerez l'autre. Est-ce que vous voyez assez clair
pour recharger ?

— Vous ne croyez pas » dit Mazel en lui tendant
le premier fusil, « que nous serions plus utiles
là-bas ?

Mais Gastaldi venait d'entrer dans une sorte
d'exaltation :

— Allez-y si vous voulez. Moi, je tire... Il n'y a
personne pour les recevoir. Tout le monde est
mort. Je ne les laisserai pas monter comme ça.

A la première ligne du Bois d'Haumont, du
Bois des Caures, du Bois de Ville, de la Montagne,
de l'Herbebois, il y avait, çà et là, des gens qui
par hasard n'étaient pas morts. Par paquets de
deux ou de trois, dans une tranchée, dans un abri.
Quelquefois même, dans une plus parfaite solitude, celle d'un homme réellement seul, au milieu
d'une terre éboulée et de camarades morts. Chacun pensait comme Gastaldi qu'à gauche et à
droite tout le monde était mort.

Chacun de ces survivants solitaires voyait ainsi
de petites silhouettes, couleur de sauterelle grise,
sortir là-bas de la tranchée ennemie ; sortir non
par un jaillissement dru, mais peu à peu, presque
une à une. Sans aucune précipitation. Comme des
ouvriers de la voie qui ayant fini leur travail verraient arriver le train de plateformes qui doit les
ramener, et se dirigeraient vers lui en traînant
leurs souliers sur le ballast.

Des silhouettes courbées ; avec un bras droit
ballant, lequel tenait un instrument assez court,
qui était un fusil ; avec une tête surbaissée par le

casque, rendue pareille à une enflure pustuleuse,
à un bubon.

Les silhouettes ne montaient pas vite; ne montaient même pas droit. Elles avaient l'air de choisir leur chemin. Cela ne ressemblait nullement à
un assaut. On aurait dit des gens qu'on a chargés
de recueillir des choses tombées ; ou qui cherchent
des champignons dans l'herbe, des escargots dans
les buissons.

Chacun des survivants était donc persuadé qu'il
était seul, ou qu'ils étaient deux ou trois camarades
seuls, tout seuls en première ligne, à voir venir ces
visiteurs un peu lents, et gris sauterelle. Que pou-
vait-il faire à lui seul ? Que pouvaient-ils faire à
deux ou à trois dans les décombres de leur tranchée ? Pourtant ils se mettaient à tirer en écartant
le camarade mort qui les empêchait de s'appuyer
au parapet, comme trois heures plus tôt ils en
avaient écarté un autre pour casser la croûte. Et
quand il leur restait une mitrailleuse que le bombardement n'avait pas démolie, l'un des survivants
pointait la mitrailleuse, et l'autre passait les
bandes.

Alors ils étaient tout surpris d'entendre que de
loin en loin, le long de la première ligne, d'autres
fusils tiraient ; que d'autres mitrailleuses faisaient
tac-tac-tac-tac... « Tiens ! Ils ne sont pas tous
morts ! » se disaient-ils. A quoi ils ajoutaient aussitôt : « Mais en arrière, qu'est-ce qu'ils font ?
Qu'est-ce qu'ils attendent pour venir nous aider ?
Qu'est-ce qu'ils attendent pour demander l'artillerie ? »

Les silhouettes gris-sauterelle continuaient à cheminer sans se presser. Elles marchaient le nez dans
l'herbe, comme des gens à qui on a recommandé
de prendre beaucoup de précautions. Assez souvent, l'une d'entre elles culbutait, roulait à terre,

ou faisait un plongeon dans la broussaille. Pourtant, comme il en sortait toujours, elles devenaient plus nombreuses. Les pentes qui montaient vers les lignes commençaient à grouiller un peu trop. Mais ce grouillement gardait une certaine nonchalance. Il faisait penser non à une foule qui va quelque part, mais à une foule qui s'en retourne et qui a tout son temps ; par exemple aux Parisiens des faubourgs de l'Est qui viennent d'assister au feu d'artifice des Buttes-Chaumont et qui rentrent chez eux en s'égaillant à travers les pelouses vallonnées.

« Qu'est-ce qu'attend l'artillerie ? »

Les hommes gris-sauterelle avaient beau ne pas se presser ; ils finissaient par approcher tout de même. La distance à franchir n'était pas si grande. Parfois, quand une mitrailleuse en avait fait basculer sept ou huit dans les mêmes parages, les autres semblaient hésiter, vouloir presque rebrousser chemin. On avait l'impression que ces quelques coups de fusil, ces quelques bandes de mitrailleuses, c'était encore de trop pour ce qu'ils s'attendaient à trouver. A croire que leurs chefs leur avaient dit : « Vous pouvez y aller les mains dans les poches. » Si seulement une centaine d'obus étaient tombés dans le ravin, on sentait que les hommes gris-sauterelle n'auraient plus aimé ça du tout.

A l'arrière des tranchées de première ligne, les chefs de compagnie encore vivants, que le brusque silence du canon avait déjà mis en alerte, et à qui les coups de fusil, des clameurs prolongées, parfois un homme au pas de course, venaient de confirmer la nouvelle que l'infanterie attaquait, allaient prendre au fond de leur abri les quelques fusées-signaux qu'ils avaient mises de côté comme suprême recours ; et tout en faisant circuler parmi

la poignée d'hommes qui leur restait les ordres de
combat en vue de l'assaut à soutenir, ils lançaient
leurs fusées pour réclamer immédiatement un
barrage d'artillerie. Immédiatement ! Ce qui
s'appelle immédiatement. Il n'y avait pas trente secondes à perdre. Les Boches montaient, chemi-
naient par les sentes, s'infiltraient entre les buissons et les bouquets d'arbustes. En trente secondes,
un homme sans se presser, et qui traîne ses godasses, fait tout de même une cinquantaine de pas.
Vite la chute d'une grille d'obus aux barreaux
serrés entre les Boches qui montaient et le rebord
de la position qu'ils allaient atteindre, ce rebord
démantibulé, que presque plus personne n'était là
pour défendre parmi les cadavres en morceaux.

Alors les fusées s'élevaient dans le ciel. Pas
toutes. Il y avait celles qui étaient mouillées, et
qui ne voulaient pas partir. Il y avait celles qui
allaient se cogner bêtement dans de hautes
branches que le bombardement n'avait pas cassées,
et qui, déviées par le choc, allaient cracher inutilement leur lumière dans le sous-bois. Il y avait
celles qui montaient bien vers la nue, mais y mou-
raient sans éclater, comme un tison qu'on trempe
dans l'eau. Et même celles qui lâchaient comme
il faut leur floc de lumière rouge ne vous laissaient
pas sans inquiétude. L'air au-dessus des lignes était
tellement sale, tellement fumeux. Dans le jour encore bien loin de s'éteindre, et qui faisait de toute
cette crasse volante un nuage laiteux, pareil à celui
qui traîne sur la fin d'un incendie de forêt, il
n'était pas très sûr que la petite bouffée de lueur
rouge se fît remarquer de loin.

Les trente secondes passaient, puis toute la minute. Puis la minute suivante. La grille d'obus,
que cela vous aurait tellement soulagé le cœur
d'entendre coulisser dans le ciel et choir massive-

ment à deux cents mètres en avant de vous, n'arrivait toujours pas, ne s'annonçait même pas par
quelques coups isolés. Ce qu'on entendait en revanche, c'était une reprise du tir ennemi, qui
cette fois s'abattait franchement sur l'arrière des
positions, à deux ou trois bons kilomètres des premières lignes. Pour l'instant, c'était leur artillerie
de campagne (ils devaient l'avoir rapprochée) qui
donnait surtout, sans préjudice d'un certain
nombre de gros obus qui filaient plus loin, à destination des batteries françaises, pour leur enlever
le goût d'intervenir, qu'elles manifestaient déjà
si peu. Ce tir sur la lisière sud du bois devenait de
plus en plus dense, tournait au feu roulant. Le
barrage, quelqu'un le faisait bien : c'était l'ennemi, entre les premières positions françaises et
l'arière.

Oh ! le plan des artilleurs boches n'était pas
sorcier : interdire l'arrivée des renforts ; isoler
complètement les divers morceaux du front que
l'ennemi avait décidé de conquérir dans cette première avance ; les mettre chacun dans un sac : le
Bois d'Haumont, le Bois des Caures, l'Herbebois,
les autres, pour que l'infanterie n'eût que la peine
de les ramasser avec la main ; lui donner toutes
ses aises pour qu'elle pût les occuper, les réorga-
niser à loisir, en faire le point de départ d'un
nouvel assaut ; de même qu'on protège de l'afflux
des eaux les ouvriers qui ont à réparer le fond
d'un bassin. Sans doute même l'ennemi avait-il
pensé qu'après son beau travail de concassement,
il ne restait plus un homme vivant dans les premières positions françaises, et que son infanterie
n'aurait à se débattre qu'avec le fouillis des ruines.
En fait, il restait des hommes vivants. Mais ils
allaient être enfermés entre le barrage qu'on tendait derrière eux et l'assaut qu'on poussait contre

eux ; entre le mur fixe de feu qu'ils avaient dans
leur dos, et le mur mobile de l'infanterie gris-
sauterelle qu'ils voyaient arriver.

Et toujours ce barrage de 75 qui ne se déclen-
chait pas ! C'en était à hurler de colère, à donner
de grands coups de pied dans les musettes de grenades, pour que tout saute et que ça soit fini.
Salauds d'artilleurs ! On ne voudrait pas être in-
justes. Mais il y a des moments où l'on se demande
s'ils ne le font pas exprès. Ou si par frousse ils
ne se sont pas planqués au fond de leurs cagnas,
jusqu'à la fin du bombardement. Qu'ils n'aperçoivent pas toutes les fusées, c'est possible. Mais
qu'ils n'en voient aucune ! Le camarade de la
compagnie de gauche, celui de la compagnie de
droite ont lancé eux aussi des fusées rouges ; et
même, comme ils avaient dû en retrouver d'autres
dans un coin, ils ont recommencé. C'est sûrement
pareil sur tout le front des bois. A qui les artilleurs feront-ils croire que s'ils regardaient bien,
que s'ils ne quittaient pas des yeux la bande de ciel
au-dessus des bois, comme c'est leur devoir, ils ne
distingueraient pas, malgré cette mélasse qui
flotte, une pulsation rouge sur dix, sur vingt ? Les
marins réussissent bien à distinguer les phares à
travers le brouillard et la tempête. Quand on pense
que le feu d'une carriole, qu'une lampe allumée
dans une ferme, qu'une simple vitre frappée par
le soleil couchant se remarquent parfois tout au
bout d'une plaine, à des lieues ! Et puis ils ne
devraient même pas avoir besoin de signaux. S'il
s'agissait de battre des positions que nous viendrions
nous-mêmes d'abandonner, on comprendrait qu'ils
hésitent en se disant : « Ont-ils fini d'évacuer ? Sur
qui vont tomber nos marmites ? » Mais là, qu'est-
ce qu'ils risquent ? Ils savent bien que ce n'est pas
nous qui attaquons ! Ils n'ont qu'à taper à cent

mètres en avant des lignes, à tout hasard. Ce n'est
pas compliqué. Ils ont reçu assez de plans direc-
teurs. Ils ont eu assez le temps de régler leurs
hausses, de tenir compte du vent et du reste... Il
est vrai que s'ils tiraient maintenant à cent mètres
en avant des lignes, ce serait déjà bien tard. Les
feldgrau ont atteint nos tranchées de bordure, et
ils s'expliquent avec les quelques pauvres bougres
que le bombardement n'a pas broyés. Mais n'importe. Le barrage arrêterait les suivants. Et même
s'il ne servait plus à rien contre l'ennemi, il ser-
virait à nous remonter le moral, à nous donner le
courage de crever sur ces ruines en jetant nos
grenades dans la gueule des premiers feldgrau qui
vont débusquer d'entre les arbres. Enfin, il ne sera
pas dit que nous n'aurons pas fait tout ce qu'on
pouvait faire humainement. Nous enverrons des
coureurs: « Deux hommes ! Des débrouillards !...
Vous filerez chacun dans une direction, au galop.
Il s'agit d'arriver jusqu'à une unité qui aura encore une liaison par fil avec l'artillerie, et de faire
téléphoner tout de suite devant vous. Ou si vous
n'en trouvez pas, de cavaler jusque chez les artilleurs. Et dites-leur de tirer, de tirer, pour l'amour
de Dieu ! tant qu'ils pourront, sur les cent mètres
en avant des lignes, et sur les cent premiers mètres
en bordure du bois. Tant pis si par hasard nous y
avons encore du monde. Partez ! Partez ! »
16 heures 30. C'est à devenir fou ! Les Boches
continuent d'avancer. Sûrement qu'ils sont dans le
bois. On les entend bien. Et vous voyez ces
flammes, là-bas, entre les branches ? Ah ! voilà
donc les machins qu'ils essayaient du côté
d'Azannes, l'autre jour. Les Boches attaquent au
lance-flammes ; ils nettoient les ouvrages au lance-
flammes. Salauds d'artilleurs... Salauds, salauds !

VIII

PRISONNIERS. — DE T. 18 A T. 22

Ils eurent le sentiment que les feldgrau avaient
fait le tour de l'abri, et d'instinct ils se précipi-
tèrent vers l'issue. Ils y seraient peut-être accueillis
par une douzaine de balles. Mais tout valait mieux
que d'être déchiquetés au fond de ce trou à coups
de grenades qu'on leur jetterait du dehors comme
dans un passe-boules, ou, qui sait ? brûlés au lance-
flammes.

Sur le seuil, ils eurent un recul. Quelques feldgrau les attendaient, en demi-cercle, deux ou trois
l'arme épaulée. Eux avaient laissé leurs fusils dans
le trou ; et ils ne songèrent même pas à faire le
geste d'aller chercher leur browning dans la sacoche, tant c'était vain. Ils écartèrent les bras du
corps, par un réflexe d'impuissance, de détresse.

— Prisonniers ! » leur cria en français l'un des
feldgrau, un sergent, en même temps qu'il abais-
sait de la main les canons de fusil de ceux de ses
hommes qui avaient mis en joue.

Gastaldi et Mazel laissèrent retomber leurs bras,
et restèrent sur place. Le bois, devant eux, continuait à fumer et à gronder dans un commencement
de crépuscule.

Le sergent, qui venait de reconnaître leurs
grades, leur fit un petit salut.

— Vous êtes seuls ? » dit-il.

Ils allaient répondre « oui », quand ils se sou-
vinrent de Raoul que, dans l'excitation de cette
dernière demi-heure, ils avaient oublié.

— Nous avons aussi avec nous, là dedans, un camarade... presque mort... fast todt.

— Officier aussi ?

— Oui.

Il fit signe à ses hommes de surveiller les deux Français, s'en fut à quelques pas à travers les arbres, et revint presque aussitôt suivi d'un jeune feldwebel.

Le feldwebel salua. Il regarda les deux officiers français un instant, et, cherchant ses mots :

— Vous êtes... commandant, n'est-ce pas ? Et vous... lieutenant ?

— C'est exact », fit Mazel. Gastaldi bougea un peu la tête de côté, avec une grimace de la bouche, sans répondre.

— Vous êtes prisonniers, n'est-ce pas ? » Ils firent tous deux une petite inclinaison de tête, en écartant de nouveau un peu les mains du corps.

— C'est vous qui tiriez sur nous de l'autre côté ? » continua le feldwebel. « Je vous félicite. Vous vous êtes battus courageusement, en toute première ligne. Vos hommes, tués, sans doute ? Un camarade officier, l'on me dit, est là dedans ? blessé ?

— Presque mort » répéta Gastaldi.

— Bien. Nous nous occuperons avec lui ; ne craignez rien pour lui. Vous-mêmes ayez la bonté de me remettre vos revolvers, et suivez ces hommes, je vous prie.

Il salua de nouveau, regarda un instant les deux prisonniers s'éloigner avec leur escorte, et repartit vers la région du crépuscule où l'on se battait.

A l'Herbebois, l'adjudant Vigaud, sous-officier de carrière, n'était pas mort dans la tranchée 18,

comme on l'avait cru le matin. Après l'effondrement d'une partie de l'ouvrage, qui l'avait enseveli
avec plusieurs de ses hommes, et l'explosion d'un
210, qui lui en avait écartelé plusieurs autres, en
le blessant lui-même d'un éclat au front, Vigaud
avait réussi à se dégager de la terre, et, boueux,
saignant, à se réfugier avec les trois hommes qui
lui restaient, dans un abri situé un peu en arrière
de T. 18.

Quand se produisit, à 16 heures, l'arrêt brusque
du bombardement, Vigaud n'eut pas d'hésitation :
　— Tantôt » dit-il à ses trois hommes, « quand
ils ont cessé le feu, c'était du chiqué. Maintenant,
c'est sérieux. Ils n'ont plus qu'une heure de jour.
Donc, il faut qu'ils fassent une attaque. Vous allez
voir. Seulement, nous, ici, nous étions bien tant
qu'il ne s'agissait que de recevoir le moins possible de marmites. Pour attendre une attaque, ça
ne va plus. Nous ne les verrons pas venir. Nous
serons très mal pour tirer. Ils nous tueront ou
nous prendront comme des rats. Nous n'avons plus
qu'une chose à faire : retourner à la tranchée 18.

　— Mais, mon adjudant, vous vous rappelez dans
quel état elle est ?

　— Qu'est-ce que ça peut foutre ! Ce qui subsiste
sera bien assez grand pour nous quatre. Il y aura
même sûrement des places de rabiot. Au trot, les
petits gars !

Pour ne pas laisser perdre ces places de rabiot,
il dénicha deux hommes, puis trois hommes, puis
quatre autres dont un sergent, terrés eux aussi dans
des trous du voisinage, et qui représentaient les
vestiges qui d'une escouade, qui d'une demi-section. Ce qui lui fit douze hommes au total.

　— Tous à T. 18 ! » leur criait-il. « Les Boches
vont monter. C'est à T. 18 qu'on sera le mieux
pour les recevoir.

Avec ses douze hommes, il tint trois quarts
d'heure dans T. 18. Il était si ocupé à leur crier
des ordres, à courir derrière l'un puis l'autre pour
conseiller leur tir : « Ces deux-là, tu vois, là-bas,
à gauche du buisson... Bon ! Recommence... Ceux-
là qui vont passer le petit chemin... Le gros qui
vient de se mettre à quatre pattes... » que lui ne
pensait pas à l'absence du barrage d'artillerie. Il
voyait les lignes de tirailleurs jaillir du sol l'une
après l'autre, monter lentement avec des zigzags,
envahir le terrain comme sans trop savoir où
aller, à la manière de fourmis qui envahissent une
couverture ; et ce spectacle épuisait son attention,
lui tirait les yeux hors de la tête.

A 16 heures 45, il comprit que T. 18 allait être
tournée. Sans plus d'hésitation que la première
fois, il ordonna le repli :

— Ouste ! Filons d'ici. Vous trois à gauche,
partez les derniers. Et tirez tant que vous pouvez
sur votre gauche.

Il avait son plan, qui était de rallier T. 21, qu'il
connaissait bien, et dont il estimait que la position
était la meilleure en l'occurrence après T. 18.

Sur son passage, il ramassa d'autres débris d'es-
couades, que l'avance de l'ennemi menaçait dans
les ouvrages voisins, même les marins d'un poste
d'observation qu'on avait placés là pour renseigner
la pièce de 16 de marine embusquée au ravin de la
Coupure, et qui, ayant leur fil rompu, ne servaient
plus à rien.

Malheureusement, T. 21 se trouva démolie. Vigaud avec sa troupe se rabattit sur T. 22, où il y
avait en temps normal une section de mitrailleuses. Les mitrailleuses y étaient encore avec une
poignée d'hommes. Vigaud prit le commandement
de T. 22, et fit si bien qu'à 17 heures 30, au moment où la nuit tombait, l'ennemi était arrêté de

ce côté-là, oscillait dans sa marche, et commençait à refluer.

En même temps, il avait trouvé moyen de se mettre en liaison, par coureur, avec son capitaine, et avec le sous-lieutenant Delmas. Il leur rendait compte de la situation, leur demandait du renfort. Tout ce qu'il obtint, hélas ! fut qu'on lui enlevât une de ses mitrailleuses, pour boucher une fissure qui venait de s'ouvrir à gauche, dans la ligne de combat. Ce qui n'empêcha pas le sous-lieutenant et le capitaine d'envoyer à leur tour des coureurs au commandant Jamond pour lui signaler la résistance victorieuse de T. 22.

Le commandant Jamond, en lisant les quatre lignes du rapport de Delmas, se mit à hurler dans son abri :

— J'ai des hommes magnifiques ! J'ai des gradés magnifiques ! S'ils avaient été soutenus, les Boches ramassaient la pipe. Je n'ai pas encore pu avoir un seul renfort de la Wavrille. Et les artilleurs ! Ah ! les assassins ! J'ai tout fait. J'ai lancé toutes mes fusées rouges, l'une après l'autre, toutes. Je ne peux plus en lancer, je n'en ai plus ! J'ai fait sonner le clairon, que j'ai envoyé jusqu'en haut du Bois des Bouleaux pour qu'on l'entende mieux. J'ai fait partir des coureurs. Il y a plus d'une heure et demie que l'attaque boche est commencée. Les Boches sortent tranquillement, vague après vague. Et pas le plus petit barrage. Rien, rien, rien.

Il serrait les poings. Sa voix s'étranglait.

Un coureur entra :

— Mon commandant, on vous fait dire qu'il tombe des obus français en avant du bois, à deux cents mètres...

— Un barrage ?

— Non, pas un vrai barrage, des obus... Mais

que ça ne sert plus à grand'chose, parce qu'il y a
longtemps que les Boches sont dans le bois... alors
qu'il vaudrait mieux demander à l'artillerie de
tirer plus court... Voilà ce qu'on m'a changé de
vous dire, mon commandant. On s'excuse de
n'avoir rien écrit.

— Demander à l'artillerie de tirer plus court !
Comment le lui demander ! Je n'ai plus de fil, plus
de fusées, plus rien. D'abord elle s'en fout l'artillerie. Elle envoie des obus où ça lui plaît, pour se
distraire... Vous n'êtes pas trop crevé, mon petit ?
Non ? Eh bien, je vous promets quatre jours de
perm supplémentaire, si vous me portez ceci jusque
chez le lieutenant-colonel Duval, à la Wavrille. Ce
n'est pas très loin.

Il écrivit :

« Je fais ce que je peux, mais je vais être sub-
mergé.

« Je demande du renfort ; au moins deux
compagnies.

« Je demande un barrage d'artillerie sur la lisière Nord du Bois, entre T. 16 et T. 18. »

IX

BATAILLE DE SPECTRES

Il fait nuit complète. Non pas tout à fait nuit
noire, car la lune s'est levée. Mais sa lueur oblique
ne va pas bien loin dans le sous-bois encore pou-
dreux et fumeux.

D'Haumont aux confins d'Ornes, se déploie sur
une dizaine de kilomètres de front et sur quelques

centaines de mètres de profondeur, une extraordinaire bataille de spectres. Personne ne voit à plus
de dix pas ; et ce qu'on voit, ce sont des ombres
qui bougent, parfois un reflet de métal ; des lueurs
de tir ou d'explosions ; parfois, le dégorgement de
feu d'un lance-flammes, qui, de loin, à travers ce
décor de troncs et de branches cassées, apparaît
comme un artifice de théâtre. Des fusées éclairantes ont été lancées au début ; mais chacun des
adversaires y a renoncé : les Français parce qu'ils
n'avaient plus de fusées, sans doute ; les Allemands
parce qu'ils trouvaient encore plus avantageux de
dissimuler dans l'ombre leur avance par infiltra-
tion et petits coups de mains.

Personne ne sait exactement ce qui se passe à sa
gauche ni à sa droite. L'on reconnaît les camarades
tout proches à leur voix, à leur silhouette, à l'espèce de paquet continu de souffles, de grogne-
ments, d'interjections, pétri de consonances fami-
lières, qui se déplace en même temps que le petit
groupe d'hommes dont vous faites partie. On reconnaît l'ennemi à une différence des silhouettes,
à l'autre paquet de rumeurs qu'il forme, et surtout au sentiment plus ou moins clair, et que les
positions matérielles de chacun ne suffisent pas à
expliquer, de l'avoir *en face*, de l'avoir contre soi ;
de subir sa pesée ; d'être soi-même l'obstacle, la
résistance, qui doit amortir, compenser, surmonter
l'effort qu'il fait.

Tout le long de ces bois nocturnes, il y a ainsi un
chapelet de plusieurs centaines d'engagements in-
fimes, de bagarres dans les ténèbres, dont chacune
ignore à peu près l'autre. On avance, ou l'on re-
cule de quelques pas. On se bute à des pierres, à
des monticules, à des plaques de tôle. On a le pied
pris par un fil de fer. On marche sur quelque chose
d'assez volumineux, qui grouille un peu sous le

pied, et qui est sûrement un cadavre. On se jette
dans quelque chose d'allongé et de noir qui doit
être un reste de tranchée ; l'on appuie un instant
son fusil au parapet, et l'on tire sans viser une
série de cartouches sur quelques-uns des fantômes
dont on a des raisons de penser qu'ils sont d'*en
face*, qu'ils sont de l'espèce « contre ». On a faim,
parce que, cela va sans dire, aucun ravitaillement
n'est arrivé, et qu'ou bien l'on a fini ses vivres
de réserve, ou bien l'on se défend de toucher au
peu qui vous reste, pour échapper demain matin
à l'inanition totale. On est creux, vraiment, comme
des spectres.

Particularité très étonnante : Dans ce chaos nocturne, il vous arrive des ordres, même de ceux qui
supposent une origine déjà lointaine, et un dessein
de quelque ampleur :

— Ordre du bataillon. Déployez-vous vers la
gauche, dans la direction de l'ouvrage H. Faites
passer.

A chaque instant, un « faites passer », « faites
passer » promène son chuchotement à travers cette
dispersion de fantômes.

Les renforts n'arrivent pas, ou ce n'est qu'au
compte-gouttes. Le barrage d'artillerie, à la pensée
duquel on est suspendu depuis trois heures, arrive
encore moins. Mais les ordres arrivent. Comment
font-ils ? Et des ordres qui ne s'embarrassent pas
trop des difficultés de la situation :

— Ordre de la compagnie : tenir coûte que
coûte sur la ligne actuellement atteinte par le
repli...

— Ordre du bataillon : organiser, avec une section, une contre-attaque sur l'ouvrage E.

— Ordre du bataillon : prononcer un mouvement
de flanc par la lisière du bois pour contourner
l'ouvrage H.

Tout cela dans la nuit. Tout cela relativement
assourdi et furtif. On entend, par intervalles, une
pétarade de mousqueterie, quelques explosions de
grenades, un tac-tac-tac de mitrailleuse. Presque
pas de cris. Beaucoup de mouvements se font à
l'étouffée. Une dizaine d'hommes avance, se défi-
lant derrière les arbres, utilisant un monticule de
débris, un reste de talus, parcourue de chuchote-
ments. Elle évite quelques coups de feu. Elle réussit
à déborder légèrement sur la gauche les ruines
d'un ouvrage ou l'ennemi vient de prendre pied ;
et, comme pour marquer le résultat obtenu, les
deux ou trois hommes qui forment la pointe du
mouvement, tirent dans la direction de l'ouvrage,
sans viser, presque sans rien voir. Alors les occupants de l'ouvrage sortent, en courbant le dos, des
trous où ils venaient de se blottir, et reculent à
travers les arbres et l'obscurité, en tirant eux aussi.
Un peu plus loin, à gauche ou à droite, la même
opération a lieu en sens inverse. Il tombe un
homme de temps en temps. Les rapports diront
que la lutte a été acharnée. Il est vrai qu'elle est
tenace. La moindre faute, le moindre faiblissement
de l'adversaire est épié, exploité aussitôt, dans la
mesure où les ténèbres le laissent saisir. Mais il
n'y a rien qui ressemble à une fureur qui jetterait
l'homme sur l'homme. Ceux qui n'y auront point
assisté imagineront des corps à corps, une frénésie
de combattants désespérés qui s'étant cherchés à
tâtons dans la nuit, s'empoignent enfin et
s'égorgent. En réalité, cette mêlée, dont personne
n'a le spectacle, dont personne vraiment n'a connaissance, que personne vraiment ne dirige,
comporte en nombre de ses points des sortes de
passes, de figures, qui ne sont pas sans l'assimiler
à un jeu. Comme si, dans les ténèbres tout juste
pénétrables, une ribambelle d'équipes, appar-

tenant à deux camps opposés, entamaient à chaque
instant des parties l'une contre l'autre, et obéis-
saient, pour en marquer provisoirement le résultat,
à des conventions tacites. « Tu m'as contourné
dans les règles. Je suis sans conteste menacé d'en-
veloppement. C'est bien. Je me retire. Nous
allons recommencer vingt mètres en arrière. » Les
coups mortels, sous lesquels d'instant en instant
un homme s'effondre, montrent bien qu'il ne s'agit
pas d'une frime. Mais ils valent surtout comme
signes. Ils n'empêchent pas la lutte de garder, bien
à l'insu d'ailleurs de ceux qui la mènent, un certain caractère théorique. Les phases en sont déter-
minées moins par le choc matériel des forces l'une
contre l'autre, et la destruction effective de l'une
des deux, que par la démonstration qu'elles se
donnent réciproquement de leurs possibilités et de
leurs chances.

Soudain, grêle de 75. L'artillerie française a
enfin compris qu'il se passait sur le front des événements qui pouvaient l'intéresser.

On se sent tout de même soulagé ; mais plutôt
pour le principe ; et la joie ne dure pas longtemps.
Il y a décidément des inconvénients à saisir une
situation avec tant de retard, et à n'intervenir qu'à
20 heures, quand c'était à 16 heures qu'on vous
attendait. Les obus tapent non en avant des lignes,
mais sur le bois même. Les artilleurs, qui se sont
mis à savoir une foule de choses, savent que l'ennemi s'est infiltré fort loin dans les bois, et que
c'est là qu'on peut le mieux l'atteindre. L'ennui
est qu'il n'y est pas seul ; et l'action qui se déroule
est tellement enchevêtrée que Dieu lui-même, s'il
était artilleur, ne reconnaîtrait plus les siens.

— Assez ! Assez ! Qu'on les fasse taire ! Lancez
des fusées ! Envoyez des coureurs !... Les survivants
des marmites boches ne vont tout de même pas
crever sous les marmites françaises !

X

PETITE VICTOIRE A L'ÉTAT-MAJOR

Toute la soirée, à l'État-Major de Dugny, les officiers qu'une mission spéciale n'appelait pas ici où
là se tinrent en permanence, même ceux qui
n'étaient pas de service. Ils préféraient se trouver
sous la main de leurs chefs, en cas d'alerte. Ils
attendaient les nouvelles du front. Ils échangeaient
des impressions et des pronostics. Ceux qui, au
cours de la journée, avaient circulé dans la zone
de combat, apportaient leur témoignage personnel.

Une certaine grande pièce, bien connue pour les
vertus sociables dont la dotait un gros poêle de
fonte rond, devint ainsi jusqu'au delà de minuit,
le siège d'une parlote aussi animée que le permettaient les habitudes du milieu et les différences de
grade. Quand un officier revenait de tournée, aussitôt son rapport fait à qui de droit, il était happé,
traîné dans le cercle, et soumis à l'interrogatoire,
comme un simple prisonnier qu'on ramène des
lignes.

— Cela me rappelle dans un autre genre » con-
fiait Geoffroy à un camarade, « les permanences
de comité un soir d'élection.

L'atmosphère, la tendance s'y modifiaient tous

les quarts d'heure. Les indices les plus fugitifs
d'un changement de la situation dans un sens ou
dans l'autre étaient interprétés avec autant d'excès, parfois même autant de naïveté que dans une
réunion de profanes. Ceux qui représentaient la
tendance optimiste étaient les plus acharnés à faire
dire aux faits ce qu'ils ne voulaient pas dire :

— Qu'est-ce que je vous ai parié ? Vous voyez
bien qu'il ne fallait pas grossir les choses.

— Une attaque, déclenchée après neuf heures
seulement de bombardement coupées d'une longue
pause, et peut-être une opération sérieuse ; ce
n'est pas une offensive de grand style.

— En somme, de combien ont-ils avancé jusqu'ici ?... Pratiquement c'est un ratage...

Ou même :

— L'affaire est enrayée.

Quand on n'avait que deux, ou même trois galons sur la manche, et que le monsieur qui venait
de parler en avait quatre, il était plus facile d'appuyer ou de se taire que de contredire. On s'en
tirait par de petites mines dubitatives. On citait
tel fait troublant, de l'air de quelqu'un qui ne
demande d'ailleurs qu'à être rassuré.

A partir de dix heures, certains des principaux
augures, que l'on voyait aller et venir d'un bureau
à l'autre, montrèrent un visage plus soucieux. La
parlote du gros poêle de fonte recueillit le bruit
que le commandant Plée était en train d' « évo-
luer ». Il continuait à prétendre qu' « au départ »
les Allemands n'avaient pas eu l'intention de monter une grande offensive contre Verdun ; qu'ils
avaient simplement voulu nous tâter, et par la
même occasion nous accrocher. Mais si en cours
d'exécution ils croyaient apercevoir que l'opération était fructueuse à poursuivre pour elle-même,
ils étaient fort capables d'y prendre goût, et de

lui donner une ampleur qu'ils n'avaient pas prévue.
Ce qui était conforme aux principes permanents
de la stratégie ; et ce qui leur était rendu spécialement facile par la proximité de leurs masses de
réserve.

Plée admettait donc que telle ou telle mesure,
réclamée depuis le matin par le 3e Bureau, et
laissée en suspens, comme l'ordre général No 15
relatif à la route de Bar-le-Duc, acquérait une
« certaine urgence ». Mais il ne capitula pas sans
s'être assuré une dernière petite victoire. Alors que
le chef du 3e Bureau insistait pour que la mise en
application de l'ordre fût fixée au lendemain matin, dès la toute première heure, et s'écriait per-
dant patience :

— Mais, bon Dieu ! il ne s'agit pas tout de
même de faire sauter les ponts ni les forts de
Verdun, ni d'ameuter la France entière ! Il s'agit
de désencombrer un peu une route !

Le commandant Plée, toujours rond et souriant
d'ailleurs, invoqua la « pagaille » qu'un excès de
précipitation ne manquerait pas d'apporter, et
réussit à faire reculer l'exécution de l'ordre jusqu'au lendemain midi.

Si bien qu'à 23 heures, le capitaine Cosmet fut
appelé chez le chef du 3e Bureau, qui lui remit un
papier, et lui dit, non sans un soupir :

— Vous allez faire immédiatement le nécessaire
pour que le message dont vous trouverez le texte
ci-dessous, oui, à la dernière ligne, soit téléphoné
avant minuit à toutes les unités de la R. F. V.,
ainsi qu'aux grandes unités voisines... dont vous
avez la liste, ici, au-dessus, pour mémoire... Bon.
Pointez, n'est-ce pas, à chaque fois, pour être sûr
de n'oublier personne. En cas d'impossibilité de
communiquer avec tel ou tel, rendez-moi compte.
Je ne bouge pas d'ici avant une heure du matin.

Le capitaine Cosmet se retira en lisant son papier :

R. F. V.

—

Etat-Major   Au Q. G., le 21 février 1916

3e Bureau

No 4568

Message téléphoné

État-Major R. F. V. à états-majors 2e C. A., 7e C. A., 30e C. A., 8e C. A., 1re armée, Groupt Duroure, IIIe Armée, G. A. C., Ct d'armes D. E. S., Artillerie R. F. V., Sce aéronautique R. F. V., Sce télégraphique R. F. V., Sce automobile R. F. V., Sce santé R. F. V., Sce vétérinaire R. F. V., S/Intendant R. F. V., Prévôt R. F. V.

Application de l'ordre général No 15 à partir du 22 février 12 heures.

P. O. : le chef d'État-Major.

Cosmet fit la grimace :

« Avec tout le chahut qu'il y a actuellement, j'en ai pour jusqu'à trois heures du matin. »

En fait, à minuit 15, il put se présenter à son chef et lui dire :

— Je les ai eus tous.

— Très bien... Donnez-moi votre papier.

Le chef regarda le cartel de bois noir qui pendait au mur :

— Minuit 15...

Et il nota au crayon, dans la marge du papier : « Transmis le 21 entre 23 h. et 0 h. 10. »

XI

CE QU'ON ENTEND DU TOURNANT
DE LA NEUVILLE. — DUROURE
VEILLE AU GRAIN

— Radigué, vous venez avec moi, n'est-ce pas ?
— Oui, oui, mon général. Mon cheval doit être
en bas, je pense...

Depuis trois jours, Duroure se faisait accompagner par Radigué dans sa promenade du matin,
qui suivait l'examen du courrier de nuit. Depuis
trois jours, c'est-à-dire depuis le 19, avant-veille
du déclenchement de Verdun. Ce déclenchement,
Duroure l'avait senti venir, par une sensibilité qui
ressemblait à celle des animaux avant l'orage. Le
raisonnement clair y avait peu de part. Les dépêches du Grand Quartier, les notes communiquées
par les unités voisines, les rumeurs diffuses, apportaient bien quelques indices. Mais il était très facile de déraisonner à leur propos, comme d'autres
le montraient au même moment. Duroure aurait
pu déraisonner aussi, et plus brillamment que
personne. Mais, en marge de son esprit, il avait
ses nerfs. Ses nerfs s'étaient mis en vibration
petit à petit. Il ne tenait plus en place. Certes,
il avait envie de discourir ; mais les discours qui
le démangeaient lui étaient dictés par son instinct,
et lui auraient servi à soulager sa nervosité, puisqu'hélas il ne lui était pas donné de la soulager
dans l'action.

Dès sa promenade du 17, il trouva que la compa-

gnie du seul Cabillaud le soumettait à un supplice
de silence insupportable. Aucune conversation
n'était possible avec ce niais. Il n'était même pas
décent de parler tout seul devant lui. Outre qu'il
n'y avait pas lieu de le mettre au courant de certaines choses, ses « oui, naturellement, mon général » avaient de quoi décourager d'avance le mono-
logue le plus intrépide.

Le 18, Duroure dit à Radigué :

— Demain matin vous m'accompagnerez dans
ma promenade à cheval. Cela vous fera du bien...
Nous causerons.

— C'est que... mais enfin, bien, mon général. Je
m'arrangerai. Et qu'est-ce que vous faites de Cabillaud ?

— Cabillaud nous suivra, à trente mètres... Je
ferai venir avec lui le petit de Beauvaison, pour
qu'il n'ait pas la tentation de nous coller.

Donc, ce matin du 22 février, Duroure et son
chef d'état-major partirent botte à botte comme
les jours précédents. Cabillaud les escortait à
bonne distance. Il avait pris le pli. La présence de
Beauvaison n'était plus nécessaire.

Duroure n'éprouvait pas le besoin de parler
sans discontinuer. Au contraire, il était fort heureux de réfléchir à sa fantaisie, et de se faire des
discours intérieurs. Mais de temps en temps une
pensée insiste, et cherche à s'exprimer tout haut.
Duroure souhaitait avoir, à ces moments-là, près
de lui, quelqu'un qui fût en mesure de comprendre, et même de réagir.

Ils avaient trouvé, dans le courrier de nuit, trois
ou quatre communications de Verdun, parmi lesquelles le message concernant l'ordre n° 15. Au-

cun de ces documents ne fournissait, même à l'état
d'ébauche, une vue d'ensemble sur les événements
du 21 février, ni l'indication formelle de leur gravité. L'on restait libre de croire simplement à une
grosse alerte.

Le général, tout en cheminant, y rêvait.

— Ils commencent à se préoccuper de leur route
de Bar-le-Duc » fit-il tout haut. « En somme,
c'est tout ce qu'ils ont, avec la ligne de Sainte-
Menehould... » (Il ignorait la coupure du coude
d'Aubréville, et il ne songeait même pas au Meusien.) « Ce n'est pas gras... S'il leur fallait par
malheur faire face à un arrivage massif d'hommes
et de matériel, je ne vois pas comment ils s'en tire-
raient.

— Moi non plus » avoua Radigué après un
temps de réflexion.

Cent mètres plus loin :

— J'ai rudement bien fait de ne pas accepter,
hein ?

— Ma foi...

Puis Radigué reprit, d'un ton moins détaché que
celui qu'il affectait d'ordinaire :

— Vous avez décidément l'impression, mon général... que c'est sérieux ?

— Oui. Pas vous ?

— Si.

— En tout cas, nous serons bientôt fixés.

Duroure mit son cheval au trot. Il avait hâte
d'arriver à un certain point de sa promenade, qui
était la lisière nord-ouest du bois de la Neuville.
A cet endroit, la route faisait une boucle à flanc
de coteau, et pénétrait dans le bois durant deux ou
trois hectomètres, ayant à sa droite une croupe
très arrondie, semée de rochers et de petits arbres,
qui s'élevait d'un mouvement assez ample vers la
ligne de crête et le col voisin, qu'un chemin vici-

nal, partant de la route après la sortie du bois, allait franchir.

La veille, passant par là avec Radigué, il avait été frappé soudain par un bruit assez extraordinaire qui semblait venir du fond du ciel :

— Chut ! Arrêtez-vous, je vous prie... Empêchez votre cheval de piaffer... C'est le canon, ça !... Mais quelle dégelée ! Vous entendez ? On dirait un écroulement d'avalanche qui n'en finirait plus... Cela se passe au diable... peut-être sur les Hauts-de-Meuse ou en Argonne... ou encore plus loin. Peut-on savoir ! Vous entendez, n'est-ce pas ?

— Oh ! très bien, mon général.

— Plus bas, je n'avais rien remarqué. Vous non plus ?

— Moi non plus.

— Attendez. Le nord est ici, l'ouest ici. Oui, ça doit venir de Verdun. A L***, quand nous sommes partis, on n'entendait rien du tout, n'est-ce pas ?

Ils avaient épilogué sur les bizarreries de la propagation du son aux grandes distances. Par rapport au lieu d'origine de cette canonnade, le bois de la Neuville devait être dans une tranche sonore, L*** dans une tranche sourde.

L'après-midi, en recevant les premières nouvelles de Verdun, ils avaient dit ensemble : « C'est bien de là que ça venait. » Mais le ton modéré des dépêches les avait surpris, presque déçus.

— J'ai entendu ce que j'ai entendu » déclarait Duroure, le soir, à l'heure de la causerie dans le grand salon. « Si ce n'était pas une préparation de première classe, je ne m'y connais plus.

Il était donc très impatient ce matin-là d'atteindre le Bois de La Neuville. A 8 h. 15 ils approchaient de la lisière. Depuis le bas de la pente, ils étaient attentifs.

— Halte ! disait Duroure.

Ils arrêtaient leurs chevaux, tâchaient de les faire tenir tranquilles. Mais il y avait ce Cabillaud qui arrivait derrière. D'un geste impérieux du bras, Duroure lui signifiait de stopper. On n'entendait plus que le petit bruit des gourmettes.

— Vous saisissez quelque chose, Radigué ?

— Non, mon général.

Ils recommençaient un peu plus loin.

Ils dépassèrent les premiers arbres. A droite s'amorçait le mouvement de la croupe rocheuse.

— Attention ! Il me semble bien... Ah ! voilà !

Ils prêtèrent l'oreille avec le ravissement de l'attente comblée.

— Avançons encore un peu, voulez-vous ? Le meilleur endroit doit être ici, à ce tournant... Cabillaud ! Restez où vous êtes !

Au niveau du tournant, la plateforme de la route se continuait par quelques mètres de terre-plein qui formaient éclaircie dans le bois. C'est là que Duroure vint se placer, le nez de son cheval tourné vers le nord-ouest. Radigué était resté en travers de la route.

Le soleil qui était déjà haut à l'horizon glissait le long des pentes de droite et recueillait sa chaleur dans ce site abrité. Sur la chaussée de la route, la neige avait fondu, laissant au sable une tendre consistance et une jolie couleur saumon. Même le sol des talus et du sous-bois ne conservait qu'une sorte de grésil, d'une grande finesse, qui brillait dans les rayons, et qui ne cachait ni les herbes ni les aiguilles de pin. Les branches étaient chargées chacune d'une longue chenille de neige cristalline ; par-dessous, elles étaient brunes, d'un brun humide. Le soleil soumettait ce noyau de paysage à un léger tiédissement, à un début de coction printanière, d'où se dégageait une odeur presque déjà capiteuse.

Duroure, droit sur son cheval, écoutait, pressentait. Sous des yeux gris, veinés de brun, un peu chimériques, sous un crâne qui avait abrité et logeait encore bien des idées de faible consistance, se développait une seconde moitié de visage qui pour l'instant était toute vibrante d'attention, toute occupée à la capture de signes lointains, à l'appréhension d'événements actuels mais invisibles. Une moitié de visage vouée à l'exercice du flair, aux supputations de l'instinct, à une sorte de clairvoyance animale ; et dont le frémissement des narines semblait le centre. Duroure avait l'air d'écouter non point avec ses oreilles, ornements assez indifférents à la bordure du képi, mais avec le bout de son nez et ses lèvres, que la moustache courte dissimulait peu.

— C'est au moins aussi fort qu'hier » déclarat-il. « A qui fera-t-on croire qu'il puisse y avoir encore le moindre doute ?

Ils restèrent là une dizaine de minutes. Puis Duroure donna le signal du départ. Tant qu'ils furent sur la petite route, la rumeur les accompagna, avec des variations d'intensité. Mais dès qu'ils eurent pris un chemin à gauche qui les ramenait vers le fond du val, ils perdirent le contact avec elle. Il leur sembla qu'elle s'élevait soudain au-dessus de leurs têtes, comme un velum qu'un treuil aurait hissé.

— Je suppose tout de même qu'il y a du canon français là-dedans » fit Radigué.

— Sans doute... Mais vous savez... C'est aussi une des raisons pour lesquelles je n'ai pas marché. Je n'ai pas le chiffre de l'artillerie de Verdun. Mais c'était très insuffisant. On ne leur a même pas laissé les vieilles pièces des forts. » Il se mit à rire. « J'en parle savamment. J'en ai assez installé moi-même sur le front de Champagne !

— Oui, mais depuis un mois, on leur a envoyé de la lourde en quantité...

— Oh ! en quantité...

— Si, mon général, dans la mesure du possible... Je ne vous ai pas montré toutes les notes qui sont passées... Et même de très grosses pièces de marine.

— De la blague, ça.

— Quoi, les pièces de marine, mon général ?... J'ai eu l'occasion d'en voir, et de tout près... Il y en a qui sont des outils magnifiques.

— Vous n'êtes pas artilleur, mon cher... Je ne vous le reproche pas... D'abord elles tirent très lentement. Vous me direz qu'elles ne sont pas les seules... Ensuite elles ont une trajectoire beaucoup trop tendue ; surtout pour un pays à fortes dénivellations comme celui de Verdun. A Verdun une grosse pièce de marine est obligée de tirer à vingt ou vingt-cinq kilomètres, même si l'objectif intéressant est à huit. Mais tout ça n'est pas le plus grave. Le plus grave, c'est que leurs obus ne servent à rien...

— Tout de même !...

— ... en coûtant très cher... Réfléchissez : Pourquoi sont-ils faits ? Pour frapper de plein fouet une cuirasse d'acier verticale, très épaisse, et passer au travers. On ne leur demande même pas de faire un trou plus large qu'eux. S'ils le font, c'est du luxe. Alors, on les munit d'une enveloppe d'acier formidable avec une charge d'explosif insignifiante. Tirez-moi en rase campagne un de ces obus-là. Qu'arrivera-t-il ? A quinze, à vingt kilomètres, votre obus ira faire dans le sol, à angle très aigu — un peu moins aigu s'il rencontre un flanc de coteau — un trou très profond, très étroit, un vrai trou de renard. Et puis, ce sera tout. Vous aurez enfoui au fond de votre trou de renard cinq

ou six billets de mille francs. Sans aucune autre
espèce de résultat. Une tranchée qui se trouvera à
dix mètres ne sera même pas bouleversée ; les occupants même pas blessés par des éclats... Ce qui
sert à couler un bateau n'a aucune raison de servir
dans un cas totalement différent... Le seul emploi
de l'obus de marine, à terre, qui ne soit pas entièrement absurde, ce serait si l'on avait à battre la
carapace bétonnée d'un fort. Et encore ! L'obus
de marine ne tombera jamais sur une coupole avec
l'angle qu'il faut, comme le ferait un obus de
mortier. Et il y percera un trou à l'emporte-pièce,
sans rien disloquer.

— Les occupants seront peut-être incommodés,
malgré tout...

— Possible. Il y en aura deux ou trois, mal placés, qui seront mis en bouillie. Le jeu n'en vaut
pas la chandelle.

— Mais alors, mon général, pourquoi se donner
tant de mal pour les faire venir ? Dieu sait qu'elles
ne sont pas commodes à remuer ! Et dans certains
cas les plateformes à construire... Tous ces ma-
driers, tout ce béton !

— Je pourrais vous répondre : parce que les
gens qui prennent ces décisions-là ne connaissent
rien aux problèmes d'artillerie... Mais non. Je
crois qu'en réalité on cherche surtout l'effet moral.

— Sur qui ? Sur les Boches ? S'ils s'aperçoivent
que ça ne leur fait pas de mal, l'effet moral ne
doit pas durer longtemps.

— Sur tout le monde ; sur la troupe... sur les
civils du front... sur l'opinion publique à qui on
décrit ça... même à la rigueur sur les Boches à
cause du bruit...

Le général se replongea dans ses méditations.

Il dit un peu plus tard :

— Il y aurait une chose bien embêtante.

— Laquelle, mon général ?

— La division Despois...

— Oui ?

— Je ne pense pas qu'ils toucheraient à mes deux anciennes. Mais la division Despois, comme ils l'ont détachée pour me la donner en supplément... Vous voyez ça ?... Supposez que l'affaire de Verdun se corse ; ce qui me paraît plus que probable. Ils vont se mettre à chercher des disponibilités partout. D'autre part Despois qui est ambitieux, qui est remuant, qui s'ennuie dans le secteur, serait bien capable de faire agir en dessous... Mon cher, il faut que nous pensions sérieusement à ce péril-là.

*
**

Pendant que Clédinger allait chercher d'urgence les chefs des trois bureaux, Duroure, assis à sa table, lisait pour lui-même le texte que Radigué venait de lui remettre.

Quand tout le monde fut là :

— Asseyez-vous, messieurs. Nous recevons à l'instant une communication importante du Grand Quartier Général. Elle est datée d'aujourd'hui, et s'intitule : « Note pour les commandants de groupes d'armées. » Mais comme vous allez le voir » glissa-t-il avec une modestie feinte, « le contenu concerne également des personnages plus humbles, ce qui explique qu'elle soit venue directement entre nos mains... Je lis donc, messieurs.

Il se réservait d'entrecouper sa lecture de commentaires, selon son habitude. Quand son « conseil » était ainsi réuni au grand complet, il ne détestait pas les succès de parole, qui lui rappelaient son temps de professorat à l'École de Guerre.

— « L'ennemi commence à exercer un violent effort sur le front du Groupe des Armées du

Centre... » Tiens, tiens ! Vous voyez qu'on finira
par admettre qu'il se passe quelque chose... Verdun n'est pas nommé. Étrange pudeur... Il est vrai
que Verdun n'est plus qu'un accident un peu particulier du front des Armées du Centre. Poursuivons : « Il est possible que cet effort ne soit pas
isolé et que des attaques plus ou moins puissantes
se produisent sur d'autres parties du front. »
Comme ça, on est sûr de ne pas se tromper... « Les
généraux commandant les groupes d'armées et les
armées... » (Duroure était au fond très flatté qu'on
le traitât en la circonstance comme un général
d'armée) « ... doivent donc préparer l'emploi de
leurs forces disponibles en vue de faire face avec
calme aux événements. » Pas très clair ; à moins
que cela ne veuille dire tout simplement : faites
votre métier. Poursuivons : « Si l'ennemi, cherchant une décision, consacre à son offensive des
effectifs importants... » pas élucidée encore, cette
question ? Que fait le 2ᵉ Bureau ? « ... le général
en chef réunira pour le battre... » (à partir de ce
point Duroure parut peser chaque mot) « ... toutes
les forces qui sont actuellement disponibles en arrière des groupes d'armées et des armées... » en
arrière !... « et en outre toutes celles qui pourront
être prélevées... » aïe ! attention « sur le front.
Ces prélèvements en grandes unités... » grandes
unités, pas des bataillons ou des régiments,
hein ?... « ... artillerie lourde, aviation, etc... at-
teindront l'extrême limite des possibilités à cet
égard... » aïe ! messieurs, gare à nous ! « ... en
exigeant des troupes le maximum d'efforts. » Je
pense qu'on veut parler des troupes qui resteront...
« Les généraux commandant les groupes d'armées
et les armées doivent envisager ces éventualités et
prendre les mesures préparatoires nécessaires...
Signé : Joffre. »

Il reposa le papier sur la table.

— Qu'est-ce que je vous disais ce matin, Radigué ?... Donc, il faut nous préparer, messieurs. J'ai voulu avoir vos avis, sans aucun retard... car je subodore que des mesures brusquées nous pendent au nez... On va nous demander quelque sacrifice important d'effectifs. Moi, messieurs, je ne vois pas comment je pourrais tenir mon front avec moins de monde. Mais je me trompe peut-être.

Les chefs de ses premier et troisième bureaux l'assurèrent qu'il ne se trompait pas.

— Il faut pourtant que nous ayons quelque chose à leur offrir... que nous ayons même l'air d'avoir étudié la question de près. Sinon le G. Q. G. se servira lui-même. Vous savez qu'il a la main lourde. Et il le fera avec d'autant moins de ménagements qu'il nous soupçonnera d'y avoir mis de la mauvaise volonté.

Duroure, avant de donner la parole à ses collaborateurs, laissa entrevoir quelle thèse en principe lui paraissait la plus opportune à défendre : impossibilité absolue de laisser partir une division entière ; pour des raisons d'organisation intérieure, et de rotation des troupes au repos et en ligne ; raisons qu'il appartenait aux 1er et 3e bureaux de présenter avec l'appareil de démonstration le plus convaincant. Possibilité, à l'extrême rigueur, de prêter deux ou même trois régiments, un par division active ; puisqu'il n'était pas question, hélas ! d'offrir des territoriaux.

— Pardon, mon général... je puis me permettre ? » dit Radigué ; et il commença d'exposer ses vues. Il estimait comme son chef qu'il était sage de faire tout de suite la part du feu. Mais l'on devait s'arranger pour ne pas sacrifier d'unités actives, petites ou grosses.

— Vous êtes bon ! Et comment ferez-vous ?

Radigué répondit qu'il croyait savoir, pour avoir suivi de près la partie de la correspondance entre Verdun et le Grand Quartier dont les Armées voisines avaient eu communication, qu'une des demandes les plus pressantes de Verdun avait porté sur la main-d'œuvre :

— Ils n'ont pas pu exécuter leur plan de travaux, faute de bras. Ils ont déclaré à plusieurs reprises qu'il leur manquait dix ou douze mille hommes. Ils ont même parlé, je crois me souvenir, d'une « division de territoriale ». Eh bien ! nous tenons l'article. Faisons-leur gracieusement cadeau d'une des nôtres.

Le général objecta qu'il ne lui semblait pas que le cadeau fût encore pleinement de saison. Ce dont l'armée de Verdun allait avoir besoin, c'était de combattants.

— Excusez-moi, mon général. Si l'offensive allemande n'est pas enrayée dans les quarante-huit heures, il faudra bien de toute urgence organiser les deuxième et troisième positions qui, à l'heure actuelle, n'ont qu'une existence théorique. Il faudra aussi réparer les voies de communications, les mettre en état de supporter un trafic intense, en créer de nouvelles ; vous me le signaliez vous-même ce matin, mon général. Je suis sûr, moi, que notre division de pépères sera la bienvenue.

— Eh bien, soit ! Mais tâchez que le Grand Quartier s'en contente » fit Duroure avec un soupir.

Toute diminution de son effectif, partant de son importance, lui était douloureuse ; et on ne lui eût pas arraché même un détachement de commis et ouvriers d'administration sans qu'il en ressentît une sérieuse mélancolie, et des inquiétudes sur la solidité de son destin. Mais ses deux divisions de territoriale, certes, il ne les considérait pas comme

les plus beaux fleurons de sa couronne. Il en avait
même un peu honte. Il lui était revenu une plaisanterie détestable qui avait couru dans les états-
majors. Elle consistait dans le dialogue suivant,
que l'on supposait intervenir au cours d'un examen d'élèves-officiers : « De quoi se compose es-
sentiellement le front français ? demandait l'exa-
minateur. — Le front français, répondait le can-
didat, se compose du G. A. N., du G. A. C. et
du G. A. E. (Groupe des Armées du Nord, Groupe
des Armées du Centre, Groupe des Armées de
l'Est.) — Bien. Mais vous oubliez ce qu'il y a
tout en haut. — Tout en haut, il y a le G. Q. G.
(Grand Quartier Général.) — Bien. Et tout en
bas ? — Tout en bas, il y a le G. P. F. — Que
veulent dire ces initiales ? — Elles veulent dire :
Groupement des Pépères Fatigués. — Bien. Ce
Groupement n'a-t-il pas un autre nom ? — Si ! On
l'appelle encore le Groupement Duroure. »

Quand on porte — entre le talon et la cheville —
la cuisson d'une plaisanterie pareille, tenace
comme une vieille piqûre de moustique, on donnerait pour pas cher une et même deux « Divisions de Territoriale Indépendantes » au brocan-
teur. Mais à condition de pouvoir ensuite se racheter du neuf.

Pendant que Radigué, Clédinger et le chef du
1er Bureau discutaient entre eux de la façon la plus
alléchante de présenter l'affaire, pour le jour très
prochain où l'on recevrait du Grand Quartier une
note impérative dont il était aisé de deviner la
teneur : « Comme suite à la note du 22 février,
no 15063, prière de faire connaître d'extrême urgence la nature et l'importance des effectifs que
vous pouvez mettre dans un délai de deux jours à
la disposition du G. Q. G. qui vous enverra les
ordres nécessaires », Duroure songeait à part lui :

« Quand la bourrasque sera passée, je réclamerai
les quinze mille hommes que j'aurai prêtés, mais
je tâcherai de me faire donner en remplacement
une Division active. »

XII

MARCHE SUR VERDUN. —
VILLAGES D'ARGONNE

Dans la nuit du 24 février, Jerphanion qui dormait profondément, éreinté par les exercices de la
journée, fut réveillé par une bourrade de Fabre :
— Qu'est-ce qu'il y a ? C'est l'heure de se lever ?
Il n'entrait pas la moindre lueur de jour par la
fenêtre, et la chambre aurait été tout à fait noire,
si Fabre n'avait pas tenu en main la lanterne que
leur habitude était de laisser allumée derrière la
porte, sur le seuil.
— Il y a un ordre, dit Fabre. Tu n'as pas entendu le bonhomme quand il est entré ? Il a pourtant fait assez de boucan !
— Quel ordre ?
— Départ demain matin à six heures. Adieu
Pagny !... Cela veut dire que nous partirons à huit
ou neuf, mais que nous serons emmerdés à cinq.
— Où va-t-on ?
— On néglige de nous l'apprendre. Mais ça se
devine.
— Oui, évidemment... C'est gai !
— Rendors-toi. Je te réveillerai.
Pour réussir à se rendormir, Jerphanion eut be-
soin de se prouver que de Pagny à Verdun il y
avait au moins six étapes, peut-être huit. Il tran-

sigea sur le chiffre de sept. Donc, il était à peu près
sûr de vivre encore une semaine. Par le temps qui
courait une semaine de survie, garantie, ce n'était
pas à dédaigner. Des milliers de pauvres bougres,
à la même minute, auraient bien voulu pouvoir
s'en dire autant.

Le départ eut lieu à sept heures et demie, du
moins pour le bataillon de Jerphanion, la moitié
d'un autre bataillon, les trois compagnies de mitrailleuses, et l'état-major. Il était remis au lendemain pour le reste du régiment qui cantonnait à
Versigneul.

Les hommes étaient moins abattus qu'on n'eût
pu le croire. Ils ne doutaient guère pourtant de leur
destination. Outre un marmonnement très léger de
canonnade — trop léger pour les émouvoir à lui
seul — des nouvelles de la bataille de Verdun leur
étaient parvenues, contradictoires dans le détail
et contaminées de légende — puisque d'après certaines rumeurs, l'offensive s'était produite du côté
français, et avait déjà progressé de plusieurs kilomètres « dans la direction de Spincourt » — suffi-
santes toutefois pour leur laisser pressentir les
dimensions de l'événement. Mais les dix derniers
jours, succédant à beaucoup d'autres, durant lesquels on venait de les « faire pivoter », de leur « en
faire roter », avaient eu au moins ce résultat de
les dégoûter si bien de tout ce qui ressemblait à
une manœuvre, à un exercice, aux funèbres raffi-
nements de l'école de bataillon en rase campagne,
que la vie du front, adoucie déjà par l'éloigne-
ment, paraissait encore plus supportable à ces
âmes redevenues enfantines.

Les habitants de Pagny s'étaient rassemblés pour
les voir partir :

— Au revoir, les petits gars ! Au revoir ! Bonne
chance !

Personne n'ajoutait rien de plus précis. L'on pensait bien des choses ; mais il n'était pas convenable de les dire.

Les gens avaient apporté de petits cadeaux : des bouteilles de vin, de la charcuterie, du chocolat, des paquets de cigarettes.

La musique prit la tête de la colonne, et joua la *Marche Lorraine*. Son intention était certainement de ragaillardir tout le monde. Mais elle obtint plutôt l'effet contraire. Ces sonorités étoffées, ces cuivres de fête, entre le ciel moutonné de nuages gris-noirâtres et la plaine où la colonne allait s'engager, cela serrait soudain la gorge à ceux qui, cinq minutes plus tôt, affectaient l'insouciance.

L'on fit ce jour-là une trentaine de kilomètres. Le temps était assez beau ; les routes, ni trop défoncées, ni trop boueuses. Vers le soir, les hommes traînaient les pieds. Mais il était difficile de deviner s'ils avaient des pensées plus graves que celles d'un soir de grande marche. Peut-être n'étaient-ils pas fâchés d'avoir mal aux pieds, mal aux épaules, pour se dispenser d'autres sujets de réflexion.

Jerphanion et Fabre cantonnèrent avec leurs hommes dans un hameau composé de trois fermes.

Le lendemain, le départ eut lieu à sept heures. La direction prise pointait vers le sud de l'Argonne. La longueur de l'étape fut à peu près la même que la veille. L'on traversait de temps en temps un village, dont les constructions, déjà par elles-mêmes assez mornes, portaient de nombreuses traces des combats de 14. Quand ils apercevaient les soldats au loin, ou entendaient le brouhaha de leur marche, les habitants sortaient de leurs maisons, accouraient même du fond de leur jardin ou d'un champ voisin pour venir se

ranger au bord de la route. Les femmes et jeunes
filles, qui étaient de beaucoup les plus nombreuses,
secouaient des mouchoirs. Des vieux saluaient en
agitant leurs casquettes. De plus vieux encore, qui
avaient un large chapeau crasseux, et le dos
courbé, se contentaient de soulever le bras, et de
le remuer plusieurs fois, en mâchonnant, avec un
fort accent de l'Est, des bouts de phrase qu'on ne
comprenait pas bien.

C'était assez extraordinaire. Depuis la fin de
l'été 14, les soldats avaient perdu l'habitude de
recevoir un pareil accueil. Dans la mesure où ils
se déplaçaient à travers des régions encore humaines — ce qui leur arrivait, il est vrai, assez
peu — ils ne constataient plus de curiosité sur
leur passage, ni surtout rien qui ressemblât à de
l'affection, à de la tendresse. Les villages du front
et de l'arrière-front les traitaient, d'ailleurs sans
malveillance, comme des sortes de travailleurs pu-
blics bien nombreux, bien encombrants, dont les
travaux n'en finissaient plus, et dont la seule excuse était qu'ils payaient très cher le vin et les
vivres qu'on pouvait leur céder.

Or voilà que ces gens de l'Argonne, sur le bord
de la route, vous saluaient comme vous avaient sa-
lués jadis, sur le bord des routes de la frontière,
les gens de l'Ardenne, aux temps de la Sambre et
de Charleroi. Ce renouveau de l'émotion publique
était bien solennel. Il vous en courait des frissons
sur les joues et à la racine des cheveux. Il se mê-
lait à ces frissons beaucoup de pensées diverses
qu'il n'était pas prudent d'éclaircir.

Mais quelque chose d'encore plus insolite,
c'étaient les cérémonies que le régiment se déci-
dait à faire de son côté. A l'entrée des plus gros
villages — Lisse par exemple — un ordre courait
le long de la colonne :

— Arme sur l'épaule !

En tête, la clique jouait, parfois même toute la
musique. Les hommes prenaient le pas tant bien
que mal, et calaient leur fusil dans le creux de
leur épaule, avec une nonchalance adroite de
vieux grognards, qui n'en sont plus à surveiller
craintivement leur maintien. Les jeunes officiers
qui s'étaient mis par deux pour bavarder en cheminant regagnaient vite le flanc de leur troupe. On
entendait çà et là un serre-file prendre son accent
des grands jours pour lâcher dans les jambes de
ses hommes quelques : « Une ! Deux ! Une !
Deux ! »

Les hommes échangeaient parfois, entre voisins,
une trace de sourire. Jerphanion et Fabre aussi, la
première fois, s'étaient regardés. Griollet, le maroquinier du 9e, avait regardé Jerphanion, en
ébauchant une grimace de rigolade complice. Mais
l'ironie était restée au bord des lèvres, et comme
à usage d'initiés. Les habitants du village, gauche-
ment rangés, les petits enfants montés sur des
pierres, étaient là qui vous dévoraient de leurs
yeux. Leurs visages exprimaient une exaltation ;
et non pas tant la confiance ni la joie qu'un besoin
éperdu d'avoir confiance et de reprendre espoir.
Des femmes, tout en tâchant d'offrir leur meilleur
sourire, ne se retenaient pas de sangloter, et en-
fonçaient leur bouche dans leur mouchoir.

Jerphanion, qui avait rejoint Fabre au sortir de
Lisse, lui dit simplement :

— Quelle responsabilité !

Ils arrivèrent à Possesse dans un état de grande
fatigue. Là encore la population se dérangea pour
leur faire accueil. Il y eut même quelques cris. Les
accueillit aussi le bruit du canon de Verdun, dont
le grondement très distinct fermait l'horizon du
nord à l'est.

Quand ils demandèrent des ordres, pour le départ du lendemain 27 qui était un dimanche, on leur répondit qu'il n'y en avait pas, et qu'on les préviendrait en temps utile.

Le dimanche matin, ils apprirent que l'on coucherait encore là et que la journée serait consacrée à des travaux de propreté, puis au repos.

D'autres unités cantonnaient dans les environs. L'endroit était un lieu de passage. Ils virent défiler de l'artillerie de campagne ; des voitures du Train des Équipages ; des voitures du Service de Santé.

Le soir, à l'auberge où ils étaient venus boire des bouteilles de « vin bouché », Jerphanion, Fabre, et quelques autres lieutenants, sous-lieutenants et aspirants du 151e rencontrèrent de jeunes officiers, dont les troupes cantonnaient dans le voisinage, ou qu'une mission appelait par là. L'un d'eux, un lieutenant, appartenait même à l'état-major de la R. F. V. Il n'avait pas dédaigné de s'asseoir à la même table que ses camarades des troupes combattantes, peut-être à la faveur de l'émotion de cette période, qui, un peu comme l'avait fait le 2 août 14, rapprochait soudain les conditions.

Plusieurs de ces officiers venaient d'être en contact, à titres divers, avec les événements de Verdun ; ou avec des témoins oculaires ; ou encore avec des gens particulièrement bien informés. Jerphanion et ses camarades recueillirent ainsi les premières nouvelles de la bataille qui eussent des chances d'être à la fois circonstanciées et véridiques.

Ils surent d'abord que l'offensive française n'avait jamais été qu'une légende. Ils apprirent ensuite que les Allemands avaient fait précéder leur attaque par un « marmitage sans précédent ». Les principaux caractères de cette préparation

d'artillerie avaient été — outre sa brièveté et son
intensité — le débordement des objectifs en largeur et en profondeur, afin de les isoler, et de
diviser le champ de bataille en compartiments
pratiquement étanches, dont l'assaillant espérait
se rendre maître un à un ; l'emploi des gros et
des très gros calibres pour l'écrasement des
premières lignes et les barrages ; l'envoi de gaz
lacrymogènes suffocants — mais non point asphyxiants semblait-il — dans les ravins et les dé-
pressions du sol situés à l'arrière des lignes, pour
créer des zones infranchissables là où normale-
ment les renforts chercheraient à passer.

Mais ce n'étaient pas les seules singularités de
cette bataille, dignes d'attirer l'attention des gens
du métier. (Toutes les personnes présentes
n'étaient-elles pas devenues des gens du métier ?)
Les Allemands avaient obtenu un effet de surprise
en supprimant les parallèles de départ. Ils avaient
accumulé leurs troupes d'assaut dans de vastes
places d'armes souterraines — ce qui leur avait
permis de les loger tout à l'avant D'autres détails
étaient étranges. Tous les combattants étaient d'accord pour dire qu'ils n'avaient jamais vu à une
préparation d'artillerie aussi furieuse succéder une
attaque d'infanterie aussi prudente et circons-
pecte. Les journaux de Paris parlaient déjà d'une
« ruée ». Rien n'y avait moins ressemblé.

— Un camarade qui a des propriétés dans le
Gard » disait un des lieutenants, « me racontait
qu'il avait eu l'impression de voir s'avancer des
ouvriers agricoles qui entreraient dans des rangs de
vigne pour un sulfatage... Et comme certains des
Boches avaient leur réservoir de lance-flammes accroché au dos, l'illusion en effet pouvait être
complète.

Cela n'empêchait pas la situation d'avoir été

terrible pour les troupes françaises, et de l'être encore.

Les dires de ceux qui avaient la parole ne s'accordaient pas sur les limites atteintes par l'avance ennemie. Les plus noirs prétendaient que toute la première ligne des bois, depuis Brabant-sur-Meuse et Samogneux jusqu'à Ornes avaient été emportée le 21, le 22 et le 23 (ceux des auditeurs qui avaient sur eux la carte de Verdun s'en servirent pour suivre les explications). Le colonel Driant avait été tué dans le Bois des Caures, à la tête de ses chasseurs, après avoir fait des prodiges. Le 24 et le 25, l'ennemi, mettant en ligne d'énormes effectifs, avait réalisé un nouveau bond, qui l'avait porté sur l'avant-dernière crête des hauteurs qui couvrent Verdun, la plus solide et la plus précieuse, celle de la Côte du Poivre, et de Douaumont. Le fort de Douaumont avait été pris le 25 au matin, par suite d'une faute impardonnable. Le fort n'avait peut-être pas en lui-même une grande valeur militaire. Mais la position était unique. La chute de Douaumont, aussitôt connue, avait eu un retentissement très douloureux dans les troupes du front de Verdun. Et l'on savait déjà que les Boches exultaient. Ils avaient envoyé, jusqu'à Vauquois, des papiers dans les tranchées françaises, où il était écrit : « Douaumont est tombé. Tout sera bientôt fini. Ne vous faites plus tuer pour rien. » Des prisonniers, cueillis le 26, racontaient que la prise de Douaumont avait été annoncée dans les lignes allemandes comme une victoire de première grandeur qui présageait la fin de la guerre.

L'officier d'état-major reconnaissait plusieurs de ces faits. Il en contestait d'autres ; ou dans leur substance, ou dans l'interprétation qu'on en donnait. Il disait par exemple que si la perte de

Douaumont était déplorable, Douaumont n'avait
pas triplé de valeur depuis qu'il était aux mains
de l'ennemi. Il relevait l'erreur — pas très grave,
mais tout de même... — qu'un des interlocuteurs
avait commise en plaçant la Côte du Poivre et
Douaumont sur la même ligne de crêtes. La Côte
du Poivre appartenait à un mouvement du sol
situé plus au Nord, qui se continuait par la croupe
de Louvemont et la cote 378. La barrière
dont faisait partie Douaumont était encore intacte,
à Douaumont près. Il prétendait aussi que les Allemands venaient de subir, la veille, un gros échec,
en essayant de déboucher de l'étranglement formé
par la Meuse et la Côte du Poivre.

Mais de l'avis de tous il y avait une nouvelle qui
primait les autres. Et comme c'étaient des hommes
jeunes, comme aucun d'eux ne trouvait un réel
plaisir à désespérer, c'est à cette nouvelle-là qu'ils
s'attachaient de toutes leurs forces :

Pétain venait de prendre le commandement.
C'était lui qu'on chargeait de sauver Verdun. On
avait reconstitué pour lui, et pour la circonstance,
la IIᵉ Armée. Tout le front de Verdun allait dépendre de la IIᵉ Armée ; mais la IIᵉ Armée et son
chef ne dépendraient de personne, que du Grand
Quartier Général.

Cela n'avait rien d'un bobard de popote. C'était
sûr, archi-sûr ; trois fois officiel. Le lieutenant
d'état-major pouvait en jurer, ayant déjà vu passer
une douzaine de pièces avec l'en-tête : IIᵉ Armée,
et la signature : Pétain.

L'événement s'était produit avec un concentré
de péripéties vraiment dramatiques. Joffre, ef-
frayé, malgré son calme, par les résultats des deux
premières journées de la bataille, avait envoyé
Castelnau sur place, muni des pleins pouvoirs. Castelnau avait jugé la situation très compromise,

constaté la pagaille partout, et conclu qu'un seul
homme était capable de s'en tirer : Pétain. Coup
de téléphone à Joffre, qui dit : « Pétain ? Parfait. Entendu. » Pétain, aussitôt alerté, se rend à
Chantilly, prend les instructions de Joffre qui
tiennent eu deux mots : « Sauvez Verdun. De-
mandez-nous ce qu'il vous faudra. On tâchera de
vous le donner. » Pétain gagne à toute vitesse la
région de Verdun, en approche dans la soirée,
passe par Bar-le-Duc ; et comme tout ce qu'il apprend est de plus en plus grave, ne veut même pas
attendre d'être arrivé à Verdun pour agir. Il s'arrête sur la route, à mi-chemin de Bar-le-Duc et de
Verdun, à Souilly, s'installe provisoirement à la
mairie du village, examine la carte, l'ordre de bataille, se fait donner ou confirmer les renseignements dont il a besoin ; téléphone de ci, de là ;
et dans la nuit même, modifie de fond en comble
l'organisation du front de Verdun ; le répartit en
quatre groupements bien délimités, de chacun des-
quels un général sera, sans ambiguïté, respon-
sable ; trace en profondeur sur la carte quatre positions successives, qui devront être équipées en
toute hâte et tenues à tout prix ; se fait expliquer
le fonctionnement actuel des services de l'arrière :
routes, automobiles, santé, eaux et forêts, cantonnements ; reconstitue, redresse, élargit, en trois
coups de cuiller à pot, pour que tout soit à la
hauteur des circonstances ; décide de transformer
la route de Bar-le-Duc à Verdun, seule voie d'accès subsistante, en une route à grand trafic capable
d'écouler deux mille camions par jour ; décide
également de rendre aux forts de Verdun leur rôle
dans la bataille (pourquoi les forts seraient-ils seuls
inutiles dans une guerre où le moindre fortin est
si précieux ?) ; enfin, pour que tout ce programme
ne reste pas lettre morte, réclame au Grand Quar-

tier Général, suivant la promesse qu'il en a reçue,
beaucoup d'artillerie, beaucoup d'aviation, plusieurs divisions de renfort, toutes les autos de
charge disponibles, et dix mille territoriaux pour
refaire et entretenir l'unique route sur laquelle la
défense de Verdun va devoir vivre.

Dans la salle du cabaret, autour des bouteilles
de vin bouché, les jeunes officiers écoutaient avec
admiration ce récit qui leur était fait moitié par
un de leurs camarades officier de troupe, moitié
par le lieutenant d'état-major. La concordance de
ces deux autorités, sur les points essentiels, avait
de quoi lever les doutes. Leur principale diver-
gence tenait à l'effort que tentait le lieutenant
pour disculper rétrospectivement l'état-major de
la R. F. V., duquel il faisait encore partie. Il ne
se privait pas pour autant de manifester à l'égard
de Pétain un vif enthousiasme. Il lui échappa
même de dire qu'il espérait bien « plaquer »
l'état-major de Dugny pour celui de Souilly, ce
qui ne lui serait sans doute pas trop difficile, le
Quartier Général de la IIᵉ Armée ayant de grands
besoins de personnel, et n'ayant aucune raison de
ne pas recruter de collaborateurs sur place.

Cette attitude correspondait, d'ailleurs, à un état
d'esprit fort répandu. Même ceux des jeunes collaborateurs du général Herr qui plaidaient la
cause du patron avec le plus de sincérité, ne pouvaient se défendre contre le mouvement d'enthousiasme qu'avait propagé dans les services comme
au front, et surtout parmi les gens de leur âge,
l'arrivée de Pétain. Et chez les officiers d'État-
Major, pour qui l'idée de travail, et de hiérarchie
dans le travail, est liée à la proximité vivante du

chef, aux degrés qu'elle comporte, aux zones inégalement privilégiées qu'elle trace entre les divers
collaborateurs, cet enthousiasme se traduisait par
le besoin de travailler le plus près possible du
nouveau chef, d'agir, de se dévouer, là où cela
en valait le plus la peine, où il serait le plus
exaltant de le faire, c'est-à-dire dans son rayon-
nement immédiat.

Pendant qu'avait lieu cette conversation dans le
cabaret de Possesse, Geoffroy, qui venait d'apporter de Dugny une liasse de documents sur les
forts, demandés d'urgence par Pétain, et qui avait
été reçu — exactement une minute — par le général lui-même, lui dit tout à coup, au moment
de se retirer, et d'une voix rapide :

— Mon général, je pourrais me faire recom-
mander auprès de vous. Je ne veux pas. Mais j'ai
une grande admiration pour vous, et un grand
désir d'être utile. Je vous prie de bien vouloir me
réclamer. Vous m'emploierez où vous voudrez.

Le général, qui n'ignorait pas d'ailleurs tout à
fait qui était cet officier, le dévisagea, de ses yeux à
la fois préoccupés et souriants, et lui dit :

— Mettez-moi sur un bout de papier les indications qui vous concernent, et laissez-le en bas. Je
verrai ça.

Cette seconde partie de l'entretien n'avait duré
elle aussi qu'une minute, ce qui était son excuse.

Jerphanion, en sortant du cabaret, dit à Fabre :
— Nous sommes des enfants. Nous voilà tout
remontés, parce qu'on nous annonce que Pétain
prend le commandement.
— C'est assez naturel.
— Oh ! ce n'est pas ce que je veux dire.

Le lendemain matin, on leur confirma que, sauf
un ordre qui pouvait survenir inopinément, ils
allaient sans doute rester quelques jours à Possesse (une autre partie de l'effectif, dont les trois
compagnies de mitrailleuses, était à Saint-Jean).
L'on continuerait l'entraînement des troupes, que
des renforts venaient encore de rejoindre ; et l'on
s'attacherait en particulier à « l'instruction des
spécialités ».

— En somme » dit Jerphanion à Fabre, « nous
attendons ici comme réserve de deuxième ligne. Si
la bataille se prolonge, ou tourne mal, on nous
jettera dedans.

— Oui... cela me rappelle même une chanson
qu'on m'avait apprise à l'école :

> *Nous entrerons dans la carrière*
> *Quand nos aînés n'y seront plus...*

— J'ajoute » poursuivit Jerphanion gagné par
l'esprit de facétie, « que ce sera le moment ou
jamais d'essayer une fameuse recette dont j'ai entendu parler.

— Quelle recette, vieux frère ? » demanda
Fabre en affectant une curiosité soudaine, et profonde.

— Oh ! une recette épatante, paraît-il, quand
on a une bataille qui tourne mal, ce qui peut arriver à tout le monde, ou qui traîne un peu trop,
et qu'on veut, n'est-ce pas, obtenir une décision.

— Oh ! oh ! mais c'est que ça devient intéressant !

— N'est-ce pas ?

— Et tu la connais, cette recette ?

— Oui, voilà : suis-moi bien... Tu te jettes dans
les rangs de l'adversaire...

— Oui.

— Tu me suis bien ?

— Très bien !

— ... Et tu tranches la décision » Jerphanion ménagea une pause savante, « ... à l'arme froide.

— A l'arme froide ! Parfaitement !... » s'exclama Fabre d'un air illuminé et ravi. « Oh ! parfaitement !

Là-dessus ils décidèrent « un gloussement de rire continu de trente secondes ». C'était un des derniers rites qu'ils avaient inventé.

Le 2 mars, à l'heure de la soupe, ils reçurent l'ordre de faire leurs paquets. Départ le 3 au matin, pour Givry.

— Pourquoi Givry ? », dit Jerphanion.

— Pourquoi pas Givry ? » répondit Fabre.

Deux heures plus tôt, justement, « Jerphat » avait développé devant Fabre tout un raisonnement consolateur : « L'expérience de cette guerre prouve, sans aucune exception, que le sort des grandes offensives se règle très vite. Dans les trois ou quatre jours, ou elles réussissent, ou elles ratent. (En fait, jusqu'ici, elles ont toutes raté.) Celle-ci dure depuis le 21. Elle a largement dépassé la semaine. Donc elle se survit. Ce sont les derniers remous. En réalité, elle a pris fin dans les quarante-huit heures qui ont suivi l'installation de Pétain... Les réserves qui n'ont pas encore été appelées ont très peu de chances maintenant d'être jetées dans la bagarre. Tout ce qu'elles risquent, c'est d'avoir à relever les unités qui ont encaissé l'offensive, et à supporter peut-être quelques revenez-y de la mauvaise humeur des Boches. »

Le départ pour Givry n'enlevait pas tout crédit à ce raisonnement ; mais « Jerphat » était inquiet. Si ennuyeux soit-il de refaire le même chemin en sens inverse, il eût préféré s'entendre annoncer : « On retourne aux Grandes-Loges. » Ce qui eût

permis de s'écrier, avec une feinte déception :
« Ah ! c'était bien la peine ! Quelle barbe ! »

Les nouvelles de la bataille avaient continué
d'arriver à Possesse, mais d'une manière très
confuse qui laissait beaucoup de marge à l'interprétation individuelle. Selon les uns, l'élan de l'attaque allemande était brisé. Il n'avait pu dépasser
Douaumont. Le front allait se stabiliser sur la
ligne actuelle. Pétain se contenterait de reprendre
quelques positions d'une importance spéciale :
Douaumont, par exemple.

Selon d'autres, la situation était toujours très
grave ; et Pétain la considérait comme telle, au
point qu'il avait l'intention d'abandonner la rive
droite de la Meuse, impossible selon lui à défendre,
pour s'établir derrière le fleuve; ce qui du même
coup diminuerait de moitié le saillant. Le mouvement était déjà commencé. Les troupes françaises
s'étaient retirées de la plaine de Woëvre, pour se
retrancher provisoirement sur les premières pentes
des Hauts-de-Meuse. Si le repli ne s'effectuait pas
plus vite, si Pétain continuait à se défendre, et
même à contre-attaquer, au nord, sur la ligne des
crêtes, c'est qu'il avait l'énorme matériel de la
place de Verdun à évacuer.

Bien que cette dernière version eût pour répon-
dants des garçons qui passaient pour sérieux, Jerphanion avait décidé, un peu gratuitement, que
c'était un « produit du cafard ». Le départ pour
Givry ne l'obligeait pas à changer d'avis sur ce
point. Même si c'était en renfort que son régiment était appelé, cet appel, s'il ne s'accordait pas
très bien avec l'échec prétendu de l'offensive allemande, s'accordait encore moins avec l'abandon
par les Français de la rive droite du fleuve. Pétain
se retirant, et sur un front beaucoup plus court,
n'avait déjà que trop de monde à ramener en ar-

rière. Il n'allait pas accroître à plaisir l'encombrement.

A Givry, la colonne se coupa en deux. Une partie du régiment fila sur Sainte-Menehould. Le bataillon de « Jerphat » et de Fabre prit le chemin de Triaucourt. Les hommes semblaient affectés par cette séparation, alors qu'ils en avaient accueilli bien d'autres du même genre avec indifférence. Quelle aventure allaient-ils vivre isolément ? De quel côté se logeraient les « vernis » ? de quel côté les « déveinards » ? Dans les périodes difficiles, on préfère encore que tout le monde soit là, ensemble. Mais le chef du bataillon assura que la séparation n'était que provisoire, qu'on se retrouverait.

— J'en ai comme une idée, moi aussi... » déclara Fabre.

L'on traversa un pays de forêts et d'étangs. La carte, où de temps à autre Jerphanion jetait les yeux, était semée d'appellations singulières ; les unes charmantes, les autres burlesques : Les Belles Aulnes, la Fontaine Bleue, la Grande Bouillie (il y avait aussi la Petite), le Bâtard, les Braquemères, les Culs de Loup... Dommage que tant de fantaisie vous fût prodiguée en de pareilles heures ; comme si l'on apportait un plein panier de cerises à un homme secoué de fièvre, ou comme si l'on jetait des confetti sur un enterrement.

En sortant des bois, ils franchirent la rivière de l'Aisne encore jeunette. Soudain le canon s'entendit mieux. La nouvelle courut que la grand'halte aurait lieu à Triaucourt.

Triaucourt était un gros pays. L'on ne pouvait y faire une véritable entrée en musique, puisque la musique avait accompagné l'autre détachement. Mais Triaucourt fut honoré d'une sonnerie de clairons, du pas cadencé, et de l'arme sur l'épaule.

Les boum-bou-ou-oum, dong, boum, dong, dong, de l'horizon contribuaient à créer l'atmosphère, mais ne tombaient jamais juste avec le clairon et le croac, croac, croac... des pas.

Les gens étaient sortis sur le seuil de leurs maisons. L'on voyait des toits crevés, des murs en ruines ; mais ces blessures commençaient à dater de loin.

Quand les rangs de tête arrivèrent aux premières maisons, les gens se mirent à pousser des clameurs, à battre des mains ; et après avoir bredouillé des choses incompréhensibles, ils crièrent très distinctement : « Vive le 151e ! » Quelques fillettes ou jeunes filles tendaient aux soldats de petits bouquets de fleurs des champs.

La halte se prolongea. Les gens apportaient de menues victuailles, du vin, du rhum. Ils disaient :

— Nous n'avons plus grand'chose. Il en passe comme vous tous les jours.

Ils refusaient l'argent qu'on leur offrait. Un vieux curé vint demander au commandant la permission de bénir la troupe, en ajoutant : « Surtout, ne les dérangez pas. » Il accomplit la petite cérémonie très discrètement, monté sur une légère élévation du sol, tandis que beaucoup d'hommes continuaient à manger ou à bavarder. Jerphanion songea : « Si ma mère était là, elle serait si émue que je crois bien qu'elle pardonnerait à la guerre... Hélas ! » Lui-même avait l'âme fort barbouillée. Il apercevait avec une vigueur confuse bien des raisons de penser que les lendemains du monde seraient très éprouvants pour des hommes comme lui.

Puis la rumeur annonça que le reste du 151e arrivait par le route du nord-est, celle de Passavant et de Sainte-Menehould. On entendit la musique. On vit les camarades bleu déteint s'avancer en une

profonde colonne ; le pas lourd, les dos un peu
courbés, les visages très sérieux, et comme enduits
d'une expérience inhumaine, d'une expérience
dure, vitrifiée, sur quoi plus rien ne pouvait
mordre ; assez terribles au total. Il y avait le dra-
peau roulé dans sa gaine, comme un fétiche secret ; mais ni le colonel et son état-major ; ni les
compagnies de mitrailleuses.

Les acclamations recommencèrent. Les hommes
y parurent, pour qui les regardait arriver, éton-
namment peu sensibles. Ils levaient un œil, de
coin, vers les groupes où l'on criait le plus fort.
La plupart ne prenaient pas la peine de sourire.
Dans la mesure où leurs traits restaient capables
d'exprimer quelque chose, c'était plutôt la dé-
fiance. Il flottait sur leur physionomie un « Qu'est-
ce qu'ils nous veulent ? Qu'est-ce qu'ils attendent donc de nous ? »

« Nous aussi nous devions faire cette tête-là »,
se disait Jerphanion, « et pourtant nous étions
touchés. Certains avaient même sûrement envie de
crier des bravades... Quels drôles de numéros nous
sommes devenus ! »

Les seuls sourires un peu nets, les seules détentes de visages, furent pour les camarades qu'on
retrouvait.

— Vous êtes là depuis longtemps ?

— Plus de trois heures... Et vous, par où êtes-
vous passés ?

— Par Villers-en-Argonne.

— Pourquoi ?

— Faut pas chercher à comprendre... On n'est
pas tous là. Il y en a qui ont filé sur Sainte-Menehould, avec le colon... Même que j'ai entendu un
fourrier dire qu'ils allaient cantonner au Quartier
Valmy... Ce qu'on a pu être emmerdés sur la
route !

— A cause de quoi ?

— Des réfugiés, d'abord.

— Ah ! Qui venaient d'où ?

— De Verdun, et de la région autour. Il paraît qu'ils ne laissent plus personne dans la ville... Il a fallu aussi se ranger je ne sais combien de fois pour laisser passer de l'artillerie, des camions...

Le vieux curé revint, avec l'intention de bénir cette nouvelle fournée que la bonne fortune lui offrait. Mais le chef du 3e bataillon, entendant près de lui des hommes, qui avaient assisté à la première petite cérémonie, s'écrier, d'un ton d'agacement :

— Ah ! ça va ! Qu'il attende au moins qu'on soye morts !

s'en fut dissuader le prêtre de son dessein :

— Une fois c'était très bien, monsieur le curé. Mais je crains qu'à la longue ça ne les impressionne.

Le brave homme paraissait tout déçu :

— C'est qu'il y a tous ces nouveaux !... » disait-il.

— Évidemment... mais votre bénédiction de tout à l'heure, ce n'était pas seulement pour mon bataillon, n'est-ce-pas ? c'était pour tout le 151e ? Alors je suis sûr qu'elle sera valable... Merci toujours de l'intention, monsieur le curé... Cela ne vous empêche pas de faire encore une prière pour eux mentalement.

La grand'halte se transforma, sur un ordre reçu dans l'après-midi, en cantonnement d'étape. Plus tard, on apprit qu'on passerait à Triaucourt toute la journée du lendemain ; sans doute pour laisser reposer les hommes ; mais aussi pour permettre à la fraction du régiment qui avait suivi le colonel de rejoindre le gros de la colonne.

Le 5 fut en effet un jour de repos, mais d'un

repos tout matériel. La sérénité du cœur y manquait entièrement. Dans la matinée il y eut un passage presque ininterrompu de population civile
évacuée vers l'intérieur, avec tout l'arroi et l'at-
tirail désolants qui constituaient le rite de pareils
cortèges : la charrette où il y a une vieille grand'-
mère assise sur un matelas, et des hardes pendues
à la claire-voie ; les deux vaches aux fesses croû-
teuses ; les trois chèvres à la file ; les poules, atta-
chées par les pattes, en tas, dans une brouette que
pousse un vieil homme.

En sens inverse, c'est-à-dire dans la direction de
la bataille, il passait de l'artillerie, des véhicules
de divers services, mais surtout des camions automobiles. Nombre de ces camions étaient vides.
Jerphanion le fit remarquer à son ami Fabre, et
en profita pour se soulager d'un peu de mécon-
tentement :

— N'est-ce pas une honte de faire circuler tout
ce matériel à vide, alors qu'il y aurait tant
de monde à transporter, qu'on laisse ramper à
quatre à l'heure sur les routes ; et du ravitaillement, dont on se plaindra de manquer... et des
unités en ligne qui, à cette minute même, reculent
peut-être faute de munitions. Après plus de dix-
huit mois de guerre ! Que de pareilles erreurs
soient encore possibles !

Mais comme, quelques minutes plus tard, il entendait des hommes de sa compagnie, dont Griollet, faire la même remarque, et en tirer la même
conclusion décourageante, il trouva une explication tout seul, et la leur communiqua d'une voix
raisonnable :

— Ça paraît absurde. Mais Pétain a besoin
d'une grande quantité de camions pour organiser
un va-et-vient, spécialement entre Verdun et Bar-
le-Duc. Un officier d'état-major nous en parlait

l'autre jour à Possesse. Il faut que le mécanisme
fonctionne tout de suite. Si l'on avait dû attendre,
pour expédier les camions, de leur avoir trouvé à
tous un chargement, la machine n'aurait peut-être
pas tourné avant huit jours... Pétain ne peut pas
attendre huit jours.

Les hommes ne demandaient qu'à comprendre.
Pétain était en cause. Il n'entrait pas dans leurs
suppositions que Pétain pût commettre une faute
qui sautait aux yeux d'un simple poilu. Quant à
Jerphanion, l'effet produit sur ses hommes par son
explication achevait de la lui rendre évidente.

L'on se remit en route le 6, de bonne heure, par
la route d'Evres, qui était, en somme, la plus di-
recte pour Verdun. La fraction du régiment qui
était allée cantonner à Sainte-Menehould n'avait
pas encore donné de ses nouvelles.

Une consigne passa chez les officiers de compagnie ; puis fut transmise par eux aux sergents :

— Accélérer l'allure. Plus de jour de repos jusqu'à Verdun.

L'on ajoutait, à titre d'indication :

— Il paraît que nous devons y arriver demain
soir.

XIII

LE CANTONNEMENT DANS LES RUINES. —
« LA MARCHE AU CANON »

Dès le début de l'étape, l'impression que l'on
ressentait depuis le départ de Pagny, et qui s'était
accrue déjà quand on avait quitté Possesse, monta
d'un nouveau degré : celle d'être attirés par un
événement tourbillonnaire.

Là-bas, derrière les ondulations du sol, brunes, vert-clair, vert-sombre, avec de grands placards et de fines bavures d'un blanc éclatant qui étaient de la neige ; derrière cette houle de prairies et de boqueteaux d'hiver, à une trentaine ou une quarantaine de kilomètres, une vaste chose en flammes, encore invisible, mais qu'on entendait gronder, creusait une dépression qui aspirait le monde d'alentour. On était happé par une succion ; réclamés par une voracité. Ce qu'on pouvait en penser, au fond de soi-même, n'avait pas grande importance.

Mais comme beaucoup de vies humaines, beaucoup de machines, de matières, étaient aspirées en même temps, il se produisait des engorgements et des lenteurs. Il y avait aussi des vies humaines dont le brasier ne voulait pas, qu'il rejetait sans les avoir brûlées, comme les pierres qu'on trie dans le charbon.

Tant que la route était libre, la colonne marchait à une cadence un peu plus rapide que les jours précédents. Mais pas un kilomètre n'était franchi sans encombre. Tout à coup l'on était rattrapé par une file de camions :

— Appuyez à droite... appuyez à droite...

L'avertissement se propageait de la queue à la tête de la colonne. Les hommes grognaient :

— Ils nous font chier avec leurs camions !... puis se rangeaient, pas trop vite, en bousculant le voisin de droite ; l'un faisant tituber l'autre ; empêtrés qu'ils étaient par leur harnachement, et, de plus, indifférents à de petites questions d'équilibre.

Ou bien, c'était la tête qui sans rien dire s'infléchissait pour céder la place à une bande de réfugiés. Le frôlement des deux cortèges continuait, le plus souvent, à se faire en silence. Ces civils-là ne

poussaient pas d'acclamations. Les soldats n'avaient
pas le cœur de blaguer. Beaucoup, qui étaient des
régions envahies du Nord, évitaient même de regarder vers la gauche. Les deux troupes se croi-
saient comme dans une rue de grande ville deux
passants préoccupés qui vont chacun à leur affaire.

Parfois ces rencontres se compliquaient. Il fallait laisser passer en même temps un convoi d'artillerie qui montait vers la bataille, et un paquet
de civils qui la fuyait en s'effilochant. Alors une
compagnie était obligée de céder toute la route,
d'aller s'étirer en file indienne sur le bas côté, ou
dans le fossé ; ou même de stopper en pleins
champs. La suite de la colonne devait freiner,
avec des chocs entre les rangs, des coups de tam-
pon d'une section sur l'autre, des « Nom de
Dieu ! », des « Tas d'andouilles, regardez donc
devant vous ! », des « Y a rien qui coupe les
jambes comme de s'arrêter comme ça tout le
temps. »

A la réserve de ces agacements, qui d'ailleurs
n'avaient de nouveau que leur fréquence, le moral
de la troupe, pour employer le langage des états-
majors, semblait, depuis les jours précédents,
s'être plutôt relevé qu'abattu. Du moins, à défaut
d'un enthousiasme qu'il n'était pas question de
leur demander, les hommes montraient de l'excitation. Cette marche vers la fournaise, ils ne semblaient nullement désireux de la retarder. Aucun
ralentissement ne venait de leur fait. Quand le
coup de sifflet abrégeait de trois minutes la halte
horaire, ils semblaient dire, en se remettant sur
leurs pieds : « Mais oui ! Pourquoi faire traîner
les choses ? »

Le sous-lieutenant Cotin avait l'air d'un poisson
jeté dans une eau vive ; d'une fleur fraîchement
arrosée. Il offrait des sourires à tout le monde. Il

plaisantait avec les hommes. On l'entendait qui
leur criait :

— Qui est-ce qui va chanter avec moi : « Auprès
de ma blonde... » ? Et il entonnait « Auprès de
ma blonde... », avec sa voix, comme disait Fabre,
de « trompe de bicyclette ».

Dans sa pétulance, il éprouvait, comme le
chien de troupeau, le besoin de faire plus de chemin que les autres. Il rattrapait Jerphanion, et
disait « mon lieutenant » avec une charge de respect qui gonflait ces deux mots en « mon capitaine », et une cordialité qui enveloppait toutes
sortes de pardons. Il avait l'air d'un séminariste
tellement inondé par la grâce que même les
erreurs des francs-maçons lui apparaissent comme
de gentils cailloux dans le torrent de la vérité de
Dieu.

Au village d'Evres, où l'on était arrivé d'assez
bonne heure, malgré les obstacles de la route, et
où l'on avait fait son entrée, musique en tête, sa-
lués par des acclamations devenues habituelles,
l'on apprit, avec grand étonnement, qu'une moitié
de la colonne restait à Evres même, pour y cantonner ; et que l'autre pousserait jusqu'à Beauzée.
Cette seconde moitié comprenait la compagnie de
Jerphanion et celle de Fabre.

Beauzée était à moins de deux lieues, mais sur
une route qui s'inclinait vers le sud-est, donc qui
était loin de piquer droit sur Verdun. N'était-il
plus question d'aller rejoindre au plus vite le
champ de bataille ? N'allait-on pas se mettre en
réserve quelque part dans la vallée de la Meuse ?

Ils trouvèrent, sous le nom de Beauzée, une jux-
taposition de bâtiments de ferme en ruines. Des
poutres rongées et noircies par le feu indiquaient
la place d'une grange, ou supportaient un morceau
de toit lui-même calciné sur les bords. Des débris

de mobilier occupaient l'ancien rectangle des pièces. Les batailles de septembre 14 avaient dû spécialement sévir dans ces parages, et les obus y provoquer, outre les démolitions, beaucoup d'incendies.

Il n'y avait presque plus d'habitants, et presque rien d'habitable. Cantonner dans ces ruines était un problème. Pour comble, après la fin du jour, la neige se mit à tomber. Enfin, quand on eut à peu près fourré tout son monde dans des encoignures, dans des caves, dans des pièces ouvertes à tous les vents mais qui avaient gardé une partie de leur plafond, bref, dans tout ce qui pouvait abriter un peu les hommes du froid nocturne et de la neige sans trop menacer de s'ébouler sur eux, l'on entendit — il devait bien être neuf heures du soir, et la plupart dormaient déjà — le tumulte d'une arrivée de troupes, avec des appels à travers la nuit et des criailleries de toutes sortes. C'était la deuxième fraction du régiment, ceux qui étaient passés par Sainte-Menehould. Et ils arrivaient tout droit de Sainte-Menehould. Ils criaient :

— Nous avons fait quarante kilomètres depuis ce matin... On est crevés... On n'a pas bouffé... C'est-il pas malheureux qu'on envoie ici des bonhommes qui ont fait quarante kilomètres, quand il n'y a même plus une place de libre !

Ils disaient encore :

— Ils n'ont pas voulu de nous à Evres... Ils nous ont fait filer plus loin sous prétexte qu'il n'y avait plus de place. « A Beauzée, vous en trouverez tant que vous voudrez », qu'ils disaient. Tu parles ! Ah ! les salauds. Il y avait dix fois plus de place, et des endroits bien moins moches, à Evres qu'ici. Et on aurait eu sept kilomètres de moins dans les pattes... On ne peut tout de même pas y retourner.

Deux heures de récriminations, de discussions,

d'engueulades entre les hommes, entre les gradés, se passèrent ainsi, dans la nuit et la neige, avant qu'on eût trouvé moyen de donner à tout le monde le petit morceau de ruine auquel il pensait avoir droit.

Contre toute attente, le 7 fut un jour de repos. Le 8, nouveau départ, de grand matin. Mais voilà qu'on revenait presque sur ses pas. Au lieu de continuer vers le sud-est, ou l'est, comme l'indiquait la marche de la veille, on se mettait à redescendre la vallée de l'Aire, qui retourne vers le nord-ouest, et va longer beaucoup plus loin la forêt d'Argonne. La seule explication, c'était qu'on dût retrouver, à quelque croisement de route, le reste du régiment, venu d'Evres en ligne droite sans avoir eu à faire le crochet par Beauzée. Car Beauzée-la-Ruine était un crochet. Beauzée-les-Poutres-Noires ne se situait pas sur l'itinéraire prévu. L'état-major avait offert le détour de Beauzée à quelques compagnies d'élite, et certainement à titre d'excursion, car le prétexte d'y loger des hommes par une nuit d'hiver était une plaisanterie.

La rencontre se fit, en effet, du côté de Nubécourt. Le régiment, au complet cette fois, descendit l'Aire jusqu'à Fleury, tourna sur la droite, passa la rivière, et par une large courbe et une lente montée, gagna la crête des hauteurs qui séparent l'Aire de la Couzances, à cet endroit tout près de sa source.

Si, décidément, on allait à Verdun, il était vraisemblable qu'on franchirait la Couzances à Ippécourt, pour continuer droit par la même route sur Vadelaincourt, et, de là rejoindre, peut-être en ligne droite, mais plus probablement par de nouveaux crochets, la route de Bar-le-Duc à Verdun. C'est du moins ce que présumaient Jerphanion et

Fabre en lisant leur carte. Ils ignoraient l'ordre
général n° 15. A défaut de le connaître, ils ne se
donnaient pas la peine de réfléchir au degré d'encombrement où cette unique artère du champ de
bataille pouvait atteindre, sans qu'on eût besoin
d'y déverser par surcroît la visqueuse coulée d'un
régiment de fantassins. Ils trouvèrent plus simple
de dauber sur l'ineptie ou le sans-gêne des états-
majors qui, ayant à « faire marcher des troupes
au canon », s'amusaient à les promener en zigzag
comme les boules d'un jeu de croquet.

Le ciel, gorgé de neige, était sinistre. Le sol,
mêlé de neige, et pétri par des milliers de pas,
formait une boue glaciale.

L'étape se fit aux deux villages voisins de Ville-
sur-Couzances et de Jubécourt. Le gîte n'était pas
brillant. Mais il y avait un certain nombre de
maisons debout, de toits presque intacts ; même
des portes aux étables et aux granges. Le soir, à la
table d'un cabaret de Ville-sur-Couzances, où ils
cantonnaient, sous une lampe à pétrole qui éclairait leur carte, Jerphanion et Fabre passèrent une
demi-heure à bien se convaincre que depuis Triaucourt ils avaient fait deux fois plus de chemin qu'il
n'était utile.

Ils répétèrent à plusieurs reprises :

— C'est ce qu'on appelle, mesdames et messieurs, la marche au canon.

Là-dessus, Fabre, à travers la salle de l'auberge, improvisa ce qu'il nommait un « ballet stratégique », qui avait pour titre : « la marche au
canon ». Le danseur, en inclinant le buste et la
tête, en tendant l'oreille, en y portant sa main
roulée en cornet, en feignant d'hésiter puis d'être
sûr, bref à l'aide de diverses singeries appropriées,
montrait de quel côté précis lui parvenait le bruit
du canon. Alors il se redressait, bombait la poi-

trine, fronçait le sourcil, prenait une mine de
matamore, et partait résolument dans une tout
autre direction. Il faisait halte, prêtait de nouveau
l'oreille, et le manège recommençait. « Jerphat ».
en tambourinant de ses poings sur la table, imitait
le canon aux moments voulus.

Le sous-lieutenant Cotin, qui assistait à ces jeux
— sans qu'on eût spécialement souhaité sa présence — et dont pour si peu l'ingénuité sérieuse ne
semblait pas entamée, déclara, entre deux figures
du ballet, que ces bizarreries d'itinéraire étaient
évidemment peu compréhensibles ; qu'elles devaient avoir une raison ; mais que les hommes, ne
devinant pas cette raison, risquaient de ne voir
dans tout cela « qu'ordre, contre-ordre et
désordre », ce qui était fâcheux pour leur moral.

— Il est vrai » ajouta-t-il presque aussitôt,
comme pour rattraper la glissade qu'il venait de
faire du côté du « mauvais esprit », « que les
hommes n'ont pas de cartes, et s'en rendent compte
moins que nous.

XIV

DANS LA COHUE DE LA ROUTE. — DESCENTE SUR VERDUN EN FLAMMES

Le 9 au réveil, les officiers de compagnie furent
avisés, par la voie hiérarchique, qu'on venait « de
recevoir l'ordre de gagner Verdun ».

Jerphanion et Fabre éclatèrent de rire tout à
fait spontanément, puis à la réflexion estimèrent
qu'une pareille annonce méritait « un gloussement
de rire continu de trente secondes ».

Tiens tiens ! On recevait l'ordre d'aller à Verdun ! Quelle prodigieuse nouvelle ! Qui aurait pu
s'en douter ?... Nous qui croyions qu'on allait
chasser le perdreau ! C'est-y pas dur tout de même
et sans cœur d'annoncer ça brusquement à des
gens !... Ah !... mais... oui, oui, oui, oui !...
C'était donc ça !... On s'disait ben aussi... Y avait
queq' chose de louche dans ct'histoire...

Les trente secondes de gloussement de rire continu se prolongèrent ainsi par trente bonnes minutes de commentaires facétieux, où l'on imitait
tour à tour plusieurs accents, celui de la « sombre
patate de cambrousse » qui tombe de la lune, celui
du paysan madré à qui on n'en fait point accroire,
celui du monsieur distingué et de bonne foi qui
s'étonne vraiment, n'est-ce pas, d'un procédé pareil.

Ils apprirent un peu plus tard que le colonel, les
officiers supérieurs et les commandants des compagnies de mitrailleuses venaient de partir « en
reconnaissance de secteur ».

— Ça se corse ! » avouèrent-ils, « ça se corse.
Y a queq'chose dans l'orchestre qui prépare les
dernières figures du ballet stratégique.

Ils avaient bien fait de prendre des avances de
rire. Car la suite de la journée leur fit passer le
goût de la plaisanterie. Ce fut, dans leur expérience à tous deux, un des jours, rares à ce point
de perfection, où la guerre semblait vouloir, avant
de les précipiter dans ses suprêmes horreurs, leur
présenter une collection de ses horreurs médiocres,
de ses horreurs de seconde zone ; leur montrer
qu'à côté de son œuvre de destruction grandilo-
quente, dont une ivresse d'épouvante peut émaner
à la rigueur, elle est aussi une dégradation misérable de tout ce que la civilisation a mis debout
et des mécanismes de l'activité humaine ; dégra-

dation que l'esprit enregistre avec une plénitude
de sang-froid et de mépris. La guerre vous faisait
longer les sordides coulisses qui lui servent de dé-
gagements pendant qu'elle donne ses spectacles ;
et où plus rien ne subsiste qui puisse faire illusion.
Ce que sont à une grande capitale les étendues de
la périphérie où l'on ne mène jamais les visiteurs :
la région des impasses fangeuses, des ateliers en
carreaux de plâtre, des barraques de chiffonniers,
là où grouillent des enfants aux jambes noirâtres,
au visage strié de morve. Une morne banlieue de
la guerre.

La neige tomba sans discontinuer ; une neige
aux flacons de taille moyenne, demi-durs, que le
vent du nord-est, fort aigre lui-même, vous envoyait dans les yeux, dans la bouche, dans les
ouvertures du col et des manches. La petite route
que l'on prit d'abord, de Ville-sur-Couzances à
Rampont, était détrempée et défoncée. Celle qui
menait de Rampont à la route nationale ne valait
pas mieux. Mais encore, à condition de se donner
beaucoup de peine, y pouvait-on avancer à la vitesse d'un procession de village.

La route nationale, qui venait de Sainte-Menehould, et qu'il fallait maintenant suivre jusqu'à
Verdun, s'offrit d'emblée comme une cohue tour-
mentée de véhicules et de piétons, et l'idée d'y
introduire le kilomètre de colonne d'un régiment,
augmenté de ses voitures, comme une de ces entreprises qui vous accablent dans les cauchemars.
On se convainquait, à la bien regarder, que la
cohue avait en principe deux sens, qu'elle était
tiraillée dans deux directions. Mais ces deux ram-
pements contraires s'accrochaient l'un à l'autre
par leurs aspérités, se freinaient, s'empêchaient
l'un l'autre. Comme les véhicules étaient de toutes
catégories, une auto essayait de dépasser une voi-

ture à cheval, mais se trouvait nez à nez avec une autre auto qui venait en sens inverse. Chaque fois qu'un espace commençait de s'ouvrir, une charrette escortée de moutons poussait en avant pour le combler. Un encombrement se nouait tous les vingt mètres. Toute cette agitation sentait l'affolement, en dépit de sa lenteur, et plus encore l'impuissance, l'absurdité. On ne parvenait pas à croire que ces gens, ces véhicules, savaient où ils allaient. On avait l'impression que si une intervention supérieure leur avait soudain rendu de la fluidité, de la liberté de mouvement, ils se seraient mis à courir droit devant eux, puis au bout d'un certain temps à faire demi-tour et à repartir avec la même hâte en sens inverse, et ainsi de suite ; comme ces traînées dérisoires de fourmis qu'on voit sans fin aller et venir sur la même bande de sol, ramasser fébrilement de lourds grains de sable pour les lâcher deux centimètres plus loin, bref donner tous les signes d'un affairement incoercible, sans autre résultat que de provoquer l'admiration de quelque savant de province à la vue basse et un peu roublard. Et peut-être que si, en effet, un Dieu presbyte, ennemi des idées noires, s'était penché ce jour-là sur la route nationale n° 3, il eût été attendri par la merveilleuse activité qui s'y montrait.

Pour qui avait à y participer de plus près, l'émerveillement était moins facile. Le kilomètre de fantassins mit une heure à s'insinuer de force dans le calibre de ce tuyau engorgé ; mais il constata ensuite que tout ce qu'il avait obtenu, c'était d'accroître par sa présence la lenteur de l'écoulement et de s'y être fait prendre comme un mille-pattes dans de la résine.

Le détail intime du spectacle n'était pas plus ragaillardissant. La route recevait pêle-mêle ceux

qui faisaient la guerre et ceux qui la fuyaient.
Comme les soldats ressemblent aux soldats, les fugitifs ressemblaient à d'autres qu'on avait croisés
les jours précédents, sur les petites routes du sud
de l'Argonne. C'était toujours à peu près les
mêmes charrettes, les mêmes brouettes, les mêmes
vieilles gens au regard démoli ; autour d'eux le
même marché aux puces de literie et de hardes, le
même traînassement désordonné de bétail. (Comment ces vaches, ces chèvres, ces moutons parve-
naient-ils à ne pas se perdre ? Au sein du désastre
et du désarroi, quel sentiment exaspéré de la patrie domestique, quelle odeur inimitable du foyer
errant les tenait-elle attachés à un filament de la
cohue plutôt qu'à un autre ?)

Mais il y avait des faits inexplicables, qui étaient
ceux qui évoquaient le mieux l'absurde grouillement des fourmis. Certains paquets de fugitifs,
les plus nombreux, venaient de la direction de
Verdun, et s'efforçaient d'aller dans celle de
Sainte-Menehould, ce qui semblait naturel, même
si l'on ne se représentait pas bien la suite de leur
exode. Mais on en dépassait d'autres, qui s'étaient
rangés dans le fossé de droite pour laisser la place
au régiment. Ceux-là paraissaient venir de la direction de Sainte-Menehould et vouloir chercher
refuge du côté de Verdun. C'était si extraordinaire que les soldats, tout occupés qu'ils fussent
de leurs propres misères, ne purent s'empêcher de
leur demander :

— Mais d'où est-ce que vous venez donc ?

Les uns répondaient :

— De Dombasle.

D'autres :

— De Récicourt.

— De Jouy.

A la réflexion, l'on se disait bien que Dombasle,

Récicourt, Jouy et consorts avaient pu, depuis le
début de la bataille, entrer dans la zone de tir
de l'artillerie allemande. On se le disait d'autant
mieux qu'on entendait, au moins toutes les dix
minutes, par derrière et sur la gauche, tomber de
gros obus. Mais pourquoi n'étaient-ils pas partis
vers l'ouest ? Et s'il y avait eu des raisons de ne
pas les envoyer par là, pourquoi les autres s'y diri-
geaient-ils ?

La progression de la colonne était coupée de tant
d'arrêts que Jerphanion eut le loisir de lier conversation avec l'un des groupes de fugitifs. Il crut
comprendre que ces gens se proposaient d'arriver
à Nixéville, par une petite route qui se détachait
de la nationale un peu plus loin à droite ; qu'on
les y attendait ; qu'on les y hébergerait une ou
deux nuits ; mais qu'ensuite ils ne savaient pas ce
qu'on ferait d'eux.

« Après tout, songea-t-il, il en est d'eux comme
de nous. Ce n'est pas la marche au canon ; c'est
la fuite devant le canon. Mais le « pas » est le
même. »

Un peu plus tard, il s'arrangea pour faire un
bout de chemin à côté de Griollet qui occupait l'extrémité d'un rang. Depuis le départ de Beauzée,
Griollet avait l'air très sombre, et amer, ce qui
ne lui était pas habituel. « A-t-il à se plaindre
de quelque chose de particulier ? » se demandait
Jerphanion. « Ou ne fait-il que ressentir la situation commune ? » Il attachait quelque importance
aux réactions de Griollet. Il le tenait pour un esprit sain et solide. Griollet n'avait pas de caprices
d'humeur. Il n'affichait jamais une gaîté voyante.
Il ne semblait pas non plus sujet aux crises de
cafard. Il nourrissait une conception de la vie très
pondérée, très nuancée, où les illusions avaient
peu de place, et qui lui permettait d'accueillir

sans surprise beaucoup d'événements. Griollet démoralisé, cela pouvait donc prendre une certaine
valeur d'indice. Jerphanion ne s'en fût pas ac-
commodé légèrement. Au surplus, il avait pour cet
homme, dont le regard était si fin et si droit, une
sympathie profonde. « C'est vraiment quelqu'un
de très bien », aimait-il à se répéter. « Avec plus
d'instruction et un peu de chance, il aurait sûrement fait partie de ce qu'on appelle l'élite. Il
aurait honoré n'importe quel métier. » Jerphanion
croyait sentir que cette sympathie lui était rendue.
Aussi même un simple chagrin personnel de
Griollet ne l'eût pas laissé indifférent. « Si moi
j'avais de la peine, il s'en apercevrait, et saurait
me le témoigner avec sa discrétion habituelle. Humainement, c'est un ami bien plus sûr, bien plus
substantiel qu'un gentil garçon comme Fabre. »
L'hypothèse d'un chagrin personnel, ou d'un gros
ennui n'était pas à écarter. Il y avait eu à Beauzée,
le matin du départ, une distribution de courrier.
La fraction du régiment qui était passée par
Sainte-Menehould en avait rapporté des sacs de
lettres. « Il aurait trop de réserve, et trop le sens
de la mesure pour m'en parler le premier, surtout dans ces circonstances. D'un autre côté, je ne
me vois pas lui disant, comme certains sauraient
peut-être le faire : Alors, Griollet, qu'est-ce qui
ne va pas ? Il vaut mieux que j'aie l'air de vouloir simplement bavarder avec lui de la pluie et du
beau temps. »

— C'est tout de même triste, n'est-ce pas ? de
revoir ça après tant de mois de guerre ! » Et
Jerphanion désignait un groupe de fugitifs.
« On pouvait espérer que ça, au moins, c'était
fini.

— Oui... » répondit mollement Griollet.

— Ça n'a pas l'air de vous toucher beaucoup ?

— Oh ! vous savez, mon lieutenant, les civils !...
Jerphanion retrouva la force de rire :

— Qu'est-ce que vous dites ? Je ne supposais
pas que vous leur en vouliez tant que ça, aux civils ; surtout à ceux-ci, les pauvres !

— Oh ! mon lieutenant, ils se valent tous.

— Bigre ! Voilà que vous parlez comme un
vieux rengagé de la coloniale. Il n'y a pourtant
pas si longtemps que vous étiez civil vous-même,
et je vous souhaite de le redevenir bientôt.

— Ceux-là, évidemment, ils font pitié dans la
situation où ils sont. Mais vous vous rappelez, mon
lieutenant, ce qu'ils ont pu nous posséder quelquefois dans les villages de l'arrière, je ne dis pas
ceux-là en personne, mais d'autres tout pareils ?
Quand ils pouvaient nous vendre trois fois le prix
un litre de pinard ou des vivres quelconques !

Jerphanion était surpris non de ces griefs en
eux-mêmes, qui dans la bouche des soldats étaient
des lieux communs presque surannés, mais de
les entendre répéter par Griollet, et avec cette
acrimonie.

— Vous avouerez pourtant » lui dit-il, « que ces
jours-ci, dans les villages, ils nous ont fait assez
bon accueil.

— Bien sûr, mon lieutenant. On leur a dit que
les Boches allaient de nouveau leur tomber dessus,
et leur piller ou leur brûler tout. Alors ils se sont
souvenus qu'ils ne pouvaient pas, à eux tout seuls,
empêcher les Boches d'arriver, et que nous autres,
nous servions à autre chose qu'à leur acheter de
l'Aramon à huit sous en le payant deux francs
la bouteille. Moi, mon lieutenant, je ne peux pas
supporter les acclamations des civils. Vous me direz
que nous n'en avons pas souvent l'occasion... Ça
me fait un peu l'effet comme s'ils nous criaient :
« Allons, les petits gars ! Allez vite vous faire tuer ;

et plus vite que ça ! Vous voyez bien que nous ne
dormons pas tranquilles avec tous ces bruits d'offensive. Ce n'est plus une vie ! Grouillez-vous un
peu ! » Et il y a ceci, qui est toujours dans le
sous-entendu, et ça, moi, ça me crispe : « Qu'est-ce
que ça vous coûte, à vous, de vous faire tuer ? En
somme, c'est votre métier. Vous êtes là pour ça.
Alors on est même bien polis de vous remercier
d'avance comme on fait. »

— L'autre jour, dans je ne sais plus quel village,
vous m'avez regardé quand les gens nous accla-
maient, justement. Vous rigoliez plutôt. Vous
n'aviez pas l'air de prendre ça au tragique.

Griollet se tut un instant, la tête baissée :

— Ah !... on réfléchit... » dit-il.

Après un arrêt de plusieurs minutes, causé par
l'encombrement, la colonne venait de se remettre
en marche. Jerphanion, sans s'éloigner de Griollet,
le laissa quelque temps à ses pensées.

Ce fut Griollet qui rengagea la conversation :

— Je ne voudrais pas, mon lieutenant, que vous
me preniez pour un homme qui se monte la tête.
Il y a des choses que je me dis depuis longtemps.
Mais n'est-ce pas ? on ne veut pas se l'avouer.
On a déjà tant de sujets de ne pas être gai. On ne
cherche pas à se rentrer la tête sous l'eau... Les
poilus sont des sacrifiés... voilà... Quand je dis ça,
je le dis pour vous comme pour nous, mon lieutenant... Je ne suis pas assez bête. Vous êtes un poilu
comme nous. Alors vous aussi, vous êtes un
sacrifié.

La tristesse posée de la voix, l'absence de toute
déclamation dans le mode populaire, étaient plus
émouvants et surtout d'un accent plus original que
les paroles elles-mêmes. Jerphanion écoutait sans
interrompre, hochant la tête d'un air de compré-
hension sympathique ; désireux seulement de

mieux voir ce qu'il y avait derrière cette amertume.

Griollet continua :

— Je vais vous dire une chose. La plupart des
gens de l'arrière, hommes et femmes, ne désirent
pas que ça finisse. Ils font semblant de nous
plaindre, de nous admirer. Les journaux nous
traitent de héros, long comme le bras. Mais ils
n'ont pas envie que nous revenions... On les gê-
nerait.

Jerphanion pensa à sa femme. Il osa se demander : « Dans quelle mesure, même imperceptible, existe-t-il chez elle une trace du sentiment
dont parle Griollet ? » Il se rappela qu'à sa dernière permission il l'avait trouvée, malgré la
grande joie sûrement sincère qu'elle avait de le
revoir, un peu trop habituée à vivre seule, un peu
installée dans le veuvage, un peu reprise par ses
parents.

Griollet disait :

— Vous ne me ferez pas croire que s'ils voulaient bien, un peu partout, ils ne trouveraient
pas le moyen d'arrêter ça. Chez les Boches aussi,
les gens de l'arrière doivent plaindre bruyamment
les hommes du front, et gémir sur ct'horrible
guerre, et patati et patata... Mais ça n'empêche
sûrement pas les femmes des poilus boches de
manger tranquillement leur choucroute ni de se
faire pincer les fesses par les embusqués... Ah ! il
y a une chose qui me fait marrer plus que tout
le reste ; c'est quand je lis dans les journaux, dans
les discours de ci de là, les boniments sur l'héroïsme des femmes pendant la guerre ! C'est à vous
faire pisser le sang. L'héroïsme des femmes ! Je
veux bien, il y a peut-être des cas... Mais dans
l'ensemble ! Dites-moi, mon lieutenant, en quoi
est-ce qu'il a consisté, l'héroïsme des femmes ? A

laisser partir leurs hommes, en se disant la plupart : « Oh ! ça lui fera du bien... sous le rapport de sa santé, et de son caractère... Et puis je ne l'aurai plus sur le dos pendant quelque temps. On se retrouvera avec plus de plaisir... » Je ne parle pas des garces qui se disaient : « Chouette ! pourvu seulement que mon amant ne parte pas aussi... Il est vrai qu'un de perdu... » Jamais, mon lieutenant, jamais vous ne me ferez comprendre qu'il n'y ait eu nulle part des femmes pour se coucher devant les locomotives le jour de la mobilisation, en criant : « Si vous voulez nous prendre nos maris, nos fils, il faudra que vous nous passiez dessus. » Je sais que je puis vous dire ça à vous, mon lieutenant, que vous ne le prendrez pas en mauvaise part. Je ne dis pas ça par antimilitarisme... Mes idées là-dessus, ça, c'est une autre affaire... Je ne dis pas que c'était aux hommes à ne pas vouloir partir... C'est tout différent. C'était peut-être aux hommes, si on veut, à dire aux femmes : « Laissez-nous partir, il le faut », et à leur expliquer. Car les femmes, la plupart, vous ne me direz pas que c'est le patriotisme qui les étouffe ; ni la politique extérieure qui les empêche de dormir. Elles ne savent même pas de quoi il s'agit... Mais non. Tout ça, c'est des histoires.

— Vous ne faites pas exception pour les mères ? » dit Jerphanion, non sans rougir intérieurement du caractère conventionnel de son propos.

— Il y en a, mon lieutenant, je ne dis pas. Mais je pourrais vous en citer, tenez, des femmes de la campagne, ça, j'en suis sûr, ce n'est pas des on-dit, eh bien ! il n'y avait pas un quart d'heure qu'on leur avait appris la mort de leur fils, « avec tous les ménagements », n'est-ce pas, que déjà elles se renseignaient auprès d'autres qui avaient été dans le même cas, sur la question de la pension, et pour

savoir si c'était compliqué comme démarches...
C'est comme les infirmières... Mettons qu'il y en
ait deux, trois, sur dix, qui font ça par dévoue-
ment, ou parce qu'elles ont de la croyance. Celles-
là, je les respecte. Mais les autres ! Voyons, vous,
mon lieutenant, qui avez été à l'hôpital comme
blessé, vous le savez bien... Les autres, c'est pour
se faire baiser par les officiers, ou pour trouver
un mari, même un avec une patte en moins, vu
qu'il y aura la pension, et qu'un mari qui a une
patte en moins n'a pas facile de vous surveiller...
Ou tout simplement pour faire de l'épate dans
leurs relations : « Mademoiselle Unetelle qui se
dévoue jour et nuit pour nos chers blessés... »

— Qu'est-ce que vous voulez, Griollet, si on se
met à chercher le fond de tous les actes, on n'en
trouve pas beaucoup où il n'y ait pas des mobiles
de ce genre-là. Ce n'est pas une raison pour être
injuste. Nous sommes bien contents, quand nous
sommes amochés, qu'il y ait des infirmières pour
s'occuper de nous moins durement que bien des salauds d'infirmiers militaires, qui ont l'air de nous
dire : « Estimez-vous encore heureux d'être là. »
Quand j'étais à l'hôpital, Griollet, il y avait des
moments où voir mon infirmière entrer en souriant,
c'était quelque chose de précieux. Je ne me demandais pas à ce moment-là si elle se faisait peloter
dans les coins par un officier convalescent. Elle me
donnait des soins difficiles, peut-être dégoûtants
pour elle, et elle me souriait, à moi qui ne la pelo-
tais pas... Vous passez par une crise de sévérité
pour les femmes, hein ?

Griollet parut gêné.

— Pas spécialement » fit-il, « oh ! pas spécialement. Ce sont les types de l'arrière en général
qui commencent à me courir... et comme il y a
malgré tout plus de femmes que d'hommes à l'ar-

rière... Mais tenez, si vous croyez que les mobilisés d'usine, je les porte sur mon cœur ! Ah ! j'en
connais personnellement... J'en ai rencontré plusieurs à ma dernière perm ; des bien gras, des
bien luisants. Il y en a qui gagnent des cinquante
francs par jour... Ils prennent l'apéro ; ils lisent
le journal... C'est même là-dedans qu'ils ap-
prennent ce qui se passe sur le front... Ils se payent
des poulets le dimanche. Ils vont au cinéma avec
la bourgeoise, qui travaille aussi en usine, ou qui
est receveuse des tramways...

— Vous êtes bien d'avis pourtant qu'il en
faut ?... Nous nous sommes assez plaints, au front,
de manquer de matériel, de manquer d'obus...

— Oui... mais expliquez-moi, mon lieutenant,
pourquoi ces gens-là ne sont pas mobilisés comme
nous, hein ? à cinq sous par jour... pourquoi on
leur donne des salaires, et des primes, et quoi
encore ? Ils ne sont pas déjà assez veinards de
tourner des obus au lieu de les recevoir sur la
tête ?...

— Oh ! pour ça, je suis entièrement d'accord.
Mais, vous savez, ce sont les gros patrons qui fa-
vorisent ce régime-là. Les gros patrons sentent bien
que les gros salaires sont le rempart des gros bénéfices... Le jour où les ouvriers travailleraient pour
rien... pour la patrie... l'idée viendrait peut-être
au gouvernement d'inviter les industriels à en faire
autant...

Griollet eut son premier sourire de la journée.
Il caressa une minute la vision de justice que son
lieutenant évoquait. Il eut pour Jerphanion un
bon regard amical. « Encore heureux, semblait-il
dire, dans ce monde d'ignominie, d'avoir pour
lieutenant un homme avec qui l'on peut causer,
et qui vous sort non pas des boniments mais une
pensée de justice. »

Il reprit à mi-voix, mais d'un ton confiant :

— Je vais vous expliquer, mon lieutenant... Ce n'est même pas de tout ça que j'en veux le plus aux ouvriers des usines... Non... C'est de trahir...

— De trahir...

— Oui. Je n'ai jamais été ce qu'on appelle un militant. Mais je m'intéressais à la politique. Vous parlez si j'en ai entendu des discours dans les meetings. Tout ce qu'on pouvait dire contre la guerre, et sur ce que ferait ou ne ferait pas la classe ouvrière en cas de guerre. Oui... eh bien ! on voit ce qu'elle fait, la classe ouvrière. Elle se tient peinarde. Elle demande des sursis d'appel et des hauts salaires. A part ça, les copains du front peuvent se faire casser la gueule jusqu'à la Saint-Glinglin... C'est fini, mon lieutenant, ils ne m'en raconteront plus. Ça, et les ministres socialistes !...

— Et les femmes ! » dit Jerphanion, en essayant de faire sourire Griollet.

Mais Griollet se contenta d'une grimace ambiguë.

Jerphanion regarda à la dérobée ce maigre visage, qui se présentait à lui de profil. Sous le casque il ne restait plus grand'chose du maroquinier à façon ; ni même du Parisien de trente, trente-cinq ans. Un soldat triste, d'un âge quelconque : l'âge militaire. Pas plus costaud que jadis, mais ayant acquis une résistance, un tannage d'Indien, au moral et au physique. Une sorte de légionnaire ; aux deux sens du mot : légionnaire antique, et légionnaire du bled. Revenu à peu près de tout. (Jerphanion se souvenait d'un mot que lui avait dit Fabre, un soir, en Champagne, sur les hommes des régions envahies.)

Griollet avait une barbe de deux jours environ (elle devait dater de Beauzée) ; des moustaches taillées court, comme la mode au front commen-

çait à s'en répandre. Il traînait les pieds dans la
neige, avec une espèce de souplesse, une savante
économie d'effort, qui elle aussi faisait penser aux
vieilles armées. « Homme étonnant ! » pensait
Jerphanion. « Ce qu'il ferait bien dans ma bande
du Meygal !... Encore deux ou trois ans, et
quelques déchirements de plus — car il y a des
choses qui se sont déchirées en lui, ou pour lui ;
il vient sûrement d'y en avoir ; je ne l'ai jamais
vu comme ça ; et il lui en reste encore à déchirer
— ce sera seulement un homme de bande, un
compagnon. »

La colonne avançait de moins en moins vite. Il
y avait maintenant des arrêts d'un quart d'heure,
durant lesquels les pieds macéraient dans un sorbet
panaché, boue et neige. La neige elle-même avait
cessé de tomber depuis quelque temps ; mais le
ciel en était lourd... Les toits, les capotes, les
traverses des voitures portaient une épaisseur de
neige. Il en restait, par endroits, sur les épaules
des hommes, sur les sacs, dans les plis des musettes. La nuit approchait, bien que, d'après
l'heure, le soleil ne fût pas encore sous l'horizon.
Dans ce crépuscule gonflé de neige, le bruit des
moteurs d'automobiles, qui trépidaient sur place,
douait le paysage d'une espèce de colère bé-
gayante, d'un de ces ronchonnements de vieux
dont la mâchoire est secouée par les mots qui ne
peuvent pas sortir. Mais de temps en temps la file
de gauche ou celle de droite avait tout de même
l'occasion de s'ébranler pour quelques dizaines de
mètres. Alors, un bruit de démarrage brusquement
se propageait, sautait par-dessus les tronçons de
file faits de piétons ou de carrioles, ou les traversait comme des milieux transparents pour courir
vite d'une auto à l'autre. La rapidité de cette propagation frappait déjà par contraste avec la len-

teur de tout le reste. C'était le seul mouvement
agile. Mais l'impression la plus étrange tenait à
la nature de ce bruit lui-même qui fendait d'un
bout à l'autre la campagne de neige au crépuscule
comme un ricanement interminable. L'on en ces-
sait d'entendre les explosions lointaines d'obus.

Ce ricanement pénétrait en vous comme le frémissement menaçant du monde ; et, dans la mince
épaisseur de détresse qu'était devenu votre corps,
il s'identifiait au poids glacé de vos pieds dans
les brodequins détrempés par la boue neigeuse,
au petit frisson perpétuel du cou sous l'attouche-
ment mouillé du col de capote, à la rétraction
frileuse de la chair du poignet dans la mouillure
des manches, à la petite fontaine de pensées mo-
roses qui s'écoulait par saccades dans votre esprit.

Un peu avant le carrefour de la route de Bar-le-
Duc à Verdun, la tête de la colonne se heurta à
un cordon de gendarmes, qui, les bras écartés,
criaient :

— A gauche ! A gauche ! Par le petit chemin !
Allons ! Allons !

Le petit chemin était une fondrière. En
quelques pas, le poids des chaussures y doublait.
Mais il était si agréable de ne plus avoir les
jambes coupées toutes les minutes par un arrêt,
qu'on se réjouit d'abord d'avoir quitté la route.

Après trois quarts d'heure de clapotements et
de glissades, on atteignit une petite route qu'on
prit à droite pour passer entre le Fort des Sar-
telles et le bois du même nom. La nuit était venue.
On voyait distinctement, sur les hauteurs qui fermaient l'horizon au nord et au nord-est, les lueurs
d'éclatement des gros obus.

Puis un nouveau supplice commença. Le chemin qu'on avait adopté coupait une série de val-

lons et de ravins. Il enjambait les crêtes l'une
après l'autre ; montait, descendait, remontait. La
compagnie de tête, qui devait servir de guide jusqu'à Verdun, allait, sans autrement réfléchir, du
train que lui indiquait le relief du sol : très lentement aux montées parce que les hommes étaient
recrus de fatigue ; très vite aux descentes, parce
qu'ils étaient bien aises de se laisser bouler et de
faire du chemin à bon compte. La compagnie suivante, qui, dans la nuit, craignait de se perdre,
tâchait à tout prix de maintenir le contact. Mais
en général elle faisait une montée pendant que
la première faisait une descente. Les hommes
étaient donc obligés de gravir cette montée presque
au pas de course, avec leur plein chargement sur
le dos ; et à l'inverse, quand ils auraient dû profiter de la descente, il leur fallait se retenir et
même s'arrêter brusquement, parce que les premiers rangs venaient de buter sur la compagnie de
tête qui maintenant prenait tout son temps pour
se hisser sur la montée d'après.

De compagnie à compagnie, ces saccades du
rythme ne pouvaient que s'accentuer, et se placer
avec une fantaisie encore plus incompréhensible.
Les malheureux du 3e bataillon — dont Jerphanion faisait partie — avaient le sentiment de jouer
par force à un jeu d'aliénés, qui consistait à courir
à perdre haleine, tantôt en montée, tantôt en descente, derrière des gens qui vous échappaient dans
les ténèbres, puis à se cogner brutalement sur eux,
tout en recevant sur son propre dos les camarades
des rangs suivants. Les officiers eux-mêmes en
poussaient des jurons de colère. On entendit Cotin
crier à plusieurs reprises de sa voix de « trompe
de bicyclette » :

— C'est une honte. L'officier qui mène la compagnie de tête se conduit comme un goujat.

Après avoir monté longtemps au flanc d'une colline qui semblait porter un fort, ils virent, avant d'atteindre la crête, les silhouettes des hommes de la compagnie précédente se détacher sur le ciel avec des contours qui par instants devenaient très précis ; et le ciel lui-même, qui n'avait cessé de rougir davantage à mesure qu'ils approchaient de Verdun, battre par pulsations irrégulières d'un rouge plus vif qui tournait au rose, comme si des soupirs de lumière étaient venus continuellement crever au bord de l'horizon.

En arrivant sur la crête, ils eurent un spectacle que beaucoup d'entre eux, en dépit de leurs dix-huit mois de guerre, n'avaient jamais contemplé.

Une ville brûlait. Elle ne brûlait pas tout entière dans un seul souffle. Dix, vingt, trente brasiers différents produisaient leur flamme. Certains étaient petits, concentrés, ronds comme un œil. D'autres étiraient vers le haut des lanières de feu et de fumée, les secouaient dans le vent. D'autres crépitaient, lançaient des flammèches et des étincelles dans tous les sens, formaient des figures fugitives de soleils et de couronnes. Tous étaient reliés entre eux par une nuée rougeâtre, rebondie, grasse, qui se retournait sur elle-même dans un mouvement continu de reptile, et que des explosions disloquaient tout à coup. Parfois un point de cette nuée gonflait, s'ouvrait comme une fleur ; et il en naissait un brasier de plus. Il était difficile de ne pas penser aux immenses feux de bengale qu'on avait vus jadis, les soirs de fête, et aux fusées, aux bombes d'artifice qui les parsèment d'éclatements. Mais ce feu de bengale-ci avait une singularité : les fusées, au lieu de lui sortir du ventre, semblaient venir d'en haut, piquer une tête dans la nuée rouge, pour éclater au beau milieu.

Les hommes, tout en commençant à se laisser

dégouliner le long de la descente, tout en résis-
tant au poids de leur sac qui leur tirait les épaules
en arrière, tout en faisant leur possible pour accrocher leurs talons au sol à travers la boue neigeuse, regardaient brûler Verdun. Ils pensaient
des tas de choses, dont certaines étaient à peu près
les mêmes dans toutes les têtes ; dont certaines
étaient plus particulières ou même tant soit peu
étranges.

Il y avait une idée qui ne faisait défaut chez
personne :

« Alors quoi ! C'est là-dedans que nous allons ?
C'est là-dedans qu'ils veulent nous faire passer,
ou peut-être même coucher ? Car enfin, voilà
qu'il est déjà neuf heures du soir, et ils ne
comptent tout de même pas nous faire marcher
jusqu'après minuit ? Coucher là-dedans ! Sans
blague ! »

« Car c'est entendu, le poilu est habitué à gîter
dans des endroits impossibles, par exemple des
tranchées où l'on reçoit des 150 ou des 210 sur la
tête ; et dans le genre incommodités, il n'y a rien
qui fasse la pige à un 210. Mais quand on est aux
tranchées, on est fixé. Verdun, ce soir, c'est le
cantonnement. Cantonner dans un entourage de
maisons en feu, avec la fumée des incendies pour
vous asphyxier, et la perspective d'être brûlé vif
si jamais on réussit à s'endormir, ça dépasse les
bornes. D'ailleurs, les obus, c'est terrible, mais
c'est régulier. Les flammes, la mort dans les
flammes, c'est plus effrayant que tout, encore plus
effrayant que la mort sous un éboulement. Les
Boches le savent bien. C'est pour ça qu'ils ont
inventé leurs lance-flammes. »

Il y avait une autre idée, presque aussi ré-
pandue :

« C'est rigolo à regarder. C'est même beau à

voir dans son genre. C'est des coups d'œil qu'on
n'a pas souvent l'occasion de s'offrir. C'est vrai,
avec cette neige qui reflète aux alentours... Les
collines sont toutes roses, jusque loin. Sûrement
qu'à voir comme ça, ça n'est pas triste. C'est même
plutôt féerique. Les Boches ont de la chance de
pouvoir s'offrir ça sur le dos des copains. A se demander seulement s'ils le voient de chez eux. »

Les gars des régions envahies du Nord — nombreux depuis quelque temps au 151e — sans tout
à fait se défendre d'admirer le spectacle, tendaient
à le prendre moins légèrement que d'autres. Ils
pensaient à leurs propres villes et bourgades, dont
ils connaissaient le sort par ouï-dire. Ils savaient
que toutes ne s'étaient pas écroulées dans un em-
brasement, comme ce Verdun tout rouge là-bas
dans le cercle des collines roses ; mais que bien
peu pourtant avaient été complètement épargnées.
Ces flammes dans lesquelles brûlaient des maisons, des meubles, des économies, leur serraient
le cœur. Ils étaient moins portés que leurs camarades à se dire philosophiquement : « C'est
la guerre ! » Ils pensaient en serrant les poings :
« Travail de Boches. » Ils auraient bien voulu tenir
quelques Boches, de ces Boches qui peut-être en
ce moment courtisaient leur femme ou leur sœur
dans un cantonnement de l'arrière, leur enlevant
des mains le seau d'eau qu'elles venaient de remplir à la pompe, et leur disant : « Ne vous donnez
pas la peine, jolie madame, belle mademoiselle,
je porterai ! » Ils auraient bien voulu arriver un
soir par une descente comme celle-ci au-dessus
d'une ville boche et la voir flamber.

Quant aux gens de Reims et du pays rémois, qui
étaient nombreux aussi (et plus chez eux que personne dans ce régiment), ils avaient envie de dire
aux camarades : « Peuh ! ne vous épatez pas

comme ça ! Quand les Boches bombardaient
Reims, quand les gros obus avaient mis le feu à la
cathédrale et un peu partout dans la ville, supposez que vous soyez arrivés la nuit, comme ça,
par la montagne de Reims, ç'aurait tout de même
été un autre coup d'œil ! »

Il y avait encore un sentiment qu'aucun de ces
hommes n'aurait pris sur lui d'exprimer, que
bien peu auraient osé reconnaître dans le dernier
dessous de leur cœur. Mais si dans leurs rangs, le
sac au dos comme eux, les pieds dérapant dans la
neige, un poète de leur vie misérable s'était écrié
tout à coup : « Ne vous en faites pas, les gars !
Que ça brûle tant que ça peut, ça et le reste. Il
faut que tout y passe. Nous crèverons nous autres,
c'est entendu, c'est écrit ; demain ou plus tard ; il
n'y a que la date qui soit laissée en blanc. Mais
leur sacré monde pétera dans la fournaise. Il ne
sera pas dit que nous alimenterons la terre de plus
de macchabées noirâtres qu'elle n'en a jamais
bouffé à la fois ; et qu'après les choses continueront comme si de rien n'était. Jusqu'au bout !
qu'ils disent. Parfaitement. Tant qu'il restera un
mur et un toit, il y aura du travail pour les obus.
Si les feldgrau étaient de chics types, de vrais
copains de misère, et pas de simples réservoirs de
chair à saucisse et de coups de pied au cul comme
ils sont, ils reculeraient jusqu'en Bochie pour que
ce soit notre tour de faire le grand nettoyage, et
leur tour à eux de nous voir faire », les hommes
auraient peut-être dit, d'un ton moitié scandalisé
moitié rigolard : « Il attige, le frère ; il va
fort !... mais quelque chose d'obscur en eux eût
été vengé.

Cependant ils descendaient vers la fournaise
morcelée de Verdun. Et comme l'heure avançait —
plus vite qu'eux — ils étaient de plus en plus sûrs

qu'ils allaient coucher quelque part là-dedans.
Alors ils faisaient ce qu'ils avaient depuis longtemps appris à faire : ils s'efforçaient de croire
qu'ils allaient rester vivants dans un endroit où
il n'est pas possible de rester vivant. Comme dans
une position bombardée, comme à l'assaut, ils
cherchaient des fissures dans l'invivable. Dégrin-
golant la pente neigeuse, ballottés de gauche et de
droite par la charge et la fatigue, ils se disaient, en
scrutant des yeux la nuée rouge de Verdun : « Il
ne faut pas exagérer. De là-haut on se faisait des
idées. Tout ne brûle pas. Loin de là. Suffit de regarder. Il y a des incendies de côté et d'autre. Mais
il y a des pâtés de maisons, des carrés de bâtiments
qui continuent d'être bien sombres, bien peinards.
C'est comme pour les obus. Ils sont gros, d'accord, et ils font du dégât. Mais il n'en tombe pas
tant que ça. Il y a des endroits tranquilles. Il y a
de bons petits coins. »

On les logea dans une aile à peu près intacte
de l'hôpital Sainte-Catherine, entre la Meuse et
le canal Saint-Airy. Les bâtiments voisins avaient
encaissé depuis le début de la bataille deux
ou trois obus, mais demeuraient debout et ne
flambaient pas. Ce n'était pas tout à fait un
bon petit coin, mais pour l'instant il y en avait de
pires.

Néanmoins la tête travaillait un peu. Et la fatigue, si extrême fût-elle, n'avait pas l'effet d'as-
soupissement désirable. L'on entendait vraiment
beaucoup les obus. Par les fenêtres cassées, le vent
apportait une odeur de roussi, et même de fines
volées de cendre. L'esprit manquait de courage

pour écarter un raisonnement élémentaire, en
vertu duquel l'hôpital Sainte-Catherine pouvait
recevoir d'un moment à l'autre un obus, comme
les camarades, et prendre feu. L'opération se laissait d'autant mieux imaginer, au détriment du
sommeil, qu'en venant, on avait entrevu quelques
rues pour lesquelles elle était déjà faite : façades
éventrées ; débris noircis de chaises, de tables,
d'armoires, batteries de cuisine, vomis tout récem-
ment sur le pavé ; çà et là une poutre solitaire et
fumante comme un perchoir dans une cage vide.

Jerphanion essaya plusieurs « songeries de sécu-
rité ». Mais aucune ne parvenait à prendre. C'était
le silence qui faisait le plus cruellement défaut.
Avec la meilleure volonté du monde, il était difficile de considérer ces éclatements d'obus, tout
alentour, comme des bruits négligeables. Enfin —
il était peut-être deux heures du matin — le bombardement accorda une trêve d'une certaine durée.
Jerphanion en profita pour réussir une transposi-
tion mentale plus ardue qu'elle n'en avait l'air et
assez astucieuse. Il s'imagina le plus fortement
qu'il put qu'il était bien à Verdun (ce qui rangeait
la vraisemblance de son côté), mais à l'intérieur
de la citadelle, dans une de ces profondes case-
mates, impénétrables aux gros obus, et se moquant
de l'incendie, qu'il ne connaissait que par ouï-
dire. Il admit, par précaution, que la quiétude de
la casemate où il dormait, bien blotti, n'était pas
incompatible avec quelques grosses détonations
qui pourraient se produire à proximité, et qui seraient non certes des chutes d'obus ennemis, mais
le coup de départ des pièces lourdes de la citadelle.

XV

MONTÉE A HAUDROMONT. — NOCTURNE DE GUERRE

La dernière étape, qui était la montée aux lignes et l'entrée dans le cœur de la bataille, n'eut lieu que le lendemain soir. Le détachement dont faisaient partie la compagnie de Jerphanion et celle de Fabre se mit en route après la nuit tombée. Chaque compagnie, heureusement, fut pourvue d'un guide, ce qui la dispensait de garder le contact avec l'unité précédente.

On avait dit à Jerphanion et à Fabre dans le courant de la journée :

— Vous allez au ravin d'Haudromont. Vos deux compagnies seront en seconde ligne, au sud de la route.

On leur annonça même qu'on allait leur faire cadeau d'un croquis (pour deux). Ils commencèrent par jeter un coup d'œil sur la carte. Coup d'œil assez négligent. Haudromont ou ailleurs, que leur importait ? Ils étaient surtout bien aises qu'on ne les eût pas obligés de partir dès le matin en reconnaissance de secteur ; ce qui eût été une fameuse façon de se reposer après la journée suppliciante de la veille.

Sur leur carte, rien ne s'appelait ravin d'Haudromont. Mais il y avait, entre Douaumont à l'est et la Côte du Poivre à l'ouest, une certaine Ferme d'Haudromont, située sur une croupe, près d'une cote 325 ; et de part et d'autre de la croupe deux ravins formant une fourche, et une petite route remontant chacun d'eux. La phrase : « Vous serez

au sud de la route », faisait croire qu'il s'agissait
plutôt de la petite route de droite, qui allait vers
le Ravin de la Dame et Douaumont ; celle de
gauche filant à peu près vers le nord et n'ayant
pas, par conséquent, de flanc sud.

On leur apporta un joli bout de papier où figurait le croquis promis. Cela ressemblait à trois ou
quatre filaments de racines, avec leurs radicelles,
jetés au hasard. Les indications claires étaient
celles des deux petites routes. Le numéro des deux
compagnies figurait bien au sud de la route de
droite, dite de Bras à Douaumont.

Voilà donc où en était la ligne du front pour
l'instant. Voilà jusqu'où, de ce côté-là, l'attaque
sur Verdun avait gagné. C'était à peu près ce que
l'on croyait déjà savoir. Les rumeurs n'avaient pas
trop menti.

Dès qu'on eut quitté les faubourgs de Verdun
pour prendre la piste qui montait vers les lignes,
l'on sentit qu'on entrait décidément dans la bataille, dans cette bataille déjà célèbre vers laquelle on marchait depuis seize jours. Verdun,
avec ses obus et ses incendies, n'avait été encore
qu'un arrière inhabitable. Maintenant, c'était la
zone de feu.

Il n'y avait qu'un assez pâle clair de lune, noyé
dans les nuages. Mais la neige le réverbérait sans
en rien laisser perdre. Des lueurs de fusées éclairantes venaient aussi, parfois de très loin, et glissaient sur la neige comme de rapides mains de
soie.

L'on y voyait donc bien suffisamment. L'on y
voyait même trop. Les abords de la piste, parfois
la piste elle-même, étaient jonchés de débris :
casques défoncés, tronçons de fusils, lambeaux de

vêtements, bidons, carcasses de fourgons couchées
sur le côté avec des roues manquantes, caissons
d'artillerie piquant du nez dans le sol, et démolis
comme à coups de hache.

Une odeur submergeante, chavirante, qui vous
avait cerné peu à peu, et que l'on avait d'abord
flairée distraitement, montrait maintenant son origine. Des cadavres de chevaux, irrégulièrement
distribués, bordaient la piste, à quelque distance.
Il y en eut même un qui la barrait franchement et
dont il fallut faire le tour, en traversant une épouvantable puanteur, comme si l'on se fût jeté pour
y nager à pleines brasses dans une mare de liquides
cadavériques.

L'on croisait des files de brancardiers qui redes-
cendaient, portant des blessés et des morts. Certains blessés étaient silencieux comme les morts.
D'autres poussaient de légères plaintes à chaque
secousse du brancard, et leurs plaintes, du même
coup, avaient l'air d'émaner de quelque ressort,
et non d'un être vivant. Il tombait des obus qui
cherchaient visiblement à toucher des buts repérés ou tout au moins à se placer suivant certaines
lignes. L'une de ces lignes faisait un angle très
aigu avec la direction générale de la piste ; si
bien qu'elle la coupait en un point, et ne s'en
écartait que très lentement.

La compagnie marchait par rangs de deux, avec
très peu de distance entre les rangs, et presque
point d'intervalle entre les sections ; ce qui la rendait très vulnérable. En outre, avec cette neige
et cette trace de lune, elle eût été très facile à
voir pour un aviateur ennemi. Jerphanion en fit
la remarque à son guide. Le guide répondit qu'on
avait encore beaucoup de chemin à parcourir ;
qu'en se mettant dès maintenant en colonne par
un l'on se retarderait, et que l'on retarderait la

marche des unités qui venaient derrière. Quant
aux avions, ils se montraient relativement peu
pendant la nuit. Ce n'était pas d'ailleurs en dédou-
blant les rangs qu'on deviendrait moins visible.

— Et puis je vais vous dire » ajouta-t-il en
rigolant, « cette piste que nous suivons est repérée
dix fois pour une ; et les Boches savent très bien
qu'il s'y fait un trafic continuel. S'ils ont envie
de taper, ils n'ont pas besoin de déranger un avion.

A mesure qu'on avançait, le chemin s'effondrait
de plus en plus souvent dans un trou d'obus.
D'autres trous d'obus parsemaient la campagne ;
quelques-uns, tout frais, n'avaient pas encore reçu
leur enduit de neige. Certains atteignaient les dimensions d'un entonnoir de mine.

Le trajet semblait interminable. Il comportait
une suite de montées et de descentes ; de longs
cheminements au flanc de ravins qui vers le bout
laissaient voir des lueurs de tirs, ou de lentes éclo-
sions de fusées, parfois des feux de bengale rou-
geâtres que l'ennemi allumait pour masquer les
coups de départ. Puis, c'était des contournements
de croupes broussailleuses ou arides, jusqu'à des
cols d'où l'on découvrait soudain un vaste horizon
vers l'ouest, et des villages de la vallée de la Meuse
qui flambaient. Un peu partout, les obstacles du
sol retardaient la marche ; mais pourtant, quand
on se rappelait la position des lieux sur la carte,
l'on avait peine à croire qu'après quatre heures,
puis après cinq heures de chemin on ne fût pas
encore arrivé.

— Nous ne nous sommes pas trompés ? » demanda Jerphanion au guide.

— Non, non, mon lieutenant, je vous garantis.
Je connais l'itinéraire comme ma poche. Et la nuit
n'est pas assez noire pour qu'on ait même une
hésitation. Ce petit ravin où nous sommes descend

de la cote 321. De l'autre côté, il y a le Ravin de
la Dame, que vous connaissez peut-être de nom.
Nous avons encore à franchir cette croupe que vous
voyez devant nous, et puis nous sommes arrivés.

— C'est-à-dire dans combien de temps ?

— Une heure à peu près.

— Eh bien !

— C'est toujours très long. Mais ça le devient
de plus en plus, d'une fois à l'autre, à cause des
nouveaux trous d'obus et de l'encombrement qui
augmente.

Depuis qu'on avait quitté la piste du début pour
des embranchements successifs, l'animation avait
diminué. Que c'était étrange — quand on prenait
la peine de s'arracher de sa fatigue pour rêver un
instant à ce qu'on venait de voir — cette circulation de fantômes, dont certains couchés et san-
glants, à travers la neige, les bois, les ravins dé-
solés, sous une clarté bien faite à usage de fantômes : lune voilée qui décline, feux follets,
étoiles filantes, prodiges dans le ciel. Cela sentait
la procession nocturne, le crime nocturne, la con-
juration secrète pour un massacre, l'allée et venue
des sorciers et sorcières pour une grande réunion
dans la forêt, et un peu aussi la nuit de veille et
d'orgie d'avant l'aube de la fin du monde. Cette
guerre était foncièrement amie des ténèbres. Elle
avait dans ses ancêtres la nuit de Walpurgis et le
sabbat des nécromants.

— Il va falloir se mettre en colonne par un »,
dit le guide. « C'est par ici que le boyau commence.

— Où ça ?

— Ici... là devant nous.

Jerphanion se retourna :

— Par un. Faites passer.

« Par un, faites passer » courut en s'éloignant

sous les arbres, en devenant peu à peu un chuchotement imperceptible, comme un « ora pro nobis...
ora pro nobis... » qui serait allé se perdre vers les
extrémités d'une crypte.

Jerphanion rattrapa le guide, tout en essayant
de voir comment le sol était fait.

— Mais dites donc ! C'est ça que vous appelez
un boyau ?

— Oh ! mon lieutenant, vous savez, c'est un
boyau si l'on veut.

Ce qui s'allongeait devant eux n'était en effet
qu'une légère dépression du sentier dans le sol
neigeux. Cela ressemblait aux rigoles d'écoulement que l'on rencontre parfois dans les bois. Aux
endroits les plus profonds, le rebord de terre vous
arrivait à la hauteur du genou ou même seulement
du mollet.

Jerphanion insista :

— Je ne comprends pas du tout. A quoi ce petit
bout de fossé peut-il servir ? C'est se ficher du
monde.

— Oh ! d'abord, mon lieutenant, ça aide à retrouver le chemin, surtout quand il y a de la
neige. Les petits détachements, les corvées, n'ont
pas de guide pour les mener, n'est-ce pas ?... En
cas de marmitage, on aurait tout de même la res-
source de se coucher dedans. On trinquerait un
peu moins.

La question, par bonheur, ne se posait pas avec
urgence. Aux alentours de minuit, le bombardement avait presque cessé. Les fusées éclairantes ne
montaient plus dans le ciel. A peine passait-il de
temps en temps quelques balles perdues, dont une
parfois ricochait dans le haut d'un tronc d'arbre,
en faisant tomber une poussière de neige.

Un des signes qui faisaient le mieux sentir qu'on
pénétrait dans le tissu de la bataille était ce passage

des balles. On les percevait comme de fines raies
sonores de teintes diverses. C'était un des caractères par où cette guerre continuait de ressembler
à celles d'autrefois. Les balles y gardaient le pri-
vilège de donner à un morceau d'espace son impré-
gnation guerrière la plus intime.

« Vui... i-i-i-i... » Encore une. « Zu-u-u-u...
im... » Une autre. Qui s'obstine à tirer à cette
heure-ci, alors que toute action, même locale, est
certainement suspendue ? Un guetteur qui s'ennuie, et qui tire pour se distraire sur de vagues
choses inoffensives qu'il découvre dans l'ombre ?
Deux, trois autres qui, de leur poste de veille, ont
aperçu en même temps une patrouille qui se fau-
filait entre les lignes ? Un spécialiste, qui s'est
embusqué pour une partie de la nuit dans un coin
confortable, et qui a choisi exprès un but très
difficile : par exemple un coude de tranchée très
loin sur la gauche ou sur la droite, où l'on devine
de temps en temps une silhouette qui se détache,
les gens de cette tranchée ne se doutant pas que
de quelque part, au loin, ils sont pris en enfilade.
Le spécialiste a fabriqué pour son arme un petit
chevalet de fortune ; il a mis un fil blanc au cran
convenable de sa hausse pour le retrouver même
de nuit, et il vise bien, ni trop longtemps, ni trop
hâtivement. Le seul ennui est qu'il n'est jamais
tout à fait sûr d'avoir touché. Parfois sa balle, sans
qu'il le sache, poursuit son chemin dans l'enfilade,
passe par-dessus un épaulement de terrain, et va
devenir une balle perdue qui siffle sur une contre-
pente avant de mourir... Ou encore — et ce doit
être le cas le plus fréquent — des hommes, de ci,
de là, ont eu une seconde de peur — à cause d'un
bruit, d'une remuement de branches — ou pour
mieux dire un sursaut dans leur état de peur
continu, et comme ils avaient leur fusil en mains,

ils ont lâché un coup en l'air comme une femme nerveuse jette un cri.

C'est ainsi que la bataille, aux heures où elle dort, ne réussit jamais à s'assoupir complètement. De même qu'un voyageur qui s'est trop fatigué a pendant son sommeil les muscles parcourus de petites secousses.

Jerphanion rêvait à ce que signifiait le chantonnement des balles égarées, tandis qu'ils franchissaient la dernière crête. Mais tout au fond, il était étonné, il était presque déçu, que cette bataille de Verdun, dont l'image en peu de jours avait acquis, dans la pensée des hommes, des dimensions inusitées, consentît à dormir, à s'assoupir comme une autre.

« Car enfin, se disait-il, j'y suis... J'ai pensé bien des fois depuis trois semaines que nous y couperions, que j'y couperais... Mais j'y suis. Et plein cœur. Dans moins d'une demi-heure maintenant, je serai à mon emplacement dans la bataille de Verdun, dans la phase actuelle de la bataille de Verdun, et mon emplacement est séparé des toutes premières lignes par une quarantaine de mètres... quarante mètres que le premier incident peut réduire à dix ou à rien... Je vais savoir ce que c'est, aussi bien que personne au monde. Je vais savoir si l'homme que je suis, et qui en a déjà tant supporté, le pauvre homme si las, si découragé, si intimement désespéré que je suis, va pouvoir encore supporter la bataille de Verdun... Qu'est-ce que la destinée s'est donc promis d'obtenir de nous ? Les morts sont quittes avec elle, je pense. Mais quand dira-t-elle, de ceux qui auront survécu jusque-là : « Ça suffit. Ils en ont assez enduré. Je ne leur demande plus rien. » ?

— Nous sommes arrivés, mon lieutenant », dit le guide à voix basse. « Enfin, nous y serons dans cinq minutes. Comme les Boches sont tout près, vous ferez bien, mon lieutenant, de dire à vos hommes de ne faire absolument aucun bruit. Les Boches seraient trop contents d'arroser la relève.

Un chuchotement courut.

— Nous arrivons. Silence absolu. Faites passer.

Un peu plus loin, le guide arrêta la marche.

— Mon lieutenant, je crois que le capitaine de la compagnie que vous relevez vous attend par ici. Venez avec moi, mon lieutenant. Voulez-vous dire à vos hommes d'attendre ?

— Pas trop, j'espère ! Les pauvres diables en ont plein les pattes. Vous n'avez pas l'air de vous douter qu'il est bientôt une heure du matin.

Le capitaine les attendait dans un abri des plus sommaires ; une cavité creusée à très peu de profondeur sous la broussaille, très peu spacieuse, et fort encombrée. Une lanterne qu'il avait près de lui éclairait son visage tout blême, tout rongé de fatigue. Quand il eut passé les consignes, et donné un guide, qui, pendant qu'eux deux continueraient à parler, mènerait les hommes à leur emplacement, Jerphanion lui demanda avec inquiétude :

— C'est le P. C. de compagnie, ici ?

L'autre sourit :

— Non !... C'est un dépôt de matériel. Votre P. C. est un peu plus loin. Mais il ne vaut pas mieux.

— Mauvais coin ?

— Oui, bien sûr. Mais pas spécialement. Tous les coins sont mauvais, je crois. Mais ici c'est un peu moins mal qu'en remontant sur la droite vers le Ravin de la Dame et Douaumont.

— Beaucoup de pertes ?

— Oui... c'est-à-dire, oh ! vous savez, pas tellement, quant on y réfléchit... Tenez, aujourd'hui, je n'ai eu qu'un tué et trois blessés ; hier deux

tués et deux blessés ; non trois... avant-hier...
attendez, je ne me rappelle plus. Mais c'était dans
les mêmes prix.

— En effet » dit Jerphanion sincèrement étonné,
« c'est très peu... étant données les circonstances... »
Il se rappelait des chiffres de pertes quotidiennes,
du même ordre, sur le front de Champagne, dans
des périodes considérées comme tout à fait calmes...
« Je suis surpris, je vous l'avoue... On me disait
que la bataille était très meurtrière...

— Je vais vous expliquer. Le filon, dans cette
bataille-ci, c'est d'être en première ligne... d'après
ce que j'ai constaté par ici ; ailleurs c'est peut-être
différent... Et je ne parle pas des jours du début...
Il paraît qu'au contraire, au début, les premières
lignes ont été écrabouillées. Des pertes de 50, 60 %
de l'effectif en un seul jour... Mais maintenant les
premières lignes ne reçoivent presque rien comme
marmites. Les tranchées boches sont trop près.
Leurs artilleurs ont peur de taper dessus.

— Elles sont vraiment très près ?

— Vous pensez, une cinquantaine de mètres...
un peu plus par rapport à votre emplacement à
vous... Et à cause des changements de front conti-
nuels, leurs batteries n'ont aucun repère précis. Ils
ne peuvent absolument pas tirer. Tenez, à Froide-
Terre, derrière nous, ils reçoivent des 105, des 150,
que c'en est un bonheur. Nous les voyons passer au-
dessus de nous. Il n'y en a pas un sur cent qui
tombe de ce côté-ci de la crête. Ils ne nous envoient
pas de crapouillots non plus, jusqu'ici, je ne sais
pas pourquoi, peut-être parce qu'ils n'en ont pas,
ou qu'il n'y a pour ainsi dire pas de choses à démolir... Alors, ils nous embêtent un petit peu avec des
grenades, des pétards... Il y a aussi les perroquets.
Ah ! ils sont bien emmerdants, ceux-là.

— Les perroquets ?

— Ceux qu'on appelle les écureuils dans d'autres secteurs. Vous pensez si ça leur est facile, avec ces arbres qui nous dominent de partout. Pour certains, c'est un vrai sport. Ils se glissent jusqu'au pied d'un arbre. Ils y grimpent. Ils s'installent bien commodément. On ne les découvre même pas toujours à la jumelle... D'une façon générale, c'est de fatigue qu'on souffre surtout... On ne ferme pas l'œil... Oui !... On est harcelé. Tout le temps sur le qui-vive. Des patrouilles, des contre-patrouilles... Les travaux qu'il faut faire d'urgence. Des alertes. Des petits coups de main. Les mauvais tours de toute espèce que les Boches vous jouent. Et puis surtout l'idée qu'ils vont lancer une grosse attaque d'une minute à l'autre. C'est évident. La bataille ne va pas se stabiliser comme ça. Il n'y a qu'à voir la dépense d'obus qu'ils font pour bouleverser notre arrière... Enfin, bonne chance ; il faut que je m'en aille, moi ; je suis crevé.

Jerphanion s'en fut rejoindre ses hommes. Il les trouva en train de se débattre avec le plus noir découragement.

— Regardez ça, mon lieutenant, regardez ça ! C'est ça qu'ils appellent des tranchées...

— Ne parlez pas si haut. Vous savez que les Boches sont à cinquante mètres.

— Alors ils sont bien gentils de ne pas les avoir tués tous, ceux qui étaient là avant nous... Mais regardez-moi cet abri, mon lieutenant !

Jerphanion regardait, fort démoralisé lui-même, les bras coupés. La position qu'on venait de lui remettre avait tellement l'air d'une plaisanterie, que l'on en était à se demander si le guide ne vous y avait pas menés par erreur. Quelques trous d'un peu plus d'un mètre, où l'on pouvait, à la rigueur, échapper aux projectiles rasants en se tenant agenouillé ou accroupi. Entre ces trous, un fossé, moins profond de moitié, très évasé sur les bords. Seul un homme rampant à plat ventre pouvait y trouver une protection. Çà et là, des anfractuosités dans lesquelles un corps ou deux avaient la place de se blottir. Le tout ressemblait à une de ces ébauches de fortification de campagne, comme sur un champ de manœuvres il arrive à une compagnie d'en tracer, au cours d'une après-midi, à titre d'exercice.

Toute la fatigue de six heures de marche dans la neige, les chevaux morts, les trous d'obus ; tout le poids des journées antérieures vous tombait sur les reins, pendant que l'on contemplait ces dérisoires écorchures du sol, où le prochain ordre du jour vous inviterait à tenir « jusqu'aux extrêmes limites de la résistance ».

« Ils n'ont pas pu faire mieux !... » essayait-on de se dire pour ne pas être injuste. « Ils », c'étaient les prédécesseurs immédiats, à qui la position avait dû échoir, à la suite d'un repli, telle que Dieu l'avait faite : le sol, l'herbe, la broussaille ; pas d'autres trous que ceux qu'avaient creusés les obus. Mais les gens qui avaient été chargés de défendre Verdun, de couvrir Verdun, d' « organiser des positions de repli successives » ? Car l'on était sûr, par une intuition irréfutable, que c'était partout la même chose, et que si les malheureuses troupes qui avaient reculé se fussent arrêtées un peu plus en avant ou un peu plus en arrière, elles auraient pareillement trouvé pour les accueillir le sol, l'herbe, la broussaille, et comme seuls « travaux », les trous obligeamment creusés par les obus de l'ennemi.

— Hé bien ! mes pauvres vieux ! » disait Jerphanion à ses hommes en passant devant eux, d'un trou à l'autre, « nous voilà frais... Il faudra s'y mettre le plus tôt possible.

Dans les consignes et prescriptions diverses qu'on lui avait transmises, il était recommandé de poser sans aucun retard des réseaux Brun et du barbelé « partout où il en manquait », en vue d'une attaque de l'ennemi « qui pouvait être imminente ». Ce « partout où il en manquait » était du meilleur humour d'état-major. Une certaine provision de réseau Brun et de barbelé se trouvait, assurait-on, dans un abri, à côté du P. C. de compagnie.

Jerphanion déclara timidement, devant ses gradés, qu'il eût été très souhaitable de tendre quelques rangs de barbelé, et de déplier quelques accordéons de réseau Brun, dans la nuit même ; mais qu'il se rendait bien compte de l'épuisement des hommes. Peu de minutes après deux sergents vinrent lui annoncer qu'ils avaient trouvé une douzaine de volontaires pour ce travail :

— Ils ont dit qu'ils aimaient autant faire ça que d'être guetteurs ; qu'ils auraient moins envie de s'endormir. Si vous voulez, mon lieutenant, nous retrancherons ces douze-là du nombre de guetteurs prévus. En somme, ils participeront à la surveillance. Ça ne diminuera pas le nombre des hommes au repos.

— Soit. Et remerciez-les de toute façon... Ce sont de braves types. J'irai les voir dans un instant.

La nuit était froide ; d'un froid sans violence ; la broussaille enchevêtrée tout alentour comme des paquets de vieille ficelle. L'on se sentait une âme de chien errant.

« Que c'est misérable ! » se disait Jerphanion. « Que c'est miteux ! »

Il répétait, en piétinant la neige du petit fossé zigzagant dont le rebord lui venait, suivant les endroits, à la cheville ou aux genoux :

« Que c'est miteux ! »

XVI

UN DÉJEUNER D'INTÉRÊT PUBLIC

—Eh bien ! Octave, qu'est-ce que vous nous conseillez ?

Octave prit un air confidentiel :

— J'ai de très jolis perdreaux aujourd'hui.

— Comment ? La chasse est encore ouverte ?

Octave sourit :

— Oh ! pour nous, elle est toujours ouverte.

— Je n'aurais pas cru » fit gaîment Haverkamp en se tournant vers son invité, « qu'il restait encore des braconniers. On dit bien que dans les grandes villes les apaches ont disparu. C'est vrai. On n'entend plus jamais parler de rixes entre ces messieurs, ni d'attaques nocturnes.

— Il ne reste peut-être plus beaucoup de braconniers » reprit le maître d'hôtel avec un humour de bon ton, « mais il reste encore moins de gendarmes. Ils sont occupés ailleurs.

— Eh bien, soit pour des perdreaux, puisque vous nous les garantissez.

— Je les garantis... Pour la garniture, laissez-moi faire. Et avant ? Un peu de poisson ?

— Pourquoi pas ! Vous aimez le poisson, Monsieur le Contrôleur ?

— Mais oui.

— Vous avez une préférence ?

— Mon Dieu, je les aime à peu près tous... sauf la morue.

— Bien. Alors, Octave, qu'est-ce que vous nous recommandez ?

— Prenez donc de nos quenelles de poisson à

la niçoise... C'est une spécialité du chef. Ces messieurs les ont-ils déjà goûtées ?

— Moi, non... il ne me semble pas.

— Alors, faites un essai. Si par hasard cela ne
vous plaît pas, je vous ferai changer le plat. Mais
je suis tranquille... Pour Monsieur aussi, n'est-ce
pas ?

— Mais oui. J'adore les plats du Midi en général, quand ils ne sont pas trop lourds.

— Parfait... Quelques huîtres pour commencer ?

— Ma foi...

— Je vous conseille les Marennes extra. Elles
sont magnifiques. Jamais nous n'avons eu de si
belles Marennes que depuis la guerre. La consom-
mation a tellement diminué, n'est-ce pas ? Et c'est
le moment d'en profiter. Dans un mois elles tire-
ront à leur fin... Je vous envoie le sommelier.

« Je crois que comme ça, c'est bien. Et ça reste
décent » songeait Haverkamp. « Je vais comman-
der un Chablis ou un Pouilly... Ensuite un bon
Bourgogne rouge... pas un trop grand cru, ni une
trop grande année. »

Il était soucieux de ne donner ni à son invité, le
contrôleur Cornabœuf, ni à lui-même, l'impression
qu'ils « faisaient la bombe », au plein moment de
la bataille de Verdun. Rien n'est plus naturel, pour
des gens très occupés, que de se retrouver de part
et d'autre d'une table, à l'heure du déjeuner (« il
faut bien que vous déjeuniez quelque part, n'est-ce
pas ? »), pour examiner une affaire qui est d'intérêt public. Et il y aurait de l'affectation à choisir
exprès un mauvais restaurant, ou un menu sparti-
ate, sous prétexte que les poilus n'ont pas tous
les bons morceaux qu'on souhaiterait de grand

cœur leur procurer. Mais il faut savoir observer la
mesure. Question de tact. Perdreaux... Quenelles...
Mon Dieu ! C'est en somme se conformer à la règle
des deux plats, qui est très raisonnable. Les huîtres
en supplément, ça ne compte pas. Si personne ne
mangeait plus d'huîtres, que deviendraient les pro-
ducteurs ? Il y a déjà bien assez de misère. En
particulier, l'ostréiculture est une richesse nationale à sauvegader.

Ces messieurs parlèrent d'abord des huîtres, précisément ; et des pertes énormes que devaient subir
les parcs d'élevage depuis un an et demi. L'idée
qu'ils contribuaient, pour leur modeste part, à
conjurer l'effondrement du commerce des Marennes donnait à ces messieurs tout à fait bonne
conscience au moment de la déglutition. De là ils
passèrent aux primeurs de Normandie et de Bre-
tagne que les Anglais n'achetaient plus. Puis à la
crise des villes d'eaux. Haverkamp n'y fit qu'une
allusion discrète, comme à un deuil de famille.

Ce n'est qu'à la deuxième présentation des quenelles — dont on s'accorda pour vanter les mérites
(« Il n'y a encore que la cuisine française ! Quand
les Boches sauront préparer un plat pareil, ils
pourront venir nous reparler de leur kultur... ») —
que le véritable sujet de la conversation éclata
comme un fruit à cosse.

— J'ai refait mes calculs » dit Haverkamp. « Je
puis soumissionner dès maintenant pour trois millions de grenades, dont un million livrables en fin
de mois, un second million au 10 avril, le restant
au 20 avril. Le cas échéant, je suis disposé à m'engager pour la fourniture de cinq autres millions,
qui s'échelonneraient entre la fin avril et le début
de juin. Comme rythme, vous voyez, c'est intéressant. J'accepte des pénalités en cas de retard, sauf
bien entendu le cas de force majeure. Grâce à un

nouvel examen de mes prix, qui étaient déjà très
étudiés, je puis fournir à raison de 0 fr. 93 l'unité ;
à condition que la commande soit d'au moins trois
millions d'unités. Pour huit millions, je crois que
j'arriverais à 0 fr. 91, dernier carat.

M. Cornabœuf fit observer que certaines maisons
offraient des grenades à 0 fr. 80 l'unité à partir
de cinq cent mille.

— Ce sera de la pure camelote ! » dit Haverkamp en haussant les épaules. « Je la connais, leur
marchandise. Je puis vous en fournir, moi, à
0 fr. 70 de cette espèce-là. Je parie de vous les
casser comme ça, entre les deux paumes, comme
des noix.

M. Cornabœuf, à qui l'on venait de servir un
honnête Beaune 1911, voulut bien sourire. Il con-
vint qu'en matière de défense nationale les économies sur la qualité pouvaient être néfastes, et même
criminelles.

Mais la difficulté principale n'était pas là.

— Vous n'ignorez pas que, depuis l'engagement
qu'a dû prendre le Ministre en juin dernier devant
le Parlement, nous ne pouvons plus passer de marchés de grenades avec des intermédiaires.

— En principe !

— Nous sommes surveillés de près.

— Je vous citerai de jolies exceptions... Mais
d'abord, moi, je ne suis pas un intermédiaire. Vous
pourriez répondre que j'ai déjà été agréé pour un
marché de cent mille grenades comme fabricant
et que j'ai livré à votre entière satisfaction, je
crois ?

M. Cornabœuf s'inclina avec un courtois sourire.

— Vous pouvez prouver que j'ai un atelier de
fabrication à moi, au Grand Montrouge.

M. Cornabœuf sourit encore :

— Oui, sans doute... Mais on nous cherche tellement la petite bête. Vous n'imaginez pas ! On nous
dira qu'en effet votre atelier du Grand Montrouge
(un peu près de Paris, entre nous... la vérification
est un peu trop facile pour les concurrents, les mal-
veillants...) bref, on nous dira qu'il est peut-être...
peut-être... en mesure de fournir cent mille grenades en deux mois et demi, hum !.. mais certainement pas trois millions en cinq semaines, et
encore bien moins huit millions d'ici au début de
juin. Donc que vous serez sûrement obligé de passer le plus gros de votre commande à des sous-
traitants ; qu'en conséquence vous agirez surtout
comme intermédiaire, et que nous le savions très
bien en acceptant vos propositions. On insinuera
peut-être même que votre atelier est surtout... comment dire ?... un paravent.

— Oh ! tout de même !

— Je vous répète que vous n'imaginez pas jusqu'où ils vont quand ils désirent nous embêter. Et
il y a toujours un député pour porter leurs plaintes
chez le Ministre, pour menacer au besoin d'une
interpellation. Les vieux industriels sont constamment à l'affût. Ils épluchent les commandes. Ils se
font communiquer les chiffres par des employés à
leur dévotion.

— Ce qui est absolument honteux ! » s'écria
Haverkamp, oubliant qu'il avait lui-même usé plusieurs fois du procédé. « Cela touche à la divulga-
tion de secrets intéressant la défense nationale !

— Presque... Mais comment empêcher cela ?...
Or, savez-vous ce qu'ils réclament maintenant ?
Que soient exclus des marchés, non plus seulement
les intermédiaires, mais tous les fabricants apparus
depuis la guerre, oui, tous ceux qui, avant la
guerre, ne travaillaient pas déjà dans la même
branche d'industrie. Si bien que, vous voyez, l'exis-

tence de votre atelier de Montrouge ne serait même
pas à leurs yeux un argument.

— Ils ont du toupet ! Alors, eux, ils fabri-
quaient des grenades avant la guerre ? Je voudrais
bien savoir où !

— Pas des grenades, en effet. Ce qu'ils veulent
dire, c'est qu'un métallurgiste, ou un fondeur, est
qualifié ; mais que par exemple un marchand de
caoutchouc ne l'est pas. Nous avons eu déjà une
grosse histoire à propos d'un marchand de caoutchouc.

— Oui, ils ont du toupet » redisait Haverkamp,
une cuisse de perdreau au bout de sa fourchette.
« Ils n'ont pas été capables, tous tant qu'ils étaient,
de fournir aux besoins de la défense nationale, dans
des moments tragiques pour le pays — qu'il se
soit agi d'obus, de grenades, ou d'autre chose —.
Ils n'ont pas su développer leurs industries à la
demande des circonstances. Ils n'ont pas pris sur
eux de créer de nouveaux ateliers quand il le fallait. Et actuellement, ils ne sont même pas capables, avec l'avance qu'ils avaient, de soutenir la
concurrence des « industriels improvisés », comme
ils disent. Alors, c'est bien simple, ils demandent
qu'on interdise aux autres de travailler, de produire, à ceux justement qui ont eu l'esprit d'initiative, la débrouillardise nécessaires. Et nous
avons des ministres, un Parlement, qui se font tout
petits garçons devant ces messieurs. Et il se trouve
toujours un député pour porter à la tribune leurs
prétentions ou leurs doléances, c'est-à-dire pour
faire carrément passer des intérêts privés avant l'intérêt national. Évidemment, ces porte-parole-là, on
sait à quelles conditions ils se recrutent. Personne
ne se fait illusion là-dessus. Mais l'effet est tout
de même produit. Et notre Parlement de trem-
bleurs n'ose pas leur dire : « Fichez-nous la paix.

Ce qui compte en ce moment, ce n'est pas vos
petites affaires. C'est de sauver le pays. » Non.
Pour faire plaisir à ces messieurs, nos soldats
manqueront d'obus et de grenades. Ils en manquent
déjà à Verdun, je le sais. C'est une des causes de
notre recul. Nous continuerons à en manquer, tant
pis. Nous laisserons massacrer nos hommes ; nous
perdrons du territoire... nous serons peut-être finalement battus. Mais messieurs les industriels
d'avant-guerre auront sauvegardé leur monopole.
C'est l'essentiel, n'est-ce pas ? Quelle mentalité !
C'est comme si moi, du fait que j'exploite depuis
des années avant la guerre mon usine de Limoges,
j'exigeais que toutes les adjudications de brodequins nous soient réservées, à mes collègues et à
moi, vieux industriels de la chaussure. Est-ce que
j'ai jamais rien demandé de pareil ? Je suis assez
grand pour me défendre.

— Le cas est un peu différent » fit observer
M. Cornabœuf. « Vous êtes mieux placés pour vous
défendre. Il est plus facile de s'improviser fabricant de grenades que fabricant de chaussures...
L'outillage à réunir n'est pas le même ; ni la main-
d'œuvre.

— C'est bien mon avis » appuya fièrement
Haverkamp, tout plein à ce moment-là d'une âme
de « vieil industriel de la chaussure ». « Ajoutez
que tout le monde, même les fondeurs, a dû s'improviser fabricant de grenades, puisque auparavant personne n'en faisait. Alors, raison de plus
pour qu'ils ne nous fassent pas suer avec leurs
histoires...

Il ménagea une pause, qui correspondait à l'arrivée du plateau de fromages. Pendant que M. Cornabœuf se servait, Haverkamp laissa fuir son
regard vers la rue Royale, qu'on entrevoyait dans
l'écartement de deux rideaux. La rue était char-

mante, bien que peu animée ; finement triste sous
un ciel qui avait encore les couleurs et lueurs
d'étain de l'hiver, mais que frappaient par moments des flux de rayons soudain chauds et fournis
qui jaillissaient d'un foyer de printemps encore
invisible. Il passait des femmes élégantes ; certaines portaient un bouquet de violettes au cor-
sage. D'autres, vêtues d'un noir grand deuil re-
haussé parfois de parements blancs, avaient de
beaux visages discrètement fardés, de mélancoliques lèvres rouges, de mélancoliques yeux souriants ; et toutes ces choses désirables étaient cer-
nées par une cape elle-même d'un noir sévère,
bordée d'un blanc pur. On les appelait les « veuves
de guerre ». Elles excitaient les hommes d'âge, y
compris les étrangers venus de continents lointains,
que le charnier d'Europe attirait par ses odeurs
mêlées. Beaucoup de ces « veuves de guerre » usur-
paient leur titre. Pas toutes.

Haverkamp trouvait ce spectacle indistinctement
touchant et délicieux. Que la France était un beau
pays ! Sa grâce était décidément plus forte que
tout. Il revint à M. Cornabœuf :

— D'ailleurs » dit-il d'un air qui cherchait à
intriguer l'interlocuteur, « j'irai parler de la question... oh ! de la question en général... à mon ami
Gurau, le ministre d'État. Ça en vaut la peine.

XVII

HAVERKAMP CHAUSSE LES ARMÉES
DE LA RÉPUBLIQUE

Les débuts de la bataille de Verdun avaient tout
de suite agité Haverkamp. Il lisait avec émotion

le communiqué, et les commentaires des critiques
spéciaux. Il recueillait les rumeurs. Il ne tenait
plus en place.

Des intuitions confuses se pressaient dans son
esprit : « Ça va être le coup dur ; peut-être le coup
décisif. Ça ne se réglera pas en quelques semaines,
comme les Boches se l'imaginent, ni peut-être dans
le sens qu'ils imaginent. Mais de toute façon, la
guerre ne durera plus très, très longtemps. Mettons
jusqu'à l'automne. Les Boches risquent le tout pour
le tout, justement parce qu'ils sont sur le point de
perdre le souffle... Dans six mois, il sera trop tard
pour faire fortune. Mais le moment actuel est
excellent. Le gouvernement va demander au pays
un effort énorme, ainsi qu'aux fournisseurs. Il ne
sera plus question de chipoter. Les paperasses et
les règlements compteront moins que les nécessités
immédiates. »

Ce n'était pas qu'Haverkamp eût perdu son
temps depuis la mobilisation. Mais il n'était pas
homme à s'en faire accroire. Il estimait que
d'autres à sa place, ayant commencé la guerre avec
les mêmes atouts en main, fussent parvenus à des
résultats plus brillants. Il s'en donnait une explication : « La guerre m'a trouvé dans une mauvaise
période de ma vie. La vie, c'est comme ça : on
n'est pas toujours égal à soi-même. Mon rendement
avait baissé. J'avais des ennuis de santé. Je venais
de louper deux ou trois affaires. En somme, j'étais
sur une pente dangereuse. La guerre m'a peut-être
sauvé. Mais comme je n'étais pas en forme au
moment de prendre le départ, je suis loin d'avoir
utilisé les circonstances avec l'énergie et la rapidité
voulues. »

Les premières semaines — celles d'août 14 — lui
avaient laissé un souvenir dont il n'était pas très
fier. Il avait reçu l'événement avec passivité, la

volonté en suspens, l'intelligence engourdie. Il
s'était laissé mobiliser aussi machinalement que
le crémier d'en face. Il appartenait à la classe 94 ;
et son fascicule l'affectait au train des équipages.
Par bonheur, il avait eu un an plus tôt, et sans
autrement y attacher d'importance, l'idée de se
faire verser du service armé dans le service auxiliaire (il ne se rappelait même plus très bien pourquoi ; probablement pour échapper à l'ennui d'une
période d'instruction militaire qu'il voyait approcher). Grâce à quoi il ne quitta pas le dépôt de
Versailles. Sinon, il se fût laissé expédier dans la
zone des armées aussi docilement qu'il s'était laissé
mobiliser ; et ensuite, quand son esprit se serait
réveillé, c'eût été le diable pour rattraper la situation.

Il se souvenait aussi des réflexions lamentables,
et vraiment indignes de lui, qu'il s'était faites
durant cette première période. Tout en reconnais-
sant que la guerre allait donner le « coup de tor-
chon » indispensable, et que sans doute l'ensemble
de l'économie, et de la société, en sortirait ragail-
lardi, il avait eu la faiblesse de penser que, bien
loin de faire partie des bénéficiaires éventuels, il
irait se ranger parmi les victimes. « J'ai la mal-
chance de me trouver embarbouillé, au moment
où la guerre éclate, dans un genre d'affaires à qui
la guerre ne vaut absolument rien. Qu'elles soient
appelées à profiter, dans un avenir lointain, et
après toutes les autres, d'un retour à la prospérité
générale, ce n'est pas la question. D'ici là, j'aurai
eu dix fois le temps d'être ruiné. Et il me faudra
repartir de zéro. A mon âge, ce n'est ni drôle ni
facile. Il a déjà suffi, depuis un an ou deux, qu'on
sente venir la guerre, pour que la demande se
raréfie, et que les cours commencent à baisser. Les
affaires immobilières aiment les périodes calmes,

les longues perspectives de prospérité ascendante.
A l'heure actuelle » songeait-il encore en ce début
d'août 14, « s'il y avait un marché, ce serait l'effondrement. Les gens ne payeront plus leurs
loyers. L'huissier n'ira pas saisir un locataire, un
commerçant, un fermier mobilisé. Personne ne
louera plus les appartements vacants, ni les bou-
tiques, surtout au-dessus d'un certain niveau. Cela
gagnera de proche en proche. Les revenus immo-
biliers s'évanouissant, la valeur des immeubles
s'amenuisera. La propriété, bâtie ou non, va passer
par une crise sans précédent. Quand par hasard,
c'est-à-dire par force, il y aura une vente, on ne
trouvera plus preneur. Les biens s'échangeront
contre un morceau de pain. Ce serait le moment
d'avoir beaucoup d'argent liquide, pour épier ces
occasions-là. Car évidemment, un jour ou l'autre,
ça remontera. Oh ! tout doucement, par petites
étapes. Les affaires immobilières ne repartent pas
comme d'autres au premier rayon de soleil. Ce ne
sont pas des plantes folles qui croissent sur n'importe quel talus. Elles réclament une terre qui a
déjà reçu de l'engrais et qui a fait ses preuves. Bref,
ceux qui auront pu profiter de la baisse et attendre,
se trouveront plus tard à la tête de fortunes... Mais
moi, justement, je n'ai pas d'argent liquide. Au
contraire, j'en dois de plusieurs côtés... Tout ce
que j'ai d'actif est immobilisé et irréalisable.
Donc !... Ne parlons pas non plus de bénéfices à
prendre comme intermédiaire. D'abord je suis à
la caserne. Et puis, les quelques affaires qui se
feront encore, personne n'aura besoin de gens
comme moi pour les lui signaler. L'intermédiaire
n'a sa raison d'être que dans un marché encombré,
où le particulier a peur de se tromper tant il y a de
marchandises offertes, et de se laisser chiper les
meilleures occasions, tant il y a d'amateurs. Mais

quand il n'y a que trois salades à vendre sur la
grand'place, et un seul acheteur, il se juge capable
de se débrouiller tout seul... » Son pessimisme
d'août 14 ne s'en tenait pas à ces arguments généraux : « Pour moi, il y a encore une circonstance
aggravante. Oui. Une idée magnifique que j'avais
eue va être la pierre attachée à mon cou qui m'en-
traînera au fond de l'eau : Ma station thermale,
dont j'étais si fier — et avec raison d'ailleurs.
Qu'est-ce qu'on peut imaginer de plus fragile à la
secousse d'une guerre qu'une station thermale toute
récente ? Déjà Vichy, Plombières ou Contrexéville
vont sentir passer la bourrasque. Mais elles ont les
reins solides. Qu'est-ce qui va rester de ma pauvre
la Celle ? Qui aura maintenant l'idée saugrenue
d'aller s'y enterrer ? Nous devons avoir encore une
douzaine de clients qui avaient des arrangements
antérieurs. Il va falloir tout fermer définitivement
le 1er septembre, pour éviter la lumière et le chauffage. Si au moins j'avais fini de vendre mes villas
et mes terrains ! Mais il m'en reste plusieurs sur
les bras, dont personne actuellement ne voudrait
à aucun prix ; et comme de plus j'ai consenti pour
les dernières que j'ai vendues des facilités de paie-
ment, avec le moratorium je ne verrai plus un sou.
J'aurai à m'appuyer pendant ce temps-là les frais
d'entretien de la station : bâtiments, jardins, ave-
nues. Je ne puis tout de même pas tout abandonner
aux ronces et aux rats. Il y aura déjà bien assez,
avec le peu que je pourrai faire, de murs moisis,
de tentures fanées, de toitures crevées. Pour mes
associés, qui sont des capitalistes de vieille roche,
ce n'est qu'un ennui. Pour moi, c'est le coup de
marteau sur la tête. » Et comme l'artiste ou l'in-
venteur malheureux qui reste amoureux de son
œuvre, il soupirait : « Peut-être que dans dix ans
la Celle sera de nouveau une station magnifique ;

plus belle, plus animée qu'elle n'aura jamais
été !... Mais moi, à ce moment-là, où serai-je ? »

Voilà qu'un jour de la fin du mois d'août pareil
aux autres, alors qu'il promenait dans la cohue
désœuvrée de la caserne cette sorte de rumination
morose qui menaçait de tourner à la résignation,
il fut traversé par un coup de lumière :

« Mon usine de Limoges ! »

Par la charge de pensées latentes que cette illumination actualisait soudain, par l'émotion bien-
faisante, et à détentes multiples, dont elle s'accom-
pagnait, elle était l'équivalent, dans l'univers
intérieur d'Haverkamp, de ces événements décisifs
qui jalonnent la vie des artistes, des inventeurs, des
mystiques.

« Mon usine de Limoges ! »

L'illumination s'était sans doute sourdement,
obscurément préparée, durant ces mornes jours où
il avait eu l'impression de s'abandonner aux circonstances, remuant des regrets, lisant les journaux, écoutant des propos dont la plupart étaient
d'une stupidité contagieuse. En particulier, il avait
sûrement enregistré les premiers signes — dont le
public s'entretenait déjà — de ce qu'allait être la
ruée des fournisseurs de toute catégorie vers les
commandes de l'administration militaire. Mais on
eût dit que la chose ne le concernait pas plus directement qu'un employé de commerce ou qu'un petit
fonctionnaire, cueilli avec tous les camarades par
la mobilisation, promis pour toute la durée de la
guerre à des gains quotidiens de vingt-cinq centimes, et dispensé par là même de se débattre pour
son compte dans la naissante mêlée des appétits.

Pourquoi n'avait-il pas fait un rapprochement
tout naturel : « Je possède à Limoges une petite
usine de chaussures, qui n'a été jusqu'ici pour moi
qu'une fantaisie coûteuse. N'est-ce pas le moment

d'en tirer parti ? Les commandes vont être distri-
buées avec surabondance et à l'aveuglette. Ne
puis-je pas fabriquer des chaussures pour l'armée
aussi bien qu'un autre ? Peut-être même d'autres
articles de cuir : des ceinturons par exemple, ce
qui ne doit pas demander de grandes prouesses
techniques... Avec les relations que j'ai ! »

S'il y avait pensé, c'était à son insu.

Mais dès que l'idée eut jaillie, il fut un homme
entièrement réveillé.

En huit jours, il recueillit toute une documentation sur les besoins et les projets de l'Intendance. Il sut à quelles portes il fallait frapper ;
quelles paperasses il y avait à remplir, quels bons
vouloirs à gagner aux divers échelons de la hiérarchie, quelles influences extérieures à mettre en
jeu. Il s'aperçut qu'il connaissait nombre de gens
capables de lui donner un coup de main, depuis
tel ministre, jusqu'à des camarades mobilisés
comme lui de deuxième classe, gratte-papier dans
les bureaux de l'Intendance, qu'il rencontrait au
restaurant, au café, dans les cantines militaires,
tant à Paris qu'à Versailles. C'était l'époque où
les mobilisés des services de l'arrière, surtout ceux
de la région parisienne, dont les alentours de
l'École militaire et Versailles étaient les principaux
centres de ralliement, formaient une masse de plusieurs dizaines de milliers d'hommes, soumis à une
discipline et à des obligations fort vagues, à peine
détachés de la vie civile, couchant et mangeant où
ils voulaient, disposant chaque fois qu'ils en avaient
envie de deux heures ou d'une demi-journée pour
vaquer à leurs affaires personnelles, sans autres
cérémonies qu'un petit mot glissé à l'oreille du
caporal. Il leur arrivait de se rendre visite d'un
quartier à l'autre, d'inviter à leur cantine un camarade d'un autre corps. Les plantons, aux portes,

avaient depuis longtemps renoncé à faire le tri des
entrants et des sortants, les allées et venues étant
innombrables à toute heure du jour, et ne man-
quant jamais d'un prétexte impossible à vérifier.
Quand un ordre de la Place, déplorant le sans-gêne
de la garnison de Paris, contraignait le service de
garde à un accès de zèle, tout s'arrangeait d'ordinaire par la présentation d'un bout de papier quelconque revêtu d'une signature inconnue.

Il régnait ainsi dans ce magma confus de militaires, de moitié de militaires et de civils qu'étaient
devenus Paris et sa région, une circulation inces-
sante, un flux continu, qui roulait de caserne à
caserne, de bureaux d'état-major à bureaux de ministères, de bâtiment public à bâtiment public,
avec des arrêts et des diverticules en toutes sortes
de lieux non officiels ou privés : restaurants, anti-
chambres et salles de rédaction de journaux, sièges
sociaux de maisons de commerce et d'entreprises
industrielles, où les premiers glouglous de la fontaine de milliards commençaient à répandre un
grand émoi.

Ce monde mouvant, assez opaque, fait d'hommes
qui presque tous avaient changé de situation, de
rapports mutuels, d'aspect extérieur ; qui, lorsqu'ils se connaissaient déjà, avaient parfois à se
reconnaître, qui se rencontraient sans s'y attendre
ou se cherchaient en vain, ne manquait pas d'un
amusement étrange, d'une certaine ivresse d'im-
prévu. L'atmosphère en était un peu celle des anciens carnavals, moins la grâce. Chacun y portait
plus ou moins un déguisement. Chacun avait plus
ou moins rompu avec ses habitudes, avec certains
devoirs pesants, pour en assumer de plus fastidieux
peut-être, mais bien légers, et qui laissaient l'esprit
en repos. Beaucoup profitaient simplement de cette
libération envers leur passé d'adulte pour retrou-

ver des joies de collégien : passer deux heures,
quand vous êtes commis d'administration, à jouer
aux cartes dans une cantine de secrétaires d'état-
major où personne n'aura l'idée de vous relancer ;
organiser avec les camarades du détachement de
six hommes dont vous faites partie, et qu'on a
expédié pour Dieu sait quelle besogne de surveillance dans un bâtiment lointain, un système d'ab-
sences par roulement qui permet de jolies prome-
nades ; vous faire désigner pour une corvée
à l'autre bout de Paris, et vous prélasser toute
l'après-midi, avec deux ou trois copains, sous la
bâche d'une voiture régimentaire, non sans une
halte, de temps en temps, chez un bistrot d'une
rue écartée. Quelques-uns, au contraire, dans cette
cohue, avaient su en peu de temps tisser de nouveaux intérêts. Ce carnaval de capotes, de képis
« fantaisie », de vareuses, leur semblait ouvrir à
l'intrigue, à l'esprit de démarches et d'affaires, des
cheminements inédits. Les buts eux-mêmes qu'il
s'agissait d'atteindre étaient assez neufs, et plus
d'un excitant par son énormité comme le gros lot
d'une loterie.

Haverkamp, dès qu'il eut secoué sa torpeur, prit
rang dans cette élite industrieuse. Il fut un de ces
soldats qu'on voyait assis chez les traiteurs de bonne
catégorie, à la même table que des messieurs visiblement importants ; courant les rues de la ville
et les ministères à des heures où les troupes, même
en temps de guerre, ne passent pas pour avoir
quartier libre.

Il réussit à décrocher sa première affaire dans
les jours d'euphorie qui suivirent la bataille de
la Marne. C'était une commande encore modeste :
vingt mille paires de brodequins, du type régle-
mentaire, livrables au plus tard le 15 octobre. Il
ne savait pas jusqu'à quel point son « usine de

Limoges », pratiquement fermée depuis la mobilisation, était capable de produire de pareils brodequins, ni en quelle quantité. Mais il était bien
décidé à ne pas se laisser arrêter dès le début par
des considérations de cette espèce.

Il obtint une permission pour se rendre à son
usine. Il se convainquit sur place qu'au moyen d'un
léger accroissement d'outillage, et à condition de
retrouver un peu de main-d'œuvre (les femmes
restaient), la petite usine, équipée pour la chaussure fine, réussirait à sortir cent paires de « grosses
godasses » par jour, ce qui donnerait environ
trois mille paires au 15 octobre. Il en restait dix-
sept mille à trouver.

Un autre aspect du problème etait le prix de
revient. Pour enlever le marché, il avait fait une
offre un peu au-dessous du tarif habituel. Un petit
calcul lui montra que chaque paire fabriquée à
l'usine lui coûterait un franc de plus qu'on ne la
lui paierait. D'autre part, il n'était pas question,
pour l'instant, d'agrandir les locaux, ni de se lancer dans de fortes dépenses d'outillage. Lui-même
n'avait pas d'argent ; et son adjudication était trop
petite pour appâter un commanditaire.

Il eut une seconde permission, et s'en fut dans la
Drôme, à Romans. Il s'aboucha avec un fabricant
local, qui accepta de sous-traiter pour les dix-sept
mille paires, en laissant à Haverkamp un bénéfice
de 1 fr. 75 par paire.

L'opération ne lui rapporta donc au total qu'un
peu plus de vingt-cinq mille francs (moins, en réalité, s'il tenait compte de certains frais). Mais,
comme il disait, il avait « le pied à l'étrier ». Il
était ravi. Tout en galopant d'un bureau à l'autre
de l'Intendance, il se répétait avec attendrissement : « Brave petite usine ! Comme j'avais raison d'y tenir ! Quel flair j'ai eu quand je l'ai

achetée ! Qui aurait dit à ce moment-là qu'un
jour je lui devrais tout ? Mais faut-il que les événements m'aient abruti le mois dernier pour que je
n'aie pas pensé à elle tout de suite ! »

Il n'avait pas fini de livrer sa première commande
qu'il en obtenait une autre, sérieuse cette fois :
cent mille paires à fournir en trois mois. Deux
avantages vinrent compléter ce beau succès : chaque
paire lui était payée soixante centimes de plus ;
lui-même était mis en sursis d'appel pour assurer
la marche de son usine. Chère « usine de Limoges »,
qui rendait son maître à la plénitude de l'existence !

Pour justifier et l'importance du marché qu'il
avait sollicité, et sa propre mise en sursis, il crut
prudent d'installer un atelier de plus, d'acheter
quelques machines, et d'engager un supplément de
personnel (des femmes). Il songea même, comme
il voyait l'avenir s'élargir devant lui, à réclamer
Wazemmes, qui était dragon quelque part dans le
Nord. Wazemmes, pressenti, déclara qu'il ne voulait pas « se faire embusquer ». D'ailleurs, il était
de la classe 12, incorporé depuis octobre 13, et
sinon au front, du moins dans le voisinage. Il avait
bien peu de chances d'être rappelé. Haverkamp
s'en consola vite. Depuis un an, il avait appris à se
passer de Wazemmes. Il n'était pas de ceux qui
s'accrochent aux absents.

Il réserva, sur la nouvelle commande, vingt mille
paires à l'usine de Limoges. Il recourut à son fabricant de Romans pour les quatre-vingt mille
de surplus, et il eut l'honnêteté de partager avec
lui la majoration de soixante centimes qu'il avait
soutirée à l'Intendance. Il apprit d'ailleurs ensuite,
par une voie détournée, que son fabricant de Romans, incapable de produire plus de cinquante-six
mille paires dans les délais fixés, en avait recédé
vingt-quatre mille à l'un de ses concurrents, moyen-

nant un courtage d'un franc par paire. Haverkamp
ne manquait pas toujours d'objectivité. Il trouva
le procédé parfaitement légitime.

Pendant que l'exécution de la commande suivait
son cours, il eut une autre satisfaction. Il avait
appris que, dans certains cas, pour les marchés
de quelque ampleur, et surtout quand l'industriel
devait engager des frais d'outillage, l'État consen-
tait des avances. Il en sollicita une, pour le principe, de deux cent mille francs, persuadé qu'elle
lui serait refusée. On lui accorda, sans discussion,
la moitié de la somme.

Cette affaire lui laissa un bénéfice net d'environ
cent soixante mille francs. Il gardait de plus entre
les mains un outillage neuf, mieux adapté que l'ancien à la fabrication des chaussures militaires, outillage qui se trouvait déjà presque amorti, et qui
allait lui permettre de travailler avec une marge
de profit plus grande.

L'année 1915 vit l'extension progressive de cette
activité. Haverkamp continua de chausser les
armées de la République. Il fournit encore, dans le
courant de l'année, quatre cent mille paires de
brodequins. Comme il rencontrait les mêmes difficultés que ses concurrents à se procurer du cuir
en quantité suffisante, il obtint l'autorisation d'utiliser des cuirs à tannage rapide (dont les poilus,
mieux placés que personne pour en faire l'épreuve,
comparaient les propriétés à celles du papier bu-
vard), ainsi que des cuirs chromés. Il conserva
néanmoins toute l'honnêteté commerciale compa-
tible avec cette époque de grandes tentations. Il
refusa toujours de remplacer — ce dont beaucoup
de ses concurrents ne se privaient pas — les semelles d'une seule pièce par des semelles faites de
deux minces lames de cuir enfermant tant bien que
mal une couche de débris. On lui en sut gré.

Au début du printemps, c'est-à-dire vers le moment ou l'Intendance se préoccupait d'habiller de
neuf les troupes pour la grande offensive que l'on
projetait en Champagne, il se fit attribuer la fourniture de cent mille ceinturons. Il se contenta d'en
fabriquer une centaine, à titre d'expérience, pour
mieux se rendre compte de l'opération, et de la
valeur intrinsèque du produit. Il jugea plus simple
de repasser les quatre-vingt-dix-neuf mille neuf
cents autres à deux sous-traitants. Il ne lui resta
d'ailleurs qu'un bénéfice très faible, qui ressortit
à vingt-deux centimes et quart par ceinturon.

En septembre, pendant que se déroulait précisément ladite offensive de Champagne, il eut son
attention appelée du côté des fournitures d'hiver.
Un fonctionnaire qui lui était dévoué lui communiqua, dès la veille de l'expédition de la pièce, une
circulaire en date du 22 septembre, par laquelle le
ministre demandait aux Services de l'Intendance
de calculer les prévisions pour une durée de six
mois en effets chauds : tricots, chaussettes de laine,
ceintures de flanelle, couvertures, etc...

Haverkamp fut donc un des tout premiers à ne
pas se faire d'illusions sur les résultats qu'il conve-
nait d'attendre de l'offensive de Champagne (les
premiers coups de canon partirent, comme la circulaire, le 22), et à ne pas trop espérer — ou trop
craindre, selon le point de vue — la fin de la guerre
avant l'hiver.

Le même fonctionnaire lui fit part de la réponse
des Services. L'Intendance, ayant dressé un état
des prévisions, réclamait, entre autres effets chauds,
cinq millions quatre cent vingt-trois mille tricots,
quinze millions quatre cent soixante et un mille
paires de chaussettes de laine, quatorze cent mille
peaux de mouton.

Haverkamp rêva sur les cinq millions et demi

de tricots, sur les quinze millions et demi de paires
de chaussettes de laine. Mais il entrevit des difficultés de divers ordres ; une dure bataille à livrer
contre des concurrents fortement établis qui le re-
garderaient comme un intrus, et, par esprit de
représailles, chercheraient peut-être à lui créer des
ennuis jusque dans son domaine du cuir. Bref il se
montra quelque peu timide. Il se rabattit sur les
peaux de mouton ; pour deux raisons, l'une de
principe, qui était l'évidente parenté des peaux de
mouton et du cuir ; l'autre, de fait : en négociant
un achat de cuir à l'étranger (pour lequel on lui
avait accordé une licence), il avait par hasard eu
connaissance d'un stock de peaux de mouton, un
peu mitées mais encore très convenables pour des
soldats, entreposé à Liverpool. Grâce à la promp-
titude des informations que lui avait livrées le
fonctionnaire, il put faire des offres avant qu'il y
eut presse, et il enleva un marché de cent cinquante
mille peaux. C'était relativement la meilleure
affaire qu'il eût encore conclue. Elle lui coûta
quelques télégrammes, trois ou quatre jours passés
à des formalités, une vingtaine de milliers de francs
en commissions diverses, et lui rapporta, net, un
peu plus de deux francs par peau ; ce qui représentait une petite fortune.

Entre temps, il avait mené à bien une autre opération. Les blessés commençaient à affluer dans
les centres de convalescence ; et l'Armée louait,
à leur usage, de grands hôtels dans les villes de
saison. Haverkamp mit en branle les actionnaires
de la Celle-les-Eaux, leur remontra qu'en faisant
marcher leurs relations qui étaient diverses et puissantes, ils devaient obtenir que l'Administration

militaire jetât son dévolu sur la Celle, qui avait tout
ce qu'il fallait pour faire un centre de convalescence salubre et moderne. Ce qui arriva. Haverkamp, qui s'était chargé de la négociation définitive, se contenta de réclamer un loyer très faible ;
mais il fit bien stipuler qu'on lui assurait en fin
d'occupation une remise en état complète des
locaux. On le lui accorda facilement. L'Armée
recherchait les économies immédiates, et s'inquiétait peu des budgets futurs dont les civils du Parlement se débrouilleraient, le moment venu. D'ailleurs, la victoire arrangerait cela comme le reste.
Haverkamp réussit même à glisser le Casino dans
le paquet qu'il laissait tomber sur les bras de
l'Armée. Le Casino le tarabustait spécialement. Ce
chef-d'œuvre de Turpin résistait mal à la solitude.
Les murs présentaient des fissures ; l'enduit, des
boursouflures et des décollements. Le pavage de
mosaïque se soulevait en plusieurs endroits. La
décoration murale était rongée çà et là par les
sueurs du ciment. Le mobilier, faute d'aération et
de chauffage, commençait à verdir de moississures
discrètes. Une remise à neuf du Casino, par les
soins de l'État, au lendemain de la guerre, serait
donc on ne peut mieux venue. Haverkamp offrit
le Casino « par-dessus le marché », en signalant
qu'il ferait un Cercle idéal pour les officiers convo-
lescents.

XVIII

LE TEMPS DES GRENADES

Jusque-là, une espèce de pudeur l'avait détourné
de deux autres fontaines à milliards : l'Alimentation et les Munitions.

Pour l'Alimentation, il s'agissait bien d'une pudeur proprement dite. Haverkamp n'avait pas envie de gagner de l'argent avec des boîtes de thon en conserve, du saucisson de cheval, ou de la viande frigorifiée d'Argentine. A quoi bon s'être hissé, dans le temps de paix, vers les régions nobles du monde des affaires, si l'on doit passer plus tard pour s'être enrichi dans les bas trafics ? Pour Haverkamp, le terme de *mercanti* s'appliquait expressément aux profiteurs de l'Alimentation. Étiquette infâme. Pour tout l'or du monde, Haverkamp n'aurait pas voulu s'entendre traiter de mercanti.

A l'égard des Munitions, le même dégoût ne jouait pas. Au contraire les Munitions, c'est de la famille de la Métallurgie, des Hauts Fourneaux. Cela sent son maître de forges. Il s'agissait plutôt d'une crainte, en elle-même assez enfantine. « Je ne veux pas qu'on se moque de moi. » « On », ce n'était pas n'importe qui. C'était tout à fait particulièrement le comte Henri de Champcenais. Leurs relations n'avaient jamais été très étroites. Elles s'étaient même fort détendues depuis que M. de Champcenais, entraîné vers les sommets de l'Industrie internationale, n'avait plus pour l'affaire de la Celle, et le petit million qu'il y avait risqué, qu'un regard lointain. Mais précisément le comte métallurgiste était devenu grand fournisseur de guerre pour les armes et munitions (pour le pétrole aussi par la voie du Cartel dont Sammécaud bien à contre-cœur continuait d'être le personnage central). Haverkamp l'imaginait apprenant un jour — et il l'apprendrait sûrement — que l'ancien agent immobilier s'était mis à tourner des obus, comme tant d'autres qui avaient été dans le civil notaires véreux ou marchands de chapeaux ; de ces obus soufflés, gondolés, poreux, fissurés, qui éclataient à l'intérieur des canons, et que les artilleurs enfournaient avec épouvante. De quel ton M. de Champcenais n'eût-il pas dit : « Lui aussi ? C'est vraiment drôle... », envoyant ainsi d'un sourire Haverkamp dans le monde des margoulins. Ah non ! Pas plus margoulin que mercanti. Et surtout pas dans l'opinion du comte métallurgiste. Par un curieux phénomène sélectif, apparaître aux yeux de M. de Champcenais comme un margoulin représentait pour la fierté du fondateur de la Celle l'épreuve la plus brisante.

Vint l'ère des grenades. La grenade n'appartenait par tradition à personne, n'était pour personne gibier de chasse gardée. Il n'était peut-être pas glorieux de faire des grenades. Mais il n'était pas ridicule de l'entreprendre. L'on pouvait s'en tirer, à l'égard des gens, en se donnant des airs détachés : « Le Ministère m'a demandé d'essayer de mettre sur pied une fabrication de grenades... Il faut bien les aider. Sinon, ils sont obligés de s'adresser à des maisons de la Suisse allemande !... ce qui, vous avouerez, est un peu excessif. D'ailleurs c'est un jeu d'enfants. »

Sans doute, l'on risquait, sur ce terrain comme sur tout autre, de se heurter à des rivaux, de provoquer des jalousies, des colères, des réclamations. Mais ces rivaux-là étaient gens de petite volée, très mal assurés de leurs droits. Leur animosité n'était guère à craindre. Leur mépris ? il n'en était pas question. M. de Champcenais ne s'occupait certainement pas de savoir qui pouvait bien fabriquer des grenades ; pas plus qu'il ne s'inquiétait des fabricants de pétards. Le cas échéant, l'on se voyait lui répondre, dans un dialogue idéal : « Bah ! oui, j'ai fait des grenades, comme il vous est arrivé, paraît-il, de faire des bidons. »

Et puis, tout de même, la guerre avançait, pre-

nait de l'âge. Viendrait un jour où elle finirait.
Toutes les bouches de la fontaine aux milliards
tariraient soudain. Tant pis, alors, pour ceux qui
auraient fait les dégoûtés ou les timides. Ils con-
templeraient, d'en bas, les insolentes fortunes des
autres. Ils regretteraient un peu tard le temps des
grenades, comme d'autres le temps des cerises.

C'est vers la mi-novembre 15 qu'il obtint sa première commande de grenades : cent mille, livrables
en deux mois et demi, au prix de 0 fr. 98 l'unité.
Et c'est à cette occasion qu'il fit connaissance du
contrôleur Cornabœuf.

Il avait eu la coquetterie, avant de signer le
contrat, d'improviser un atelier au Grand-Mont-
rouge, dans un ancien garage. Tout le matériel lui
avait coûté deux billets de mille francs.

Suivant ses méthodes, il produisit lui-même environ le cinquième de la fourniture, et sous-traita
pour le reste à 0 fr. 70 l'unité. C'est à ce même
prix de 0 fr. 70 environ que sa propre fabrication
lui revint. La marge de profit était belle. La grenade se révélait, malgré sa modestie individuelle,
comme une des moissons les plus capables d'opu-
lence que le temps de guerre eût fait lever. Tout
le problème était d'opérer sur des quantités hono-
rables.

Le contrôleur Cornabœuf ne l'ignorait pas. Il
avait institué — d'une manière cela va sans dire
tout à fait officieuse — une prime de deux centimes par grenade que les fournisseurs qui avaient
affaire à lui s'engageaient à lui verser. Deux centimes, c'était bien peu de chose, et il avait
conscience de faire plusieurs fois rattraper à l'État
ces deux misérables centimes par le zèle qu'il mettait à débattre les prix. Mais les soldats du front
consommaient beaucoup de grenades. Toutes ne
passaient pas par M. Cornabœuf, loin de là. Pour-

tant, dans le seul mois de décembre 1915, quatre
millions d'entre elles empruntèrent ce canal et
payèrent le péage de deux centimes. M. Cornabœuf n'avait pas de fils au front. Mais il avait des
filles à marier. En outre, il pensait, lui aussi, que
la guerre ne durerait pas toujours.

M. Cornabœuf était d'ailleurs dans son genre
un homme incorruptible, comme Haverkamp devait en faire lui-même l'expérience. Une fois la
règle des deux centimes mise hors de débat, le
contrôleur n'était pas prêt à transiger sur la qualité
ni sur les tarifs Ainsi qu'il aimait à le dire, « il
défendait âprement les deniers de l'État ». Lors
d'une rencontre de février 16, où la nouvelle affaire de grenades était déjà venue sur le tapis,
Haverkamp, pour essayer de sauver le prix de
quatre-vingt-quinze centimes l'unité, insinua que
les deux centimes de M. Cornabœuf pourraient se
changer en trois. Il se fit vivement rabrouer.

A la fin de décembre 15, Haverkamp avait
récapitulé ses opérations de l'année. Son calcul
(certains reports, certaines ventilations y étaient
un peu arbitraires) lui donna, pour les bénéfices,
le chiffre d'un million quarante-deux mille deux
cent cinquante francs. Ce n'était pas une somme
ridicule à cette époque où, malgré certains trou-
bles prémonitoires du change, le franc gardait
théoriquement sa valeur. Et si Haverkamp avait
bien voulu penser aux gains qu'il aurait réa-
lisés au cours de cette même année comme tringlot
de deuxième classe dans une formation du front —
toute autre considération de péril et de vie confortable étant laissée de côté — il aurait pu s'abandonner à une satisfaction débordante. Mais cette
façon de poser le problème lui eût paru de l'ordre
des plaisanteries de conversation. Il ne refusait
certes pas de se réjouir. C'était en somme la pre-

mière fois de sa vie qu'il avait à inscrire, au titre
des bénéfices annuels, ce chiffre d'un million, net
et palpable. Mais sa joie se trouvait dominée par
un raisonnement très sommaire : « Quand on a
gagné un million comme ça, on est inexcusable de
ne pas en avoir gagné cinq, ou même dix. C'est
tout simplement du manque d'énergie. »

La conclusion pratique était qu'il ne fallait plus
recommencer. Haverkamp se promit avec force
qu'en fin décembre 16, quelle que fût la somme à
inscrire au bas de la colonne des bénéfices, il n'aurait pas à se reprocher un excès de modestie dans
les desseins et les entreprises, ni même de ces
fausses pudeurs qui sont le masque de la paresse.
Il décida qu'au besoin, narguant les mépris du
comte de Champcenais, il ferait des obus ; mais
pas à la façon des margoulins. Non. Comme un
grand monsieur. Les grenades lui auraient servi
de marchepied. On ne sourit pas de l'homme qui
a dans sa poche la commande d'un million d'obus.

Il n'y avait que l' « épicerie » dans laquelle il
n'envisageait pas de se commettre. Il sentait bien
que c'était de sa part une faiblesse ; mais il n'apercevait pas de biais sous lequel un mercanti pût lui
apparaître comme un grand monsieur.

XIX

LA QUESTION WAZEMMES

C'est à ce zèle déjà surexcité que la bataille de
Verdun venait de donner encore un coup de fouet.
Haverkamp s'était fixé, comme premier but à
atteindre, « une grosse affaire de grenades, décidé-

ment ». Huit millions de grenades, c'était déjà une grosse affaire. A quatre-vingt-onze centimes l'unité, même déduction faite des deux centimes de Corna-bœuf, cela promettait un bénéfice net d'un million cinq cent mille francs.

Pendant ce temps la fourniture des chaussures — qui était désormais à ses yeux de fondation et de droit, quelque chose comme une fonction publique — continuerait son train-train, ou plutôt son développement normal. On ne laisserait pas prescrire davantage les droits acquis en matière de ceinturons et de peaux de mouton. L'activité principale de l'esprit deviendrait libre pour l'étude d'affaires nouvelles et la capture des occasions difficiles.

Toutes ces besognes réclameraient des collaborateurs. Haverkamp en avait recruté deux ou trois, avec lesquels il ne se sentait pas en confiance, comme il eût aimé. Wazemmes était revenu sur l'eau. C'était lui, cette fois, qui avait fait signe au patron. Il avait en le temps de jeter sa gourme patriotique. Il avait d'abord passé l'hiver 14-15, comme dragon, du côté de l'Yser. Il avait même connu un moment les tranchées ; mais des tranchées pour dragons, c'est-à-dire relativement confortables, et que les remous de la bataille ne visitaient pas.

Sur ces entrefaites, il avait reçu une lettre époustouflante de Lambert. Lambert se couvrait de gloire dans l'infanterie. Lambert avait fait de sa main plusieurs prisonniers boches. Lambert avait été l'objet d'une citation, où figurait cette phrase : « A montré en plusieurs circonstances un élan remarquable, et un cran qui a provoqué l'admiration de ses camarades. » La lettre de Lambert, que l'on ne pouvait pourtant pas soupçonner d'imposture sur les points principaux, était écrite dans le style héroïque de l'arrière. Jean Richepin, Henri

Lavedan, le général Cherfils eussent pu reconnaître
dans ce jeune poilu un enfant de leurs entrailles,
et s'écrier triomphalement : « Vous voyez bien !
Les mauvais Français nous accusent de forcer le
ton et de faire parade de sentiments conventionnels
qui ne résisteraient pas à cinq minutes de la véritable vie des tranchées. Vous ne direz tout de
même pas que celui-là en parle sans y avoir été ! »
Maurice Barrès eût peut-être un peu souri, mais
avec attendrissement.

Quant à Wazemmes, ce qu'il avait éprouvé, en
lisant la lettre de Lambert, qui se terminait par :
« Vive la France ! Vive le Roy (1) ! », c'était de
l'humiliation et de la jalousie. Son état de dragon,
dont il avait été si fier en temps de paix, et jusque
dans les premiers mois de la guerre, lui parut
intolérable, et promis aux sarcasmes futurs. Déjà
les fantassins qu'on rencontrait sur les routes ou
dans les cantonnements perdaient tout respect.

Wazemmes fit une demande pour être versé dans

(1) Il n'est peut-être pas inutile de noter ici que Lambert,
de la rue des Gardes, vendeur à la Maison Dorée, avait subi,
depuis son affiliation aux Camelots du Roi, une plaisanterie
bien agaçante de la part de ses collègues du magasin. Le
propriétaire de la Maison Dorée, assez redouté de ses employés
des deux sexes par la sévère discipline qu'il faisait régner, et
traité de « gale » par certains d'entre eux, spécialement les
femmes, s'appelait Leroy. (D'où le surnom de Galleroy, contrac-
tion probablement de Gale-Leroy, qui avait cours dans les
rayons.) Un collègue dont les opinions politiques se résumaient
dans le cri de « Vive le Roi » devenait tout naturellement
l'objet d'une raillerie facile. La scie adoptée en l'occurrence
par les camarades, hommes ou femmes, de Lambert, consistait, quand ils le rencontraient, à lui murmurer à l'oreille,
d'un ton d'ahurissement incrédule, un « Vive Leroy ? Sans
blague ! », qui avait été remplacé à la longue par un simple :
« Sans blague ! », accompagné d'un regard stupéfait. Lambert
avait fort bien tenu tête à cette persécution. Il avait poussé
la crânerie jusqu'à mettre désormais un y au mot Roi quand
il avait l'occasion de l'écrire ; et au « Sans blague ! » de ses
persécuteurs, il avait pris pour règle de répondre : « Parfaitement ! Avec un y. »

l'infanterie avec le grade de caporal. (Ses chefs,
tout en s'inclinant devant son désir d'approcher le
feu de plus près, lui avaient indiqué en effet qu'un
dragon qui devient fantassin ne saurait compenser
cette déchéance que par une montée en grade.)

On lui accorda la double faveur qu'il sollicitait.
Il devint caporal d'infanterie ; et, après un assez
long séjour au dépôt, puis dans un centre d'instruction, fut envoyé sur le front de Champagne.
Deux mois plus tard, en juin, il était blessé, par
une balle de mitrailleuse, dans le secteur de la
Pompelle.

La blessure, qui n'avait pas paru grave, mit longtemps à guérir. Il y eut des complications vers le
sommet du poumon. Le médecin-chef parla d'une
possibilité de tuberculose ; et, comme Wazemmes
lui était sympathique, se garda de le bousculer. De
son côté, Wazemmes fit durer sa convalescence. Ses
fatigues de fantassin, son séjour dans de « vraies »
tranchées, sous les marmites, sa blessure, avaient
entièrement assouvi son appétit de gloire militaire.
Il était de plus fort déçu de n'avoir pas obtenu de
citation. Bien la peine de se conduire en héros !

Il lui arriva de dire à ses voisins d'hôpital, de
l'air blasé du vétéran-grand invalide, qui n'attend
plus que sa pension et la médaille militaire : « Oh !
pour moi la guerre est finie. »

Il ne pouvait pourtant pas espérer la réforme
nº 1. Il ne voulait pas, même si on la lui eût offerte,
de la réforme nº 2 qui l'assimilerait aux « mal
foutus ». Sa nouvelle ambition fut d'être versé
dans les services de l'Intendance, comme « inapte
à faire campagne par suite de blessure » ; puis de
se faire affecter à un établissement de Paris.

Durant ses loisirs de convalescent, il avait écrit
plusieurs fois au « patron », et l'avait tenu au
courant de ses états d'esprit. Il l'informa de son

désir de passer dans l'Intendance, et lui demanda
de le « pistonner », le moment venu. Il ajoutait,
ce qui n'était pas mal raisonné : « Quand je serai
dans les riz-pain-sel, vous n'aurez qu'à me réclamer. Ça ira tout seul. » Il s'aperçut en attendant
que l'Infanterie ne lâche pas facilement les siens.
On lui accorda deux congés de convalescence ; on
lui proposa une réforme temporaire de trois mois,
qu'il eut la maladresse de refuser ; mais d'Intendance, point.

Il continuait à traîner dans le dépôt. On l'avait
chargé d'instruire les recrues ; mais des accès de
faiblesse l'obligeaient souvent à se faire porter
malade. On le versa, à titre provisoire, du service
armé dans le service auxiliaire. Mais l'Infanterie
le tenait toujours. L'Intendance restait pour lui la
Terre de Chanaan.

Il renouvela sa requête ; et cette fois pour lui
donner plus de pathétique, il offrit de rendre ses
galons. En même temps, ce qui avait encore plus
de poids, Haverkamp, au cours d'une de ses visites
chez les gros bonnets de l'Intendance, consentit à
parler une minute d'un certain jeune Wazemmes,
« ancien employé à lui, garçon très sérieux, qui
s'était très bien conduit au front où, venant des
dragons, il était allé sur sa demande, mais y avait
attrapé une mauvaise blessure, avait refusé la réforme, mais ne pouvait plus être maintenant utilisé
dans l'infanterie, et serait beaucoup mieux à sa
place dans l'Intendance ». Le gros bonnet prit
une note, et, trois jours après, au rapport, le
caporal Wazemmes était avisé de son versement,
comme simple soldat, à la 22ᵉ section de Commis
et Ouvriers d'Administration. (Il y eut une minute
assez dure à passer, à cause des camarades. « Bah !
ils m'envient, au fond. ») L'Intendance l'eût fort
bien accepté avec son grade. Mais comme il avait

eu l'imprudence d'offrir ses galons, l'Infanterie
qui les lui avait donnés les lui reprit. En somme,
la liaison de Wazemmes avec l'Infanterie n'avait
pas très bien tourné.

Haverkamp, informé du résultat, s'était dit :
« Laissons passer quelques semaines avant de le
réclamer, pour ne pas avoir l'air de tout demander
à la fois. »

En attendant, Wazemmes, qui, de six à neuf,
avait quartier libre, se mit à la disposition de son
patron pour ces heures-là. Haverkamp le chargea
en effet de quelques courses.

XX

« C'EST EFFRAYANT ! »

Malgré les soucis immédiats que lui donnait la
bataille de Verdun, le Grand Quartier de Chantilly n'avait pas cessé de poursuivre des enquêtes
et études de divers ordres. Les unes tendaient à
déjouer les plans éventuels de l'ennemi, qui, si
violemment qu'il parût accroché au saillant de
Verdun, restait fort capable de ménager ailleurs
une surprise. Les autres avaient pour objet de
renouveler constamment la documentation en vue
de l'offensive à laquelle les Alliés n'avaient pas
renoncé. En particulier les chefs d'armées et de
groupes d'armées demeuraient invités à fournir
périodiquement des notes d'ensemble ou des propositions relatives à leur secteur. Sans qu'ils
eussent à s'immiscer dans la conduite générale des
opérations, il ne leur était même pas défendu de
suggérer quelque façon de soulager indirectement,

par une action partant de chez eux, le front de
Verdun ; en vertu de ce principe militaire qui
veut que, le supérieur étant sûr d'être obéi sans
discussion quand l'ordre sera donné, l'inférieur (à
partir d'un certain grade) n'en soit que plus libre
auparavant d'exprimer ses idées.

Duroure avait donc entrepris depuis quelques
jours, accompagné de Clédinger, une série de tournées sur le front de son groupement, afin de nour-
rir d'arguments tout frais, et d'observations de la
dernière heure, un rapport très substantiel, et
assez audacieux par l'ampleur de ses vues, qu'il
destinait à Chantilly. En faveur de ces tournées,
qui étaient longues et minutieuses, il faisait des
infractions à son horaire habituel. Il rentrait
quand il pouvait, parfois en pleine nuit.

Ce soir-là, il roulait à vive allure, suivi de sa
deuxième auto, sur une route qui le ramenait à
L***, après un crochet vers l'arrière qu'il avait
fait pour visiter un stockage d'artillerie. L'on était
à environ vingt-cinq kilomètres de L***. Il faisait complètement nuit, avec un ciel assez dégagé,
nuageux seulement par places. Les phares éclai-
raient bien.

— Nous ne dînerons pas avant huit heures... huit
heures et quart » dit le général. « Après le dîner,
nous nous enfermerons dans mon bureau, et nous
travaillerons jusqu'à onze heures, n'est-ce pas ?

Mais Clédinger venait de lever la tête :

— Qu'est-ce que c'est que ça, mon général ?

Et il désignait du doigt une forme longue et
obscure qui se déplaçait dans le ciel, à peu près
en sens inverse de leur marche.

Ils s'écrièrent en même temps :

— Un zeppelin !

— Éteignez vos phares tout de suite » dit le
général au chauffeur. La seconde voiture arrivait

sur eux, tout éblouissante, les éclairant magnifi-
quement. « Éteignez ! Éteignez là-bas ! Vous ne
voyez donc pas le zeppelin ! » La route devint
presque indiscernable. « Allez tout doucement. Si
vous avez peur d'un accident, arrêtez-vous tout à
fait... Vous, là-bas, attention à ne pas nous tomber dessus !

Puis à Clédinger :

— Qu'est-ce qu'il peut bien venir faire par ici ?
C'est très embêtant. Pourvu qu'on l'ait vu quand
il a passé les lignes et qu'on ait téléphoné ! Il est
peut-être à la recherche de gares ou de dépôts.
S'ils n'ont pas éteint les lumières partout, il va
faire du propre... Les artilleurs pourraient essayer de l'avoir... Je n'ai pas entendu tirer. Enfin
j'espère que Radiqué aura fait le nécessaire.

Quand le zeppelin eut disparu, ils rallumèrent
les phares et rentrèrent à L*** en forçant la vitesse. Ils ne rencontrèrent en chemin que deux
convois. Le premier avait bien vu passer l'aéronef,
mais il ne savait rien de plus. Le deuxième n'avait
rien vu.

Quand ils furent aux abords de L***, ils sen-
tirent qu'il y régnait quelques traces d'animation,
insolites à cette heure-là et dans cette obscurité ;
car tous les réverbères semblaient éteints, sauf deux
on trois qui brûlaient en veilleuse, ce qui prouvait
que le zeppelin avait été aperçu et l'alerte donnée.

Plus loin, Duroure crut percevoir dans l'air une
odeur de plâtras et de poudre. Il se dit : « C'est
une idée. »

La maison où résidait le général occupait avec
quelques autres le sommet d'un monticule. C'était
le quartier « distingué » de L***. Les deux voi-

tures gravirent la rue en pente qui y menait. Il restait à faire deux tournants avant d'apercevoir la maison. Le nombre des gens dans la rue, civils ou militaires, était décidément anormal. L'odeur semblait s'accentuer. Les passants s'arrêtaient pour discerner les deux voitures dans le noir ; ils regardaient avec des visages tendus de curiosité, comme s'ils n'avaient jamais rien vu de pareil.

Le dernier tournant ; la nappe des phares, d'un blanc glorieux, convrant d'un coup la maison d'angle, puis glissant vers la gauche ; l'entrée sur la petite place.

— Ça y est ! » s'écria Duroure. Clédinger ne répondit rien.

La maison du général était effondrée. Pas entièrement. Le corps de logis qui était parallèle à la place, au delà d'un jardinet, semblait intact. C'était l'autre corps, perpendiculaire au premier, et donnant sur une cour et des jardins intérieurs, celui même où le général avait sa chambre, qui avait reçu la bombe. Et il l'avait bien reçue ! Le bâtiment était ouvert du toit au rez-de-chaussée. Les plafonds déchirés bordaient le vide. Des moellons jonchaient le sol. La chambre du général n'avait pas coulé dans l'effondrement ; mais sa cloison latérale avait été emportée ; et l'on devinait que le dedans n'était plus qu'un pêle-mêle de débris.

Une petite foule grouillait dans la cour ; des hommes allaient et venaient, portant des lanternes, des lampes-tempête, de grosses lampes à acétylène. Des officiers de l'état-major examinaient des liasses de papiers qu'on avait retirées des décombres.

— C'est arrivé à 7 h. 10 exactement, mon général. C'est sûrement le zeppelin que vous avez croisé, étant données la direction et l'heure. On ne l'a pas vu venir. Il naviguait feux éteints. Quand

on a entendu le bruit des moteurs, il était déjà sur
nous. Il faut dire qu'on s'y attendait si peu. Nous
avons bien reçu des coups de téléphone le signalant, mais juste après qu'il venait de passer. Je ne
sais pas pourquoi. Il a ralenti en arrivant au-dessus de la ville. Nous avons l'impression qu'il a
fait un demi-cercle... Les lumières en ville étaient
allumées, naturellement, personne ne se doutait de
rien. Ce n'est pas qu'elles soient bien nombreuses
ni bien vives. Il a jeté deux bombes en tout ; l'une
sur la maison, en plein. L'autre est allée tomber
dans une rangée d'aulnes qui bordent la rivière.
Je ne sais pas ce qu'ils visaient par là... Qu'ils
aient visé, cela ne paraît pas douteux, mon général. Ce qu'il y a d'extraordinaire, c'est qu'ils aient
mis dans la cible avec cette précision-là. Oh ! c'est
un coup de hasard.

Duroure, précédé d'un jeune officier de son état-
major, suivi de Radigué, de Clédinger et de
quelques autres, avait réussi à grimper jusqu'à sa
chambre par un petit escalier resté intact à l'extrémité du bâtiment. Le cortège était muni d'un
luminaire varié. L'on y voyait plus clair qu'il
n'était besoin.

— Attention, mon général... Laissez-moi avancer
d'abord. Et il ne faudrait pas que tout le monde
vienne à la fois. Je crois que le plancher est encore soutenu par en dessous. Mais on ne sait jamais.

L'un des quatre murs de la chambre avait été
comme emporté d'un coup de tranchet vertical,
et la pièce de ce côté-là s'ouvrait sur le gouffre.
Mais en outre, du même côté, dans l'angle opposé
à la façade, tout un morceau de plafond s'était
écroulé, et un amas de plâtras et gravats, mêlé

d'objets divers tombés de l'étage supérieur et du
grenier, s'était abattu sur le lit même du général,
le recouvrant aux trois quarts.

Duroure contemplait son lit. Il semblait frappé
de stupeur, comme on l'est par un spectacle qui
passe l'imagination ; et profondément affecté :

— Si j'avais été là, j'aurais été sûrement tué »
dit-il.

Il dit encore :

—C'est fantastique !... fantastique !

Puis il se tut. Il continuait de considérer son lit
sous l'amas de décombres.

Au bout d'une minute, l'un des officiers crut
pouvoir insinuer :

— Heureusement que, de toute façon, vous n'auriez pas été dans votre chambre à ce moment-là,
mon général.

— Je vous demande pardon » répliqua vivement Duroure sans tourner la tête, « il m'arrivait
souvent de monter un instant dans ma chambre,
précisément à cette heure-là, oui, un peu avant
le dîner, pour me donner un coup de peigne, ou
me laver les mains... ou prendre un cachet... Tenez, il y avait une table de toilette là !... là !...

Et il montrait le gouffre, à droite du lit.

Il ajouta, sans rien relâcher de son accent de
pathétique sérieux, de bouleversement intime :

— Toutes mes affaires ont dû partir là-dedans.

Et l'on comprenait bien qu'il parlait de ses affaires de toilette.

Ensuite il parcourut du regard le reste de la
pièce. Les meubles étaient à peu près à leur place.
Mais la commode, les fauteuils, la console, le tapis
étaient couverts de poudre blanche et de gravats.

Duroure fit encore, en hochant plusieurs fois la
tête :

— C'est effrayant !

XXI

PLAINTE A CHANTILLY

Le lieutenant-colonel G. était dans son bureau
où il travaillait chaque soir jusqu'à une heure
avancée de la nuit. Il préparait un certain nombre
de décisions qui seraient prises le lendemain matin par le général en chef, après délibération avec
son conseil intime. La plupart se rapportaient à
la bataille de Verdun, qui venait d'entrer dans son
deuxième mois. Le lieutenant-colonel avait devant
lui diverses pièces qui émanaient de l'Armée de
Verdun, ou qui la concernaient. Il les examinait
une à une longuement, parfois anxieusement.

Il y avait d'abord un état des effectifs au
11 mars. Suivant ce document, la IIe Armée comprenait à cette date : officiers : 13.120 ; hommes
de troupe : 471.606 ; chevaux et mulets : 164.644.
Autrement dit, depuis le 21 février, donc en dix-
neuf jours, malgré les négligences des uns et les
résistances des autres, l'Armée de Verdun était
passée d'un peu moins de 150.000 à un peu moins
de 500.000 hommes ; et l'artillerie, spécialement
la lourde, avait grandi dans les mêmes propor-
tions. Ce n'était pas trop mal. Surtout si l'on considérait les pertes survenues entre temps.

Car il y avait aussi, sur le bureau du lieutenant-colonel, un état des pertes. Les premières sta-
tistiques officielles s'arrêtaient au 5 mars, trei-
zième jour de la bataille : « Tués : officiers 243,
hommes de troupe 7.714 ; blessés : officiers 794,
hommes de troupe 27.189 ; disparus : officiers 560,

hommes 32.939. Total : officiers, 1.607, hommes,
67.842. » Des états provisoires permettaient d'évaluer qu'à la date du 21 mars ces totaux, à compter
du début de la bataille, s'élevaient respectivement
à 1.900 officiers et 80.000 hommes. Enfin les
moyennes journalières laissaient prévoir qu'au 31
ils seraient montés à 2.200 et 90.000.

« Il faut pourtant qu'au 31 mars » se disait le
lieutenant-colonel, « nous ayons en ligne à Verdun, 520, 530 mille hommes, avec l'effectif officiers correspondant. Pétain le demande ; et il a
raison. D'autant que sur la rive gauche, ça commence à ne pas aller du tout. Oui, sûrement, ils
vont essayer de nous refaire le coup, sur la rive
gauche. »

Pour la dixième fois, il reprenait un jeu difficile, qu'il jouait seul sur sa table, et qui consistait à déplacer des unités, à retirer du front de
Verdun des divisions épuisées pour les mettre au
repos, à en faire avancer d'autres, d'abord en
réserve puis en ligne ; à les prélever à cet effet
soit sur les réserves générales, soit sur les réserves
de groupes d'armées, soit même sur d'autres parties du front que l'on ne craignait pas trop de
dégarnir. Le problème était d'autant plus ardu que
la vitesse d'usure, sur le front de Verdun, était terrible. On pouvait l'évaluer — en tenant compte
tant des hommes qui tombaient que de l'épuisement des survivants — à une division par quarante-
huit heures.

Il avait ainsi devant lui une quantité de morceaux de papier qui portaient des numéros d'états-
majors de corps d'armée, des numéros de divisions, même de brigades, avec diverses mentions
annexes, comme le nom du chef, la date et la nature du dernier déplacement ou emploi, et éventuellement telle ou telle particularité. Ces mor-

ceaux de papier étaient destinés à former une
rangée de paquets ou plutôt une rangée de petits
éventails où les morceaux de papier chevauchaient
l'un sur l'autre comme les cartes dans la main d'un
joueur. Chaque paquet en éventail était désigné
par une fiche de carton qui portait une mention
manuscrite, et ces mentions se succédaient dans
l'ordre suivant, de gauche à droite :

En ligne (unités engagées ou en réserve de grou-
pement)
En réserve d'armée
En cours de transport
Retirées du front (en voie de reconstitution)
Disponibles au 20 mars sur d'autres points
Disponibles avant le 31 mars sur d'autres points
Soulevant une difficulté particulière

Ce qu'il s'agissait d'obtenir, c'était la compo-
sition la plus rationnelle des quatre premiers paquets pour la date du 31 mars. Les éléments du
travail, même des décisions à prendre, avaient été
fournis au lieutenant-colonel par ses collaborateurs. Il avait de plus, à sa portée, deux tableaux,
qu'avait dressés le 3e Bureau, en liaison avec le 1er.
L'un de ces tableaux, sous une couverture intitulée
en belle écriture ronde : *Ordre de bataille sur le
front de Verdun au 20 mars 1916, et annexes,* donnait la répartition des unités dans les quatre premières catégories (en ligne, en réserve d'armée,
etc.) telle qu'elle se présentait effectivement au
20 mars. Et le lieutenant-colonel s'en était néces-
sairement servi pour composer au début ses quatre
premiers paquets. L'autre tableau donnait la répartition proposée par les Bureaux, en tenant compte
des suggestions et demandes de l'Armée de Verdun,
ainsi que de la situation sur l'ensemble du Front,

pour la date du 31 mars. Le lieutenant-colonel aurait pu se contenter d'examiner ce projet, qui avait
bien des chances d'être raisonnable, en cherchant
seulement à l'améliorer. Mais il se méfiait de la
paresse de l'esprit. Et il préférait d'abord mettre
sur pied lui-même des solutions, qu'il compare-
rait ensuite avec celles qu'on lui proposait. L'inconvénient de cette méthode était le temps qu'elle
prenait, et aussi ce qu'elle exigeait de concentra-
tion d'esprit, au milieu d'allées et de venues,
d'entrées et de sorties de gens, d'appels au téléphone, de menaces de dérangement continuelles.
Aussi tâchait-il de placer ce travail aux heures
d'entre de dîner et minuit, qui étaient relativement
tranquilles.

Il avait développé devant lui, une nouvelle fois,
après une série de modifications, le paquet correspondant à la fiche : *En ligne* ; et il scrutait un à
un les morceaux de papier, sans perdre de vue les
observations particulières : « EM 13... N. B. :
compte à la IIIᵉ Armée » ; « EM 20... N. B. : ne
pourra arriver en ligne que le 30 » ; « EM 33...
N. B. : en ligne à la date du 20, en remplacement
de EM 21, passé en réserve d'armée... » lorsqu'on
frappa à la porte.

— Entrez.

Le capitaine Maynard parut, l'air contrit :

— Je m'excuse, mon colonel. Je vous dérange...
Mais c'est le général Duroure qui vient de téléphoner. Il a tellement insisté. Je lui ai dit que
vous ne pouviez pas venir à l'appareil ; que je ne
savais même pas où vous étiez... Mais je lui ai
promis de vous en parler dès que je vous verrais.

— Qu'est-ce qu'il y a ? Ce ne sont pas les Allemands qui attaquent de son côté, au moins ?

— Non, mon colonel, pas exactement... C'est un
zeppelin qui a franchi les lignes...

— Un zeppelin ?... ah !

— Oui, nous le savions déjà, par un coup de téléphone reçu tantôt de S***, où il a laissé tomber deux bombes sur un bâtiment de l'Intendance...

— Beaucoup de mal ?

— Non, pas trop. Quelques blessés seulement, et des dégâts matériels. Le zeppelin est reparti. Mais figurez-vous, mon colonel... » et l'on vit le capitaine se crisper le visage pour ne pas sourire, « qu'en venant, le zeppelin a lâché deux bombes sur L***, et qu'une de ces bombes est allée choir en plein sur la maison du général Duroure qu'elle a écrabouillée...

— Sérieusement ?

— Oui, mon colonel.

— Le général Duroure ne s'y trouvait pas ?

— Non... il était en tournée.

— Tant mieux ! Et il y a eu des victimes ?

— Pas une, par miracle. Mais le général m'a semblé tout à fait retourné. Il trépignait d'indignation au bout du fil. Il voulait parler immédiatement au général Joffre. Il voulait...

— Que nous déclarions la guerre à l'Allemagne ? C'est déjà fait...

Le capitaine crut pouvoir libérer le rire qu'il contenait depuis le début :

— Il voulait en tout cas vous parler à vous, et savoir à quelle heure demain matin il pourrait avoir le Général en Chef. Il dit que sa maison a été soigneusement repérée et visée... qu'il y a sûrement des espions à L*** et aux alentours... que c'est d'une gravité folle... qu'il faut prendre des mesures, toute affaire cessante... qu'il faut peut-être envisager d'urgence le déplacement de son Quartier Général... je ne sais pas... il parlait avec une véhémence incroyable... je ne suis pas sûr d'avoir tout retenu... Pour un peu il m'aurait engueulé... il m'a même engueulé... Je lui ai juré sur tout ce que j'avais de plus sacré que, dès que vous seriez revenu dans votre bureau, je vous ferais un rapport complet ; et que de votre côté vous ne manqueriez pas dès potron-minet d'exposer au général Joffre toute la gravité de la situation.

— C'est ça ! En avez-vous profité pour lui dire que nous avions aussi quelques petites préoccupations au sujet d'un endroit qui s'appelle Verdun ?

— Non, mon colonel ; mais vous aurez sûrement l'occasion de le lui signaler, car il rappellera de main matin.

— Vous faites bien de me prévenir !

— Il parlait même de faire demain le voyage de Chantilly.

— Lui ? Depuis les Vosges ? Vous plaisantez.

— Je ne plaisante pas, mon colonel.

Le lieutenant-colonel G. s'accorda quelques instants de gaîté. Puis :

— C'est bien dommage qu'on ait en effet d'autres soucis... Car ce serait drôle... Vous m'excusez, n'est-ce pas ? » Il montra son jeu de petits papiers : « Je voudrais en finir ce soir avec ça.

Le lendemain, vers la tombée de la nuit, le lieutenant-colonel G. pénétra chez Joffre :

— Figurez-vous qu'il est là, mon général.

— Qui ?

— Duroure.

Joffre releva les sourcils, écarquilla les yeux, puis laissa un rire confortable lui épanouir tout le visage, et lui secouer le ventre.

— Il est fou ! » dit-il.

G., tout en souriant, fit un geste poliment dubitatif. Il reprit :

— Si vous ne voulez pas le recevoir, j'essayerai de m'arranger.

Joffre réfléchit :

— Il ne va pas vouloir s'en aller comme ça, après avoir fait près de quatre cents kilomètres... Mais à quelle heure est-il donc parti ?... Écoutez, amenez-le-moi. Mais dites-lui que j'ai exactement cinq minutes à lui accorder.

— Bonjour, Duroure ; alors, ça ne va pas ?

— Vous êtes au courant, mon général ?... On ne vous a peut-être pas...

— Si, si ! Ils ne sont pas gentils, ces Allemands, hein ? Jamais encore ils ne s'étaient permis une chose pareille. Qu'est-ce que vous leur avez fait ?

Joffre rigolait doucement, tout en guignant Duroure du coin de l'œil.

Pour la première fois depuis le début de son aventure. Duroure, dont l'interminable course en auto avait déjà détendu les nerfs, fut traversé par une lueur d'inquiétude critique :

— Vous ne trouvez pas que c'est grave, mon général... comme indice ?... » fit-il, un peu décontenancé.

— Oh ! mais si ! » continua Joffre aussi gaîment. « S'ils se mettent à me tuer mes généraux, je ne pourrai pas leur en tenir longtemps... » Il changea de ton, et, ne riant plus, avec une rondeur assez brusque : « Bref, que voulez-vous que je fasse ?

— Je ne sais pas, mon général... Évidemment, cette maison était très mal située...

— Vous en trouverez une autre ! » dit Joffre. Puis d'un ton où il y avait une trace de hauteur et

de rudoiement, mêlée au sourire, et fort sub-
tilement dosée :

— Je ne vous conseille pas de changer votre
quartier général. Cela créerait en ce moment toutes
sortes de complications, pour vous, et pour nous.
Nous avons bien assez de tintouin comme ça. Et
puis l'effet moral ne serait pas bon. Vous savez,
nos hommes sont simplistes. Ils ne souhaitent peut-
être pas qu'il nous tombe des bombes sur la tête.
Mais quand il en tombe une par hasard, ils veulent
que nous fassions ce que nous leur disons de faire :
que nous ne quittions pas la place.

Il redevint cordial, tendit la main :

— Bonsoir, Duroure. Pardonnez-moi de ne pas
vous retenir à dîner. Nous avons beaucoup de travail ce soir avec Verdun. Les Allemands commencent à peser très fort sur la rive gauche. Ils
m'ont pris avant-hier les bois d'Avocourt et de
Malancourt. Ils me pressent tant qu'ils peuvent sur
ce qui nous reste du ruisseau de Forges... Et ce
n'est qu'un début !... Ils veulent passer à tout prix,
vous savez, d'un côté ou de l'autre... Allons, bonsoir. Il vaut mieux que vous rentriez tout de suite.
Tant de choses peuvent arriver... Ça vous fati-
guera un peu ; mais vous dormirez mieux... Vous
aurez oublié tout ça demain matin.

XXII

JALLEZ EST AUSSI DANS LA CHAUSSURE

Jerphanion considérait Jallez, qui portait un uniforme singulier : une capote du vieux modèle, dont
les pans étaient relevés ; un pantalon rouge tout

à fait minable et déteint, pris dans des guêtres-
jambières de cuir ; un képi beaucoup plus neuf,
de chez le bon faiseur, digne d'un sergent rengagé
du temps de paix.

— Tu regardes mon képi. Celui qu'ils m'avaient
donné était lamentable, et surtout trop petit. Je
me suis offert celui-ci.

— Il est d'un chic éblouissant. Mais je t'avertis
que, frusqué comme tu es par le bas, tu as l'air
de l'avoir volé... Alors, tu n'as pas fini de me dire
où tu en étais.

— Eh bien, liquidons ça en une minute pour
qu'il n'en soit plus question. Et après, nous par-
lerons de toi... Je suis contrôleur de réparations
de chaussures.

— Hein ?

— Ne te méprends pas. Ce n'est pas un grade
élevé. Je suis plutôt estimateur. C'est-à-dire que
je suis assis devant une espèce d'établi poisseux,
noirâtre, et que je fais passer dans mes mains,
une à une, un nombre considérable de godasses
de tout âge, mais plutôt vétustes. Ces godasses
reviennent de l'atelier, où elles ont subi une réparation, petite ou grande. J'ai à côté de moi
un aide, oui, parfaitement... un garçon moins instruit que moi, enfin qu'on a jugé moins fort... Ce
garçon tient une feuille, rendue un peu crasseuse
par les attouchements. Cette feuille est un état
des réparations effectuées, un état je puis dire
nominatif, car chaque godasse y figure à titre individuel. Alors moi, je saisis la godasse. Mon aide
me donne lecture de la réparation qui la concerne,
par exemple : une pièce invisible, douze clous,
vingt-quatre clous, une couture à l'empeigne, un
bout rapporté à la semelle, une demi-largeur de
talon... il y a des termes techniques que je
t'épargne... alors, moi, je jette un œil aigu sur la

couture, ou les douze clous, ou le morceau de
semelle, et je prononce : « deux centimes ! »,
« sept centimes ! », « treize centimes ! »... et mon
aide inscrit le chiffre. C'est un régime très étrange,
qui doit remonter loin. Le maître cordonnier,
comme le maître tailleur, est un personnage com-
missionné. Il travaille avec la main-d'œuvre que
lui fournit gratuitement l'État ; avec des matières
qu'on lui fournit aussi, je crois... je ne connais
pas encore tous les mystères... et il a droit pour
chaque réparation à une somme de l'ordre de
celles que j'ai dites. Ce qu'on rémunère, c'est son
travail de direction, c'est sa haute initiative, si tu
veux, son génie animateur. Il gagne naturellement
beaucoup plus qu'un professeur en Sorbonne, ou
qu'un général. C'est un grand monsieur. Je ne l'ai
jamais vu... Les tarifs, ce n'est pas moi qui les
fixe... Je les prends sur un barême. Mais j'ai
besoin d'avoir du coup d'œil. Je puis refuser une
réparation, en cas de manquement incontestable :
par exemple, onze clous au lieu de douze... Ah !
mais non !

— Tu leur as dit qui tu étais ?

— ... heu... enfin, je leur ai dit, quand il s'est
agi de m'affecter quelque part, que j'étais ancien
élève de l'École Normale Supérieure et agrégé de
philosophie. Ils en ont tenu compte.

— Et ça n'est pas trop contraire à tes principes ?

— Que veux-tu ! Pas trop. Les godasses sont
des armes bien indirectes... D'ailleurs ce n'est pas
moi qui les répare. Et même si c'était moi, je
trouverais ça encore un peu moins, comment
dire ?... troublant que si j'étais infirmier, par
exemple. Car on a beau vouloir fermer les yeux,
la plupart des blessés qu'on soigne dans un hôpital,
ce n'est pas pour eux, les pauvres, ce n'est pas

pour une fin, réellement, de charité, d'humanité...
c'est pour les renvoyer au front le plus tôt possible. Moi, ce que je contribue à renvoyer au front,
ce sont des godasses.

Jerphanion hésita un peu. Puis il dit :

— Et tu continues à penser, comme tu me l'écri-
vais un jour, tu te souviens ? qu'il est tout de
même important qu'il y ait des gens comme toi,
par ci par là, qui refusent le plus possible de
tremper les mains dans le « crime universel » ? Tu
crois que ça compte, au total, si peu que ce soit ?

Jallez ne répondit pas tout de suite. Il pesait
ses mots avant de les dire :

— Oh !... mon Dieu !... au fond de moi, je vais
beaucoup plus loin, tu t'en doutes bien. Si l'on
pouvait obtenir que des millions d'hommes, des
deux côtés, refusent de tremper les mains dans « le
crime universel », je trouverais comme toi qu'une
exception, « par ci par là », ça ne compte pas ;
que c'est de l'enfantillage. Mais à défaut de ces
millions, il n'est pas indifférent de sauver mys-
tiquement la dignité humaine, la semence invisible de l'avenir... de cet avenir dont tu doutes si
fort maintenant. Je suis persuadé qu'à toutes les
époques, spécialement aux plus sombres, ce rôle
tenu par quelques-uns, par si peu que ce fût, a été
précieux, oui, nécessaire, bien plus nécessaire que
d'autres services que le temps réclamait. A
l'époque, par exemple, où la bonne règle était
de pratiquer les sacrifices humains, je crois que
ceux qui s'arrangeaient pour ne pas participer à
la fête, pour ne pas recevoir un morceau, ou une
écuelle de sang, au moment de la distribution des
victimes, ne travaillaient pas contre l'humanité,
n'étaient pas sans amitié pour les temps futurs,
sans connivence avec l'avenir. Je sais que tu as
pensé toi-même parfois des choses de ce genre...

Tu connais le dogme de la communion des saints,
qui est beau, n'est-ce pas ? Pendant que les ba-
rons et les bandits du haut moyen âge pillaient,
brûlaient, étripaillaient, et que tout le monde
s'entre-assassinait peu ou prou, ne penses-tu pas
que ceux qui s'enfermaient dans un couvent de la
montagne, en tâchant de garder pures des mains
d'homme, travaillaient au salut, au pardon de
tous ? Que veux-tu ! Actuellement il ne manque
pas de gens pour les autres besognes. Mais il n'en
reste guère pour celle-là... Il y a des prêtres qui
se vantent de faire le coup de feu dans les tranchées... Alors ? Il faut bien quelqu'un « par ci
par là » pour songer aux intérêts de Dieu... Mais
assez parlé de moi. Je veux savoir maintenant
comment ça s'est passé pour toi à Verdun. J'ai
tellement pensé à toi ! J'ai tellement respiré,
quand j'ai reçu ta lettre où tu m'annonçais ta permission. Car tu ne vas pas y retourner, j'espère
bien ! Tu en as assez fait... Je ne demande pas
que tu me racontes les choses en détail, bien sûr.
Mais tu sais, c'est toujours la même question qui
me revient, qui me harcèle : Comment est-ce possible ? Comment peut-il, lui ?

XXIII

A UNE TERRASSE DES BOULEVARDS. — LES MISÈRES, LES ORGUEILS ET LES MÉPRIS DU GUERRIER

Ils s'étaient assis à une terrasse des Boulevards,
entre la rue Drouot et le faubourg Montmartre,
presque en face des *Variétés*. Jerphanion avait

maigri. Il avait les yeux plus brillants qu'autrefois, et un teint bizarre où le hâle du grand air semblait posé sur une sorte de macération intime de la chair dans des poisons.

— Je n'avais pas volé ma perm. Songe que nous sommes restés en ligne dix-neuf jours, oui, de la nuit du 10 au 11 à la nuit du 29 au 30.

— Du 29 au 30 ? La nuit d'avant-hier ?

— Oui. J'ai bondi des tranchées jusqu'ici comme un crapouillot. Mais tu entends ça ? Dix-neuf jours d'affilée en pleine bataille de Verdun ! C'est invraisemblable.

— Toujours au même endroit ?

— Oui. Dans ce ravin d'Haudromont, dont je t'ai parlé.

— Alors, vous, vous n'avez pas reculé, pendant tout ce temps-là ?

— Non. Absolument pas.

— Vous avez eu des attaques à soutenir ?

— Des attaques proprement dites, avec tout le tremblement ? non. De simples coups de main, et encore qui n'intéressaient pas toujours l'ensemble de la position. On ne nous a pas demandé non plus pendant ces dix-neuf jours-là de faire des attaques en règle... tu sais, l'assaut... l'heure H... non... Mais ne te figure pas que notre vie ait été plus drôle pour ça.

— Sois tranquille !

— Dans la tranchée même, nous n'avons pas eu beaucoup de pertes... L'on m'avait prévenu ; mais cela ne m'empêchait pas, quand je faisais mes récapitulations, d'être étonné. A peine plus que dans ce qu'on appelle un secteur tranquille. Je sais bien que nos effectifs étaient déjà si diminués ! Une compagnie réduite de moitié ne peut évidemment pas, dans les mêmes conditions, perdre autant d'hommes qu'une compagnie à effectif plein.

Mais enfin, le fait est curieux, et trompeur. Ceux
qui auraient jugé de loin notre situation d'après
nos pertes se seraient dit : « Ils ne sont pas trop
à plaindre. » Et pourtant !

— Mais, dis, cette modération relative des
pertes dans ton coin, c'était un cas particulier ?
On a parlé de chiffres tellement élevés pour l'ensemble de la bataille...

— D'abord, je vais te dire, tu n'imagines pas à
quel point, quand on est au front, on peut se
foutre des pertes des autres. Si la compagnie
trinque, ça, on est désolé. Au delà, c'est déjà variable. Si la compagnie voisine a trinqué plus que
vous, dans une affaire où vous étiez engagés à côté
d'elle, vous la plaignez un peu pour la forme,
mais au fond vous êtes fiers : « On est des gens
qui savent s'y prendre, nous ; on intimide le péril. » Si elle a trinqué toute seule, dans une affaire
où vous auriez pu être envoyés à sa place, alors,
c'est de la jubilation secrète... oh ! à peine secrète... avec un rien de mauvaise conscience pourtant, et d'inquiétude. Vous avez peur que la veine
se retourne, et d'avoir à payer ça plus tard... Quant
aux compagnies plus lointaines, aux autres bataillons, au reste du régiment... ça commence à devenir vague. On n'aime pas qu'ils soient sacrifiés
pour d'autres. On ne serait pas content à la fin
d'une grande offensive d'apprendre que les pertes
du régiment ont dépassé celles des autres régiments... On n'aime pas faire partie d'une unité
défavorisée. Il y a même, si tu veux, une trace de
sollicitude pour des gens qui portent le même numéro que vous. Mais ça s'en tient là. Et quand
on arrive à des notions comme les pertes sur l'ensemble du front de Verdun... oh ! alors ! c'est de
l'ordre métaphysique. Ou l'on ne s'en souvient
qu'à l'arrière, pour impressionner les civils. Nulle

part l'esprit de clocher n'existe autant qu'en première ligne, ni avec un rayon aussi étroit... Maintenant, pourquoi ce petit chiffre de pertes dans
notre coin, me diras-tu ?... Jusqu'au 20, nous
n'avions presque pas été bombardés. Nous voyions
passer les moyens et gros obus qui allaient s'abattre
plus ou moins loin derrière nous. Les Boches
craignaient de taper sur leur ligne qui était tout
près de la nôtre.

— A quelle distance ?
— Une cinquantaine de mètres.
— Alors, vous vous aperceviez très bien ?
— Tu parles. Même nous nous engueulions.
Certains Boches, le soir, venaient nous crier des
injures. Rien de profondément ressenti, d'ailleurs.
C'était de la famille des mauvaises plaisanteries
qu'échangent deux bandes de garçons, deux classes
de lycée, deux chambrées. Comme le bois était
encore assez touffu (les obus finiront bien par
l'éclaircir), il y avait des Boches qui grimpaient
dans les arbres pour nous canarder jusqu'à l'intérieur de nos tranchées. En échange, certains de
nos hommes, la nuit venue, se glissaient à quatre
pattes pour jeter des pétards dans les tranchées
boches. Tu te rappelle à l'École quand nous en-
voyions des « barbares » par la fenêtre dans une
thurne voisine ? L'esprit était le même. Il se trouvait que dans le ravin d'Haudromont, la farce, en
général, se soldait par un ou plusieurs morts. Mais
c'est parce que les deux bandes de garçons qui
étaient là avaient le droit de jouer avec de vrais
fusils, avec des grenades, et des pétards capables
de déchiqueter un homme. Ce qu'on oublie souvent, quand on essaye de comprendre cette guerre,
c'est qu'elle est faite en moyenne par des gens
très jeunes. Les pères de famille y apportent leur
contribution de sérieux, de cafard. Mais ce ne sont

pas eux qui donnent le ton. Les êtres jeunes s'accommodent de la saleté, de la grossièreté, du manque de confort. Ils ne pensent pas à l'avenir. Ils n'ont pas la pitié facile. Ils savent être féroces en rigolant. Pour en revenir à la question des pertes, je ne voudrais tout de même pas te donner une fausse impression. A partir du 18 ou du 20, nous avons reçu quelques obus, des 77, des 105, nous surtout qui étions de l'autre côté du ravin. Les artilleurs boches estimaient sans doute avoir assez bien réglé leur tir pour nous arroser sans éclabousser leurs hommes. Mais là où nous perdions le plus de monde, c'était en corvée. Les pauvres types que nous désignions partaient à six, à huit, vers l'arrière, pour chercher du ravitaillement, et ils entraient dans la zone où pleuvaient les gros obus. Ils marchaient presque à découvert ; les boyaux comptaient si peu. Ils partaient huit, et ils revenaient cinq, ou quatre Ou bien ils ne revenaient pas. Un jour les corvées de je ne sais combien d'unités ont été écrabouillées toutes ensemble avec les voitures près desquelles elles attendaient la distribution. Ç'a été le début d'une période effroyable. Plus rien ne pouvait passer. Nous sommes restés trois jours sans aucun ravitaillement. Nous n'avions pratiquement rien comme vivres de réserve. C'est entendu, on ne meurt pas de faim en trois jours quand on est couché dans son lit. Mais représente-toi des hommes éreintés, qui dorment peu et mal, qui sont nuit et jour dans le froid, dans l'humidité, dans la tension et les secousses nerveuses à cause des périls dont ils ont constamment à se garer, donc qui font constamment une dépense d'énergie excessive ; et représente-toi ces hommes-là n'ayant rien mangé, rien bu, sauf des fonds de bidon et quelques flaques d'eau sale pendant d'abord vingt-quatre heures,

puis encore pendant vingt-quatre heures ; et ils
voient commencer un troisième jour dont tout leur
annonce qu'il sera pareil aux deux précédents.
Pourquoi me regardes-tu comme ça ?

— Parce que je pense que mon vieux Jerphanion a passé par ces heures-là... et... oui... je le
regarde, je le regarde.

— Ton vieux Jerphanion, avec sa prudence et
son avarice de montagnard, avait gardé dans un
coin de ses affaires, à toute éventualité, deux gros
bâtons de chocolat, une bonne douzaine de morceaux de sucre, et un flacon d'alcool de menthe.
Et comme, tout optimiste que tu le croies, il s'est
toujours méfié du lendemain, il n'avait mangé le
premier jour qu'un bâton de chocolat et cinq morceaux de sucre, et bu qu'un tiers de son flacon ;
et le deuxième jour qu'un demi-bâton de chocolat
et trois morceaux de sucre, et à peine un autre
tiers de son alcool de menthe. Si bien qu'il commençait le troisième jour avec un demi-bâton,
quatre morceaux de sucre, et plus d'un tiers de
sa petite bouteille ; ce qui était relativement somp-
tueux... Mais ça ne l'aurait quand même pas mené
bien loin. Alors sais-tu ce que nous avons fait ?
Pas moi, mais mes hommes, et ils ont eu la gentil-
lesse de m'en faire profiter. Ils ont rampé la nuit
jusqu'à des cadavres, les uns boches, les autres
français, déjà anciens et putréfiés, qu'ils avaient
repérés entre les lignes, et ils leur ont fouillé les
poches, vidé les musettes, pour y prendre des morceaux de biscuit, des bouts de chocolat, oui, même
des saucisses, tu entends ? des saucisses, qui avaient
voisiné depuis des semaines avec ces chairs de cadavres, mariné dans ces arômes de cadavres. Nous
avons mangé ça. Est-ce que je ne te dégoûte pas
un peu ?

— Mon pauvre vieux ! Comment peux-tu dire ?

— Je comprendrais ça très bien. Moi-même je me demande souvent avec épouvante si je ne suis pas en train, même si je dois finalement survivre, de me faire des lésions de sensibilité dont je ne guérirai plus. La délicatesse. Ce mot merveilleux ! Est-ce que j'aurai jamais de nouveau de la délicatesse ? Je serai peut-être nerveux, agacé, exaspéré par des riens. Mais la paisible délicatesse de l'homme civilisé ? Oui, je me vois souvent dans l'avenir changé en une espèce d'infirme, qui aura subi l'amputation des sentiments raffinés, comme un homme à qui on aurait coupé tous les doigts et qui ne pourrait plus tâter les choses qu'avec deux moignons. Et nous serons des millions comme ça...

— Mais non, mon vieux. Tu te remettras vite. Après quinze jours de paix, il n'y paraîtra plus. L'âme est comme ça, tu sais bien. Elle fait dévorer par l'oubli, en un clin d'œil, les périodes qui l'ont trop meurtrie, qui lui ont semblé trop indignes d'elle, et elle opère la soudure avec le temps antérieur. Exactement ce qui a lieu au réveil, quand nous supprimons une suite de cauchemars idiots, pour retrouver juste la pensée que nous avions au moment de nous endormir.

— Tu sais, ces dix-neuf jours de Verdun ont été pour moi le coup de massue. Il me semble maintenant que, jusque-là, ça pouvait encore aller. C'est tout dire !... Mais cette fois on m'a brisé quelque chose qui ne se remettra pas. Je le sens bien... Au fond, remarque, je ne serais pas fichu de dire pourquoi. Sauf les trois jours en question, je n'ai rien vu, rien subi, dont je n'eusse pas déjà connu l'équivalent, ou peut-être pis. Il y a eu la durée du séjour en ligne, évidemment, qui a dépassé la mesure. Mais, malgré cela, il ne faut pas essayer de trouver une logique dans ce qu'on éprouve en menant cette vie inhumaine... une pro-

portion quelconque... Qu'est-ce qui m'a le plus démoralisé durant cette période ? Oh ! même pas les
trois jours de famine. Je crois bien que c'est l'état
dans lequel était ce secteur qu'on nous donnait à
garder, l'aspect lamentable de ces trous qu'on osait
appeler nos tranchées... oui, la pauvreté de tout
cela, l'absence d'organisation, de prévision ; et le
travail que nous avons dû faire pour creuser hâtivement, sous les sifflements d'obus, des deuxièmes,
des troisièmes lignes, que ces feignants de la Région
Fortifiée avaient eu six mois, un an, pour préparer,
sans même s'exposer aux marmités ; un travail qui
s'ajoutait à l'épuisement de la faction, des alertes,
des corvées... D'abord c'est incroyable comme on
peut s'attacher, accorder du prix, à ce qu'il y a
d'organisé, d'humain dans un secteur ; surtout bien
entendu quand on le pratique pendant longtemps,
et que chaque fois qu'on y remonte on retrouve
des habitudes, des petites manies qu'on y a laissées. Mais même s'il est nouveau pour vous, les
habitudes, les petites manies du prédécesseur ont
fait le lit des vôtres. Le lieu est habitable, même
s'il y pleut des obus. Ce ravin d'Haudromont était
scandaleusement inhabitable... Il y a encore ceci,
qu'en arrivant là-haut, je m'attendais, comme
disent les journalistes, à « entrer dans la fournaise
de Verdun ». Tu comprends ? Obus de tous les
côtés, bataille dans les bois, avances, reculs ; attaques, contre-attaques ; une avalanche de périls
massifs... donc, certainement quelque chose de plus
terrible que ce que nous avons trouvé... des rafales
d'émotions plus répétées et plus violentes... Tiens,
à ce propos, une autre preuve de la détérioration
de sensibilité dont je te parlais. Sais-tu de quoi je
m'aperçois ? Eh bien ! quand nous autres, gens
du front, intoxiqués maintenant par la guerre,
nous demeurons un certain temps dans une situa-

tion à peu près paisible, sans secousses violentes,
nous nous sentons inquiets, inoccupés. Nous avons
une impression de creux. Ne me fais pas dire ce
que je ne veux pas dire. Nous ne désirons aucune-
ment le retour de l'état de terreur. Nous ne récla-
mons pas le danger, oh non ! Mais il est de fait
que chaque secousse violente, en s'éloignant, nous
laisse, au centre de nous-mêmes, un vide, le vide
affreux d'une démolition ; et rien ne vient se
mettre à la place. Comme un pavé désert entre des
murs effondrés... Alors nous attendons. Nous avons
peur et horreur de ce que nous attendons. Mais si
cela ne vient pas, s'il vient autre chose de moins
secouant, de moins ramassé dans la violence, nous
avons les nerfs décontenancés. Ils s'étaient com-
mandé un hérissement effrayant pour résister à
ce qui allait arriver. Et ce qui arrive est simplement odieux et lugubre. Ce qui arrive ne vous
cogne pas sur le crâne avec le plus gros maillet de
la série. Tu comprends ? On s'habitue au paroxysme. C'est une espèce de vice. L'opiomane est
malade s'il n'a pas sa ration de pipes. Et tu juges
du degré de détérioration que l'on atteint par ceci
qu'un homme comme moi a pu, sans trace de chiqué, trouver que le ravin d'Haudromont, en pleine
bataille de Verdun, ce n'était pas tout à fait du
paroxysme. Hein ? Quelle descente en spirale dans
l'enfer ! Je me demande si, la paix revenue, je
serai capable de vivre dans un monde où je passe-
rai des mois sans frémir de la tête aux pieds à
cause d'un obus éclatant à vingt mètres.

— Mais si ! Voyons ! A l'heure qu'il est, tu es
encore sous l'énervement de ces trois semaines
abominables. Tu es comme l'homme trop fatigué
qui se dit : « Je n'arriverai plus à dormir. Plus
jamais. » Et d'une nuit à l'autre, il rapprend à
dormir.

— Peut-être, mon vieux, peut-être. Mais j'ai peur tout de même pour plus tard. Devenir ça : une épave de la catastrophe ; un malheureux type tellement adapté à la catastrophe que la vie normale l'ennuiera, n'aura plus de prise sur lui comme un pignon aux dents émoussées. Sais-tu que si on m'offrait de reprendre demain mes cours à Orléans, je sauterais de joie, oui, mais surtout par raison... et pour ma femme. Mais je ne me vois pas corrigeant des copies. Et à la première minime difficulté que j'aurais avec l'administration, ou avec une famille, je sens que je m'écrierais très bien : « Oh ! ça va ! Assez comme ça de peigne-cul pour moi ! Vivement les 150 et les 210. »

Jallez écoutait, tout à fait songeur :

— Il faut bien » dit-il doucement, « qu'il y ait quelque chose de ce genre pour que ça puisse durer... pour que ça puisse recommencer... car pour chacun de vous ça recommence... On vous met là-dedans, puis on vous en retire, puis on vous y remet. Vous ne faites pas une guerre. Vous faites une suite de guerres... Vous n'y retournez peut-être pas avec des cris d'allégresse, mais vous y retournez. Évidemment, l'idée du but, de la marche vers le but, peut soutenir un certain nombre d'entre vous. Mais pas toujours, ni pas tous. Quand vous êtes là-haut, je n'ai pas l'impression que vous pensiez tellement à la situation générale ?... Est-ce que vous lisez seulement le communiqué ?

— Pas régulièrement, je dois dire, et d'un œil distrait. Mais cela tient à d'autres raisons. Nous n'aimons pas le communiqué, parce qu'il est froid et distant. Il parle mal de notre vie. Quand nous lisons : « Action assez vive d'artillerie dans le secteur de Tahure. Nuit relativement calme sur le reste du front de Champagne », nous savons que

cela veut dire que les copains de Tahure ont reçu
pendant des heures une épouvantable dégelée
d'obus, et que d'un bout à l'autre du front de
Champagne la nuit a été faite de pétarades, de
fusées éclairantes, de crapouillotages, de coups de
main. Et quand nous-mêmes nous avons participé
à une action du tonnerre de Dieu, qui nous sortait
les yeux de la tête, et où des camarades, de tous
les côtés, crachaient leurs tripes, nous ne sommes
pas pressés d'apprendre en trois-quarts de ligne
qu' « une rectification a été opérée sur la gauche
de la N° Armée. » Pour ce qui est de la situation
générale en elle-même, oui, nous y pensons moins
sans doute, quand nous sommes là-haut, que les
gens de l'arrière, et que nous ne faisons nous-
mêmes quand nous sommes à l'arrière. Je reconnais aussi que lorsque nous essayons, en permission
ou au cantonnement, de retrouver un peu de courage pour repartir, ce n'est pas en pensant à la
situation générale.

— C'est en pensant à quoi ? » fit Jallez toujours
très doucement.

— Difficile à dire... Aux camarades que nous
allons retrouver, peut-être... à cette vie de couvent... car c'est bien un couvent qui nous enferme
et nous isole de tout, un couvent aux murs d'incendie. Ce qui nous aide encore, c'est l'idée de
quitter les ignominies de l'arrière, de nous en sé-
parer par cette clôture qu'elles n'oseront pas franchir. Nous avons à peine le temps de les flairer au
passage. Nous les devinons plutôt. Mais cela suffit
pour que s'en évader produise déjà une exaltation.
Tu parlais des moines du haut moyen âge. Ne
crois-tu pas qu'ils rentraient plus facilement au
couvent, si dure qu'y fût la règle, quand ils venaient de faire un tour dans le siècle, et de voir
de quoi leur couvent les protégeait ?

— En somme » insinua Jallez, toujours pensif,
« un certain orgueil ?

— Oh ! non... » répliqua Jerphanion. « Quelle
idée !

Puis il réfléchit à son tour :

— Peut-être, après tout...

Jallez amena lentement sa nouvelle question :

— Dis-moi... Quand tu es ici, par exemple, à
cette terrasse de café, quels sentiments t'inspirent
ces gens qui t'entourent, qui sont assis au soleil...
qui boivent des choses... mon Dieu ! à peu près
comme s'il n'y avait pas en ce moment Verdun, le
ravin d'Haudromont ?...

Jerphanion sentit que Jallez le mettait à
l'épreuve ; il voulut montrer qu'il restait capable
de probité intellectuelle :

— Je crois que tu as raison, dit-il, il y a de
l'orgueil dans notre cas. Et tout naturellement
nous le ressentons quand nous sommes en présence
des autres, de ces gens par exemple. De quoi est
fait cet orgueil ? Un rhéteur de l'arrière dirait :
« de la fierté du devoir accompli ». Tu parles !
Ça en tient lieu peut-être, mais ce n'est pas cela...
C'est un orgueil d'explorateurs. Nous revenons
d'un pays impossible, qui défie l'imagination. Nous
avons réussi à y vivre quotidiennement, dans des
conditions qui interdisent la vie. Nous avons supporté des misères, des souffrances, des épouvantes,
dont les gens qui sont ici considèrent depuis leur
enfance qu'elles sont pires que la mort. Et voilà :
nous sommes assis au milieu des autres, au soleil,
à une terrasse des boulevards ; nous daignons
prendre un bock, un quinquina, nous amusoter
avec les petites choses gentilles de la vie d'ici. Pour
quelques jours ; car nous retournerons là-haut,
comme le marin retourne en haute mer... Évidemment, il ne peut pas être question de considérer

ces gens comme nos égaux ; car s'ils étaient nos
égaux... » et ici la voix de Jerphanion trahit un
peu de trouble, « c'est nous qui nous serions abo-
minablement trompés... Et, n'est-ce pas, c'est ce
qu'on se pardonne le moins...

Il ajouta, après une pause :

— Tu vois dans quel esprit impersonnel je tâche
de t'expliquer ça. Ce n'est pas un sentiment *à moi* ;
c'est un sentiment où je baigne, et que ma raison
est loin d'avouer ; mais j'en attrape certainement
quelque chose malgré moi, et l'honnêteté exige
que j'en fasse état.

— Mais c'est très naturel. Je crois même que
c'est inévitable » dit Jallez.

— Bon... Tu vois ce type là-bas, à notre terrasse ? C'est aussi un permissionnaire, et un type
des tranchées, je reconnais ça. Qui sait ? il revient
peut-être de Verdun. Eh bien, si nous nous ren-
contrions quelque part sur le front, je ne serais
rien pour lui, et lui rien pour moi. Mais ici, nous
nous sentons reliés. Nous avons subi les mêmes
« épreuves », au sens rituel du mot. Il existe une
franc-maçonnerie des hommes du front ; un
ordre...

Il rêva un instant en silence, sourit :

— Et tu sais, à la longue, ce sentiment se dé-
veloppe dans des directions curieuses, dont nous
n'avons pas conscience. Il faut s'interroger comme
je le fais en ce moment pour s'en apercevoir...
Oui, nous tendons à retrouver un état d'esprit très
antique. Justement parce que les conditions qui
l'avaient fait naître jadis ont reparu, et s'installent, s'éternisent : l'état d'esprit du guerrier, au
milieu du reste de la société. Pas le militaire pro-
fessionnel des époques récentes, non ; le guerrier
d'autrefois ; l'homme qui fait la guerre du 1er janvier à la Saint-Sylvestre pendant que les autres

ne la font pas... pendant que les autres font pousser
les salades, gardent les vaches ou torchent les
marmots. Le guerrier connaît toutes sortes de misères, qu'il épargne aux autres ; mais pour prix,
il est débarrassé du travail et des soucis ordinaires ;
il a le droit d'être nourri et honoré. Aux autres
de se débrouiller pour lui assurer le nécessaire.
Il n'entre pas dans ces basses considérations. Il
méprise le reste : les femmes, les artisans, les
paysans, dont la condition lui apparaît comme plus
ou moins servile... Hier, en passant devant l'étalage d'un épicier-fruitier, je me suis surpris rêvant
— oh ! cum grano salis — : « il a de la chance
que nous ne venions pas lui prendre ses boîtes de
conserves et ses légumes. » (C'était peut-être un
souvenir de mes trois jours de famine qui me remontait.) Mais tu vois : il y a là-dedans des éléments d'idées agréables, des substances toniques.
Est-ce que, dans sa pureté originelle, le sentiment
d'appartenir à la caste noble a jamais été fait
d'autre chose ? Le noble se bat, se fait tuer, mais
à part ça n'en fout pas une secousse ; et il attend
que les vilains lui apportent la dîme de leurs ré-
coltes, outre quelques douceurs et produits de leurs
chétives industries, et le pucelage de leurs filles.
Mes poilus ne se regardent pas comme des nobles,
et ne s'appellent pas entre eux « mon cher chevalier », « mon cher baron »... parce qu'à leurs
yeux ces termes ont un prestige d'ancienneté qui
leur en cache le vrai sens. Mais ils évoluent dans
cette direction-là. Plus d'un aura l'impression de
déchoir, quand un jour on l'invitera à reprendre
son petit métier. Tous accueilleraient comme un
tribut légitime une pension qui assurerait leur
existence après qu'ils auraient cessé de compter à
l'ordinaire. Il faut se mettre à leur place. Le pacte
qu'ils ont fait avec la nation comporte deux clauses

tacites : « Tu me défendras, au besoin en y laissant
ta peau », a dit la nation. « Soit, a répondu
l'homme, mai c'est toi qui te charges de ma peau
jusqu'à ma mort ». L'embêtant, c'est qu'on est
trop dans ce cas-là, aussi bien pour ce qui est de
l'orgueil actuel que pour ce qui est des privilèges
futurs. Difficile d'être fier immodérément d'une
condition que l'on partage avec des millions d'autres. Difficile d'espérer que la nation nourrira indéfiniment les guerriers, quand les guerriers s'appellent « la nation en armes ». La noblesse n'est vraiment une bonne affaire qu'avec un effectif restreint.
Il ne faudrait pas être plus de cent mille.

— C'est drôle, tu sais ! » fit Jallez, « et d'un
réalisme qui ne me déplaît pas. Ça nous change
des héros et des martyrs. L'esprit n'est jamais très
satisfait quand, pour lui expliquer les choses, on
lui dit que trois ou quatre millions d'hommes
dans un pays sont devenus soudain des héros et
des martyrs.

— Tu n'imagines pas d'ailleurs » reprit Jerphanion, « ce que la seule idée qu'on reçoit sa
subsistance de plein droit, sans avoir rien à donner
en échange comme travail, ou marchandise, en-
gendre automatiquement de fierté intime, irré-
fléchie. Ça t'épate que moi, je te dise ça ? Et tu
me demanderas peut-être ce qui empêchait les
oisifs, en temps de paix, d'éprouver cette fierté ?
Car sûrement ils ne l'éprouvaient pas. S'ils étaient
fiers, c'était de leurs avantages, mais pas de leur
oisiveté elle-même. Au contraire elle les taquinait
un peu dans les temps récents. Ils se soupçonnaient
de parasitisme. Le guerrier, l'homme noble, pas
celui du Bottin-Mondain, celui qui a retrouvé les
origines, se sent tout sauf un parasite. Il pense :
« Tout continue à exister à cause de moi. » Ce n'est
pas seulement devant l'étalage de l'épicier-fruitier,

c'est devant les affiches de théâtre ou de concert
que je me dis ces jours-ci, ou plutôt que le poilu
banal qu'il y a en moi se dit : « Ils ont de la
chance que je sois à Verdun pour leur permettre
de continuer leurs aimables exercises. » Hein ?
Tu ne te méprends pas sur l'intention de mon
propos ?

— Je ne me méprends pas.

— Je ne cherche pas à justifier. Je tâche de te
faire saisir les sentiments — légitimes ou absurdes
— qui aident le poilu à supporter sa condition ;
sentiments qu'on peut même déceler en soi, à
l'état fugitif, laisser agir en soi, ne pas refuser,
sans pour ça en être dupe. Pourquoi refuserait-
on ce qui vous aide à ne pas désespérer ? Est-ce
qu'on refuse un quart de vin ou d'eau-de-vie dans
les coups durs ? Est-on dupe pour ça du vin ou
de l'eau-de-vie ? D'ailleurs, c'es toi qui m'as mis
sur la voie, en me parlant de l'orgueil.

—Ne te défends pas, je te prie... Tout ce que
tu m'exposes a un caractère d'authenticité, de
produit naturel du sol, où, au surplus, je te reconnais bien. Je ne saurai même jamais assez te
remercier pour la preuve d'amitié intacte, et comment dire ? de non-éloignement que tu me donnes
en ce moment-ci. Mais laisse-moi te poser encore
des questions. Dis-toi, pour me pardonner, que
ces questions, je me les pose très souvent, avec un
besoin anxieux de voir clair ; et que je ne peux
pas y répondre.

— Ne te gêne pas, mon vieux ! Au fond, je
suis si heureux de te parler de tout ça ! A qui
pourrais-je en parler avec cette liberté-là ?

— C'est vrai ? Même pas avec tes amis du
front ?

— Même pas avec mes amis du front.

— Même pas avec ton grand ami Fabre ?

— Dieu sait pas avec Fabre, qui n'est d'ailleurs
pas un grand ami, qui est un très bon camarade,
donné, imposé par les circonstances, et qu'après
la guerre je ne reverrai peut-être pas une fois tous
les deux ans. Je serais encore plus tenté de le
faire avec Griollet, le maroquinier, s'il n'y avait
pas entre nous quelques petites difficultés de voca-
bulaire, donc trop d'efforts pour m'expliquer, et
de sa part des risques de malentendu.

— Je te remercie du fond du cœur de penser
cela. Mais, dis-moi, ce mépris dont tu parlais,
comment s'accorde-t-il avec cette phrase qu'on entend dire assez souvent par des hommes du front,
à propos d'un copain qui s'est mis à l'abri : « Il
a bien de la chance ! Si je pouvais faire comme
lui... »

— Oh ! sûrement, ce n'est pas simple. Tu m'as
amené à souligner les sentiments qui nous aident...
Mais il y a ceux qui nous abattent, qui nous cou-
pent les jambes. L'homme du front affecte de mé-
priser les gens à l'abri, mais il les envie au moins
autant. Que de fois moi-même me suis-je dit : « Est-
ce que ma vie ne méritait pas d'être protégée aussi
bien qu'une autre ? Est-ce que ma conservation
n'était pas aussi importante, plus importante pour
le pays que le service que je rendrai en crevant
dans une tranchée, et que le premier brave garçon
venu rendrait aussi bien que moi ? » D'ailleurs nos
mépris sont très inégalement distribués, et suivant des lois qui sont un peu notre secret. Si tu
me demandais qui nous méprisons et haïssons le
plus, qui nous châtierions avec le plus de joie, je
te dirais : d'abord les profiteurs de guerre, les
mercantis de tout poil, et sur le même rang les
patriotes professionnels, les bourreurs de crâne,
les littérateurs qui mettent chaque matin leur py-
jama et leurs pantoufles rouges pour manger du

Boche. Hier encore, par exemple, j'ai lu un article
de cette ordure de George Allory, sur Verdun !
Sur « la ruée de Verdun » ! sur « le poilu de
Verdun » ! Tu vois ça d'ici. J'avais même commencé une lettre où je lui fourrais son nez dans
sa fiente, à cet individu, en lui donnant mes titres
et mon grade. Et puis j'ai déchiré. Une lettre,
c'est trop anodin. Il faudrait tuer des fantoches
comme ça, les crever d'un coup de baïonnette, de
cette baïonnette qui est si chère à leur éloquence,
et qu'ils appellent tendrement « Rosalie ». Les
imbéciles ! Tu te rappelles ton Lavedan, quand il
écrivait l'article que tu m'avais montré sur l'explosion du *Latouche-Tréville ?* Il a bien tenu ses pro-
messes, celui-là... Il y a ensuite certains embusqués
du front, parmi eux principalement les officiers...
c'est une catégorie très spéciale : des types qui ont
leur filon dans une ville de l'arrière, à vingt ou
trente kilomètres des lignes ; qui ne sont pas plus
exposés que toi dans ta cordonnerie, mais qui
jouent au poilu héroïque, qui disent : « nous
autres du front », qui réclament la croix de guerre,
et qui l'obtiennent, avant nous. Ils voudraient que
la guerre dure dix ans. Ils n'ont jamais touché autant d'indemnités. Et jaloux entre eux ! dévorés
de petites intrigues, débineurs, combineurs, comme
dans la plus sale garnison du temps de paix ! Les
plus ignobles sont ceux de l'Active. Voilà des gail-
lards qui ont choisi librement ce métier-là, dès le
temps de paix, et quand vient le moment où les
pékins comme nous sont invités à se faire casser
la gueule, eux se planquent. Les soldats aussi les
détestent. Qui te citerai-je encore ? Certains généraux ambitieux, au cœur sec, pour qui la vie de mille
ou dix mille hommes ne compte absolument pas
s'il s'agit pour eux de décrocher de l'avancement,
ou même, d'une façon plus désintéressée, de réa-

liser une vue de leur esprit ; ceux dont Pétain
représente le contraire aux yeux des poilus...
Quant aux embusqués qui se tiennent peinards,
qui ne souhaitent qu'une chose, que personne ne
s'occupe d'eux ; qui peut-être pensent à nous avec
sympathie en se disant : « Les pauvres bougres,
tout de même ! » ; qui, lorsqu'ils nous rencontrent, ont même l'air de s'excuser ; qui, sûrement, désirent que la guerre finisse le plus tôt
possible, ne serait-ce que pour éviter les nouvelles
récupérations et contre-visites, ceux-là ne nous
irritent vraiment pas beaucoup. Quand nous en-
vions des gens à l'arrière, c'est eux. Et je crois
qu'il n'y en a pas un d'entre nous, sauf quelques
mystiques et quelques excités, qui n'ait soupiré,
et plus d'une fois, après le lot de ces embusqués ;
et beaucoup seraient bien heureux de l'accepter
aujourd'hui si on le leur offrait... Ah ! j'oubliais
le personnage le plus symbolique de l'arrière : le
gros monsieur d'un certain âge, en chaud costume
d'intérieur, qui a pris son bain, qui a pommadé
ses cheveux, qui lit le communiqué en buvotant
son chocolat, et qui dit : « Décidément ça n'avance
pas ! Le commandement est trop hésitant. Il faut
savoir faire les sacrifices nécessaires. »

Jallez riait.

— Le plus affreux » dit-il, « c'est que ton
bonhomme est innombrable. Moi qui forcément
vois plus de civils que toi, je le rencontre partout,
je l'entends pérorer partout. Dans la petite bour-
geoisie, il pullule. Le décor est plus modeste. Mais
la sottise, l'égoïsme, l'inconscience sont aussi hori-
fiants. Ma famille, par exemple. Mes parents !...
Tu n'imagines pas ce que j'ai pu leur entendre
dire.

— Oh ! la mienne aussi, mais peut-être pas tout
à fait dans la même nuance.

— Sûrement pas. Le paysan échappe beaucoup mieux à l'enivrement par la bêtise que le petit bourgeois.

Ils en vinrent, là-dessus, à certaines vues désenchantées. Jallez aurait bien voulu, disait-il, pour son propre confort moral, se représenter l'immense foule des poilus bleu-horizon comme d'émouvantes victimes qui, non contentes de payer les sottises politiques du temps de paix, devaient encore essuyer en silence les éclaboussures de sottise du temps de guerre. Mais il se faisait des réflexions très simples. Les poilus n'étaient-ils pas les anciens civils ? N'avaient-ils pas, comme civils, applaudi à toutes les âneries de la politique de prestige ? N'avaient-ils pas acclamé les retraites militaires de Millerand, salué l'avènement de Poincaré, crié que Caillaux et Jaurès s'étaient vendus à l'Allemagne ? N'avaient-ils pas, pour leur compte et de leur mieux, secoué les vieilles poutres de la paix européenne ; et avaient-ils bonne grâce à gémir, maintenant que les pierres de l'édifice leur tombaient sur le crâne ? D'autre part, le quinquagénaire devant sa tasse de chocolat, qu'était-il d'autre qu'un poilu qui avait passé l'âge ? Sa sottise égoïste, sa férocité inconsciente, il n'était pas probable qu'elles lui fussent venues soudain à l'instant où il avait rendu son fascicule de mobilisation. Dix ans plus tôt, il aurait tenu honorablement sa place parmi les héros et les victimes. Il aurait pratiqué lui aussi le courage sans illusion, la résignation amère, l'orgueil du sacrifice, le mépris.

— Ça ne fait pas de doute » avoua Jerphanion. « Il y a même une preuve indirecte de la vérité de ce que tu dis. Il m'est arrivé d'entendre, par exemple à l'hôpital pendant ma convalescence, des conversations de poilus authentiques, gradés ou

simples soldats. Ils étaient retirés pour un temps
de l'atmosphère du front, des réalités du front. Eh
bien ! ils s'exprimaient à peu près comme le quinquagénaire devant sa tasse de chocolat. Ils trouvaient que ça n'avançait pas. Ils mangeaient du
Boche avec de la littérature autour, dans le style de
Lavedan et de George Allory. Ils réclamaient de
grandes offensives, et que ça pète ! bon Dieu de
bois. Pour que ces pauvres types, à qui manquent
l'imagination et le jugement, gardent un sentiment
correct de la guerre, il faut absolument qu'elle
leur botte le cul chaque matin. C'est gai. Car enfin, il se peut qu'elle s'arrête un jour. Est-ce qu'ils
se remettront dare-dare à déraisonner ? Est-ce
qu'ils liront le général Cherfils ou Maurice Barrès
pour savoir comment ça se passait ?

Ils convinrent qu'il fallait admettre à tous égards
une complicité diffuse, qui remontait loin et à laquelle presque personne n'échappait.

— C'est une affaire » conclut Jerphanion, « où
il y a beaucoup de victimes, mais bien peu de victimes innocentes. Depuis quelque temps, je crois
te l'avoir dit, les hommes me dégoûtent. Le plus
embêtant, c'est que ce ne sont tout de même pas
les plus coupables qui sont les plus punis.

XXIV

COMMENT VERDUN ARRIVE A TENIR

Ils étaient allés, en partant des boulevards, rejoindre les quais de la Seine, et, à titre de pèleri-
nage, ils les longeaient par la rive gauche, dans la

direction de Notre-Dame. Jerphanion se trouvait
ainsi sur le chemin de sa maison.

— Écoute » dit-il à Jallez, « si tu es libre ce
soir, viens dîner avec nous. Odette n'est pas pré-
venue. Mais ça n'a pas d'importance. J'achèterai
des choses en passant. Odette sera contente de te
voir. Elle voulait m'accompagner à notre rendez-
vous. C'est moi qui lui ai demandé la permission
d'y aller seul. Je me doutais bien que nous parle-
rions de toutes ces choses à cœur ouvert. Elle est
fort intelligente, tu le sais. Elle est capable de tout
comprendre. Et en somme je ne lui cache rien.
Mais il y a certaines duretés de jugement, certaines
amertumes, certaines extrémités de souffrance, que
j'atténue un peu devant elle, parce qu'elle en serait désespérée, et qu'elle me crierait tout à coup :
« Je te défends de repartir. »

Jallez fut brusquement très ému par les discrètes
perspectives de tragédie que la dernière phrase de
son ami venait de lui découvrir.

— J'accepte » dit-il. « J'ai gardé un si bon souvenir des heures passées chez toi, en un temps... qui
avait l'air encore favorable. Et alors, dis, comme
nous aurons copieusement parlé tous les deux de
la guerre, nous pourrons mettre la conversation
sur d'autres sujets devant Odette, n'est-ce pas ?

— Si tu veux... nous verrons... Ou encore si par
hasard tu avais des idées consolantes sur l'avenir,
sur les chances d'un retour à la paix... ce serait
très bien.

— Je tâcherai, mon vieux.

— Mais d'ici là, hein ? ne te gêne pas. Demande-
moi encore tout ce que tu as envie de savoir.

Jallez fit d'une voix hésitante :

— ... Non... j'ai conscience de te faire remuer
inutilement des choses... que tu serais bien aise
d'oublier pendant que tu es ici.

— Pas du tout... Bien au contraire. Cela me
délivre. Durant cette épouvantable expérience, je
me suis convaincu, plus que jamais, d'une vérité
qu'ont bien vue Epictète, Marc-Aurèle... Pascal...
Contre l'excès du malheur, il n'y a qu'un seul re-
mède héroïque : penser le malheur clairement et
à fond. Je m'étais promis de tenir un journal, à
l'imitation du sage empereur. Je n'en ai pas eu la
force. Une conversation comme celle-ci m'en tient
lieu. Je n'ai jamais oublié non plus ce que tu m'as
dit sur le témoignage, tu te souviens, le jour de
notre première promenade, la première de toutes,
du côté de la rue Claude-Bernard et de l'avenue
des Gobelins... Les *Pélerins d'Emmaüs*... La lumière en haut du mur... Tu te rappelles ?... Que
c'était beau ! Que la vie pouvait être belle !... Nous
voir maintenant, affublés comme nous sommes !...
Tu sais, ma plus grande consolation dans cette
guerre, ç'aurait été de t'avoir près de moi, égoïste-
ment, dans la tranchée d'à côté, comme j'ai ce
brave Fabre... et que nous soyons « témoins » ensemble... et que je puisse à certains moments te
dire : « Tu vois ?... Tu as vu ?... » Ça n'a pas
été possible... Mais il est très important pour moi
que j'arrive à te rendre un peu témoin, malgré
tout... à penser ces choses-là avec toi... L'un des
pèlerins d'Emmaüs était sorti de la salle quand
l'apparition a eu lieu. Son camarade, qui a vu,
s'acharne ensuite à bien lui expliquer, à bien lui
« restituer » la chose, c'est ça : la lui restituer...
Donc, je t'en prie, interroge-moi.

Il donna à son visage l'inclinaison qu'on lui
donne quand on s'apprête à écouter bien scrupu-
leusement. En même temps, il regardait avec une
bouffée de tendresse défaillante le beau cortège du
fleuve que Notre-Dame fermait au loin.

— Eh bien » prononça lentement Jallez, « tu m'as dit des choses passionnantes. Mais il reste pour moi des obscurités. Je n'arrive pas encore à voir quelle est la force qui est assez grande pour maintenir ces millions d'hommes dans un supplice qui ne finit pas. Tu m'as cité de menus adjuvants, de petites idées secourables... Cela peut-il suffire ? Nous les avons connus, ces hommes. La civilisation les avait dorlotés, plus ou moins. Ce n'était pas l'idéalisme qui les étouffait... L'enthousiasme... quelques jours, oui ; pas des années. Comment ces petits hommes douillets et positifs acceptent-ils de tant souffrir, et si longuement ?

— Parce qu'ils ont commencé ; et ce qu'on a commencé de faire prend une terrible autorité sur vous. C'est une des lois de l'existence les moins douteuses. Mais, quand on y réfléchit bien, en effet, il y a une autre autorité qui domine tout le reste. On s'aperçoit qu'on oublie toujours d'en parler... pourquoi ?... parce que cela va sans dire ?... par pudeur ?... Ou bien, si l'on s'y réfère, c'est en la déguisant sous des noms d'emprunt, plus flatteurs pour l'individu, comme devoir, patriotisme, etc... Or, elle porte un nom plus franc : c'est la contrainte sociale, tout simplement. La société veut, aujourd'hui, que les hommes souffrent et meurent sur le front. Alors ils souffrent et ils meurent. Voilà. Elle a voulu d'autres choses à d'autres époques. Et ils l'ont fait. La seule particularité déconcertante, c'est que, depuis pas mal de temps, on avait annoncé aux hommes que la société avait renoncé à avoir sur eux ce pouvoir mystique ; qu'ils avaient des droits absolus ; et qu'on ne pou-

vait plus leur demander que des choses raisonnables
du point de vue individuel. Or, il semble déraison-
nable, du point de vue individuel, qu'un homme
perde sa vie, c'est-à-dire tout, pour défendre la
part souvent assez faible qui lui revient dans des
intérêts collectifs. Ou qu'il le fasse si ça lui chante !
Mais on ne peut pas, « raisonnablement », le lui
demander. Il faut croire que les hommes n'avaient
pas pris tout à fait pour de l'argent comptant cette
innovation excellente ; car aucun d'eux n'a eu le
toupet de s'en réclamer.

— Tu dois avoir raison. L'étrange est que cette
contrainte reste à tout moment assez forte pour
dominer même la peur physique.

— Il faut dire plus exactement : la peur que
l'homme a de la société est encore plus forte que
la peur qu'il a des obus.

— Oui... le soldat se dit : Si je refuse de marcher, ou si je me sauve, je serai fusillé.

— Même pas... Certains ont besoin de se le dire.
Pour la plupart c'est superflu. Leur peur de la
société n'est pas physique. Elle est mystique.
L'homme est ainsi fait que chez lui une peur
physique est presque toujours moins forte qu'une
peur mystique.

— Au point d'empêcher même les réactions
immédiates ?... Tu pars à l'assaut... et des obus
éclatent près de toi... tu es dans le faisceau de
balles d'une mitrailleuse...

— Eh bien, la peur mystique de la société sait
prendre des formes qui elles-mêmes ont une action
immédiate. D'un côté la peur de l'obus. Mais de
l'autre la peur de ce que penseront tes camarades,
ton chef, ou tes hommes, si tu es chef. Il faudrait
en un sens plus de courage à un homme moyen
pour affronter la réputation de lâcheté que pour
affronter un éclat d'obus.

Ils parlèrent de la peur. Jerphanion déclara
qu'au front tout le monde avait peur, avec des
différences dues au tempérament, comme tout le
monde a froid quand il gèle. La fréquentation du
péril peut vous donner un endurcissement, mais
pas toujours. Souvent au contraire elle exaspère la
sensibilité, augmente le frémissement préalable.

— D'ailleurs, on ne se vide jamais complètement
de la peur qu'on a eue. J'ai encore peur de l'assaut où j'ai été blessé l'an dernier. Si je devais
faire un nouvel assaut, j'aurais bien plus peur
qu'un débutant. Et puis, c'est très variable. On
a peur par crises. On a des jours de tremblote incoercible ; et des jours presque d'indifférence. Impossible de savoir pourquoi. J'ai constaté qu'un
des meilleurs remèdes contre la peur, c'est de se
dire qu'elle est complètement inutile (comme le
courage, d'ailleurs). On se répète avec acharne-
ment : « Tu es idiot. Tu as le ventre serré, tu te
crispes de partout, tu as les mâchoires qui ont
envie de claquer ? Tout ça ne changera rien à la
trajectoire du prochain obus, ou des prochaines
balles. C'est de la fatigue supplémentaire. » On
tâche de faire alors comme si c'était de la pluie
qui tombait. De la brave simple pluie. Il pleut à
grosses gouttes ; mais on pense à autre chose,
comme le sergot sous sa pèlerine à un croisement
de rues... Tu vois le genre ?... Ou encore, l'on
pense qu'on est un piéton égaré au milieu de la
Place de la Concorde, dans le tohu-bohu des voitures. Chacune des autos qui traverse la place, à
toute vitesse, est dix fois capable de tuer son
homme. Et comme elles vont dans des sens divers,
il semble qu'il y en aura bien une, avant cinq minutes, qui démolira le pauvre piéton... Pourtant,
si vous êtes un vieux Parisien, vous ne tremblez
pas, vous ne claquez pas des mâchoires... Tu aper-

çois l'astuce ? On fait semblant de croire que chaque obus vous évitera, comme chaque auto vous évite ; et que seul pourrait vous tuer le projectile qu'une volonté mystérieuse dirigerait exprès sur vous... Tu te rappelles la fameuse phrase de Napoléon sur le boulet qui n'avait pas encore été fondu ? C'est un petit moyen, mais il est efficace. Tu sais, il ne vous reste dans des situations pareilles que de petits moyens... Et puis celui-là est-il si petit ? Il consiste en somme à réinventer le fatalisme. « Je sens que le destin n'a pas décidé que je mourrais aujourd'hui. Et comme, s'il l'a décidé, c'est absolument inéluctable, pas la peine de s'agiter. » Au bout d'un certain temps de vie ultra-dangereuse, on constate que le fatalisme est une drogue qui s'impose à l'homme, comme l'alcool dans les expéditions polaires. Une des vertus secrètes du fatalisme, c'est qu'il sous-entend, malgré vous, une espérance surnaturelle. « Si le destin se charge de moi jusqu'à choisir le moment de ma mort, il n'est pas possible qu'*ensuite* il me laisse tomber. Il me mènera plus loin, ailleurs. L'aventure n'est pas finie. » Tout ce que l'homme demande, au fond, c'est que l'aventure ne soit pas finie. Il n'exige pas de savoir la suite ; il veut bien qu'elle soit inconcevable. Du moment que l'aventure n'est pas finie, tout, à la rigueur, peut s'accepter. Ce bombardement qui pilonne la tranchée, cette vague d'assaut dont tu fais partie, dans l'arrosage des 77 et des mitrailleuses, et qui peut-être va te déposer deux mètres plus loin, la tête fracassée, près du petit arbre... tout cela n'est plus alors qu'un épisode... Te rends-tu compte, mon vieux Jallez, des profondeurs de croyances séculaires que ces tempêtes-là vont remuer ?

— Je m'en rends compte ; et c'est très impressionnant. » (Au loin devant eux, mais moins loin que tout à l'heure, se dressait Notre-Dame, avec ses chimères, ses gargouilles.)

— Ce que je voudrais surtout pouvoir te faire sentir, c'est le foisonnement, l'enchevêtrement, l'irrégularité de tout cela dans une âme au long des jours. D'où la fausseté des formules, quand on essaye d'en trouver qui aient l'air de valoir pour toute la durée de la vie au front. Il y a peut-être des âmes d'une constance prodigieuse qui conservent une même attitude... Il doit y en avoir peu... Je me revois par exemple le deuxième jour de notre famine, au ravin d'Haudromont, vers les dix heures du matin. Il tombait pas mal de 77. Des 105 fusants éclataient dans le ciel entre notre ligne et la crête derrière nous ; c'est-à dire qu'ils avaient beaucoup de chances de pleuvoir jusqu'au fond de nos tranchées. Et en effet j'ai eu quatre blessés et un mort ce matin-là. J'ai passé par un état de résignation presque parfaite. J'entendais les branches craquer ; les éclats gifler la terre humide. J'étais comme aliéné de mon propre destin. Ce qui pouvait m'arriver ne me concernait plus. Je n'avais même pas besoin de petits raisonnements et de petits moyens. Ça s'obtenait tout seul. Je me disais : « C'est épatant. Voilà la vraie posture. Il n'y a qu'à continuer indéfiniment. » Oui ; et puis deux heures après, alors que le marmitage avait plutôt diminué, j'étais entré dans une période d'inquiétude surexcitée et désordonnée. Note que ces inégalités pourraient avoir des conséquences très fâcheuses. Si impuissant qu'un homme soit contre un obus, le soin ou la rapidité qu'il met à prendre certaines précautions font qu'il sera tué avant trois minutes, ou encore vivant au bout de la journée. Dans les périodes d'indifférence magnifique, on pourrait dédaigner de s'accroupir, de se blottir ; passer négligemment la

tête par-dessus le parapet. Dans les périodes agi-
tées, se faire tuer au contraire par un excès mal-
adroit de précautions, en changeant tout le temps
de place, etc. Mais le corps est plus sage que l'âme.
Il fait la liaison et la compensation nécessaires. Il
assure une permanence. Le résigné et l'agité qu'il
se trouve y avoir successivement en nous exécu-
tent, à un centimètre près, les mêmes gestes de
sauvegarde automatique.

Ils marchaient très peu vite. Ils s'arrêtaient à
chaque instant pour mieux saisir une idée, à eux
deux, comme des bûcherons saisissent une bille de
bois.

Jerphanion dit un peu plus tard, après avoir
fait de nouveau un effort, qui était très apparent
sur son visage, pour rassembler ses idées :

— Oui, je repense à ta question... La grande
force qui agit, évidemment, c'est la contrainte de
la collectivité. Une fois que l'homme est là, il faut
qu'il y reste. Il est pris comme un rat. Que ce soit
le peloton d'exécution, la honte, le déshonneur,
l'impossibilité morale, la peur mystique, le ta-
bou... tous les fils du piège s'entrecroisent, et
l'homme est tenu de tous les côtés. Bien entendu,
il est libre, pendant ce temps, d'être ravi, libre de
proclamer qu'il est là parce qu'il lui plaît de faire
son devoir, et qu'il aime son pays. Il est libre
d'avoir *par-dessus le marché* la volonté d'être là...
Et une volonté sincère... Si nous étions des gens
à subtilités, il nous serait facile de montrer que
même cette volonté libre et sincère de sacrifice,
l'homme ne l'aurait pas trouvée tout seul, qu'elle
est le produit de ce bourrage de crâne du temps
de paix qu'on appelle l'éducation, et donc le détour le plus astucieux que prend la contrainte
sociale. Mais peu importe. Ce n'est pas cela que je
cherchais à exprimer... Non... Ce que je voulais

dire, c'est que l'homme est comme tous les animaux : quand il n'y a pas moyen de faire autrement, il se soumet. Même les fauves se soumettent... L'homme ne trouve le courage de résister, de se révolter que contre une autorité qui montre des signes de défaillance. C'est triste, mais c'est comme ça. Mon « optimisme » m'empêchait de le croire autrefois. Mais la guerre m'a détrompé amplement. Le courage révolté, ou « révolutionnaire », de l'homme ? sombre blague. Les « sujets » font des révolutions non pas quand les pouvoirs abusent au maximum, mais quand après avoir abusé, fût-ce très modérément, ils flanchent... Comme me le disait mon ami Griollet, rappelons-nous le culot « révolutionnaire » des Pataud, des Puget, des Merrheim, de tous les chefs du syndicalisme ouvrier quand le culot qu'on avait ne vous faisait risquer rien... Est-ce qu'ils bronchent aujourd'hui ? Quel est le mobilisé d'usine, archi-militant d'hier, qui refuse de tourner des obus, ou qui fait des discours dans l'atelier pour qu'on déclare la grève des obus et qu'on arrête ainsi le massacre des prolétaires ?... Si les gouvernements ne tirent pas de ces faits pour après la guerre quelques conséquences très philosophiques et tout imprégnées d'un cynisme à la Machiavel, c'est qu'ils sont incapables de rien apprendre. Bref, l'homme est un animal qui fait beaucoup plus facilement qu'on ne croirait ce qu'on l'oblige à faire. Mais une fois qu'il est bien entendu qu'il fera de toute manière ce qu'on lui ordonne, il adore se figurer que la chose vient de lui...

Jerphanion s'interrompit, se reprit :

— Oh ! d'ailleurs il faut être juste. Il faut reconnaître qu'une part en effet vient de lui. La collectivité, malgré toute sa force et sa ruse, ne pour-

rait pas imposer à l'homme, si longtemps, des
actions qui ne trouveraient absolument aucun appui
dans la nature de l'homme. Il y a d'abord le goût
de la destruction. Il est très réel. L'homme aime
démolir ce que l'homme a fabriqué. Tu connais
la phrase des mères de famille : « Les enfants sont
si destructeurs. » Tu te rappelles les chahuts de
l'École, les « quel khon au Pot !» Beaucoup
étaient enchantés qu'une fois ou deux par trimestre
la ratatouille fût carrément immangeable, parce
qu'ils avaient ainsi un prétexte à casser les assiettes sur le pavé. Les hommes ont une revanche
à prendre contre la complication croissante du
matériel de la vie. La civilisation oblige les hommes
à fabriquer trop d'objets, avec trop de soin, et
à s'en servir ensuite avec trop de précautions. Pan !
pan ! et pan ! L'artillerie, c'est fait en partie pour
soulager les nerfs des hommes à qui on a dit depuis
l'enfance : « Ne touche pas à ça ! », « Ne renverse
pas ça ! », « N'abîme pas ça ! »... Il y a, dans une
tout autre direction, le goût de l'humanité pour le
sacrifice. J'y crois. Ce n'est pas une rêverie de littérature morbide. On ne peut pas s'expliquer sans
cela le succès qu'ont toujours eu les religions
cruelles, un succès passionné. Quelles qu'aient pu
être les inventions féroces des maîtres, laïques ou
religieux, les suppliciés volontaires n'ont jamais
manqué. Aucun maître n'a jamais eu le pouvoir
d'obtenir cela de l'humanité malgré elle. Les plus
aimés ont toujours été les plus sanguinaires. Il y
a toujours eu une complicité du martyr et du
bourreau. Des théoriciens allemands, tu le sais
mieux que moi, ont rattaché ce goût du sacrifice
à certaines dépravations sexuelles. Ce n'est même
pas nécessaire. J'ai observé les autres et moi-même
dans cette guerre. J'ai l'impression que l'homme,
lorsque sa raison ne le contrôle pas avec sévérité,

résiste difficilement à l'attrait, à la promesse d'un
grand choc émotionnel. Et pour un être en pleine
vie, il n'y a pas de plus grand choc imaginable
que l'horreur d'être torturé, que l'horreur d'être
tué... Évidemment, c'est cette même espérance du
choc qui explique la plupart des dépravations, et
l'attrait de l'acte sexuel en général. A propos de
sexualité, il ne faut pas oublier que parmi les
forces qui maintiennent le poilu dans la tranchée,
sous les obus, il y a aussi la sexualité...

— Hum ! » dit Jallez. « Ce n'est pas un peu une
vue de l'esprit, ça ?... Vous avez beaucoup le
loisir d'y penser, à votre sexe ?

— Sous la forme du prurit charnel et direct,
non, sauf au repos dans un cantonnement paisible.
Mais l'idée des femmes est toujours là. Je ne parle
même pas des petites femmes en chemise rose de
la Vie Parisienne qui décorent tant de cagnas,
tant d'abris... bien qu'elles aient leur signification.
Je parle de cette idée que les femmes existent,
qu'elles sont là-bas, derrière nous...

— Et qu'il faut les protéger ?

— Oui, si tu veux, mais ce n'est pas tant cela...
C'est moins touchant que cela... L'idée que les
femmes sont là-bas, comme sur les remparts d'une
ville antique, et qu'elles regardent, qu'elles ju-
gent...

— Pas un peu littéraire cela, tout de même ?
Tu ne transposes pas un thème traditionnel ?

— Non. Quand le poilu banal songe à se faire
embusquer, il y a un argument qui l'arrête plus
que tous les autres, et surtout s'il est très jeune...
Je m'en suis servi, moi, quelle honte ! avec des
paysans : « Qu'est-ce que diront les filles de chez
toi ? Elles ne voudront plus te regarder. » Etends
cela de proche en proche, jusqu'à l'homme qui
franchit le parapet, pour un assaut, son fusil

contre la jambe droite, et qui se dit : « Les femmes
regardent... elles regardent si je pars aussi bien
que les autres... elles regardent si je ne fous pas
le camp... elles regardent si je ne vais pas me
planquer dans ce trou d'obus pendant que les
copains continueront. » Si cette hantise ne suffisait
pas, il y aurait les marraines de guerre, cette
admirable invention de l'arrière pour maintenir
chez le poilu une légère chaleur amoureuse, dont
on escompte bien qu'il la transformera tout entière en ardeur patriotique. Toutes les marraines
qui couchent avec leur filleul en permission, et
qui lui disent le dernier jour dans un baiser :
« Bon courage, mon petit », id est : « Sois bien sage
et va te faire tuer... » Tu penses si ce doit être
excitant pour des femmes qui ont souvent un certain âge de faire l'amour avec un jeune garçon,
en se disant qu'il sortira de leurs bras pour aller
mourir... Une vraie volupté d'insecte femelle.
Supprime les femmes, les femmes proprement
dites, à l'arrière. Ne laisse — pour suivre l'énu-
mération des homélies officielles — que les mères,
les vieillards et les enfants, je crois que la guerre
sera vite terminée.

— Cela mérite qu'on y rêve » dit Jallez. « En
somme la guerre ressuscite des tas de choses très
antiques...

— Sûrement. Elle ne fait même que ça. Mais ce
n'est pas encore à ça que je voulais en venir. Le
terrible, vois-tu, c'est que la matière est inépui-
sable. On ne cesse d'apercevoir des aspects de
l'événement auxquels un jour ou l'autre le regard
s'est accroché. Je voulais en venir à ceci : chez
tous les hommes du front qui ne sont pas des
brutes — et c'est à propos d'eux, tu le reconnais
bien, qu'il est le plus nécessaire de trouver une
explication — l'idée qu'ils restent là et font ce

métier parce qu'il n'y a pas moyen de faire autrement ne suffirait pas à les soutenir, à empêcher
leur effondrement moral. Alors chacun d'eux s'est
procuré une suggestion personnelle, une pensée,
une idée fixe, dont il a le secret, et qu'il absorbe
goutte à goutte. Parfois, il dispose de plusieurs
suggestions de rechange. Quand l'une menace de
ne plus faire d'effet, vite il la relaye par une des
autres. Tiens, moi, par exemple, il y a eu toute
une période où je me trouvais très bien de la
suggestion : « Je suis un type supérieur aux circonstances » ; la détresse du cœur et du corps
faisant partie des circonstances. « Qu'une circonstance essaye un peu de venir, à laquelle je ne
serai pas supérieur ! Je l'attends. » Pendant que
pétaient les shrapnells (c'était du temps de la
vogue des shrapnells), je me récitais comme un
texte magique les vers prodigieux de l'ode d'Ho-
race :

> Si fractus illabatur orbis
> Impavidum ferient ruinæ...

C'est vraiment un texte magique. Et puis, un jour,
ça n'a pas tenu. La détresse a été trop grande,
l'épouvante a été trop grande ; et j'ai eu envie
de sangloter en appelant « maman ! » comme un
petit garçon... A côté de ça, il y a le petit sous-
lieutenant de Saint-Cyr, à l'âme très brave et très
pure, qui se dit : « Aucune vie ne sera possible
pour moi dans une France vaincue. Je serai personnellement déshonoré. J'aime mieux de beaucoup
vivre par mon nom sur une stèle, avec la mention : mort au champ d'honneur, que de vivre
déshonoré. » Il y a le réserviste qui lisait autrefois
de bons auteurs, qui avait des convictions géné-
reuses, et qui se dit, lui : « C'est la dernière des
guerres. Nous sommes en train de faire la paix du

monde. Grâce à notre sacrifice, nos enfants ne con-
naîtront plus ces horreurs. » Il y a celui, tout à
côté, dans la même tranchée, qui se dit : « C'est
la fin du monde. On y passera tous. Un peu plus
tôt, ou un peu plus tard, qu'est-ce que ça peut
faire ! » Il y a celui qui croit à l'avènement de la
justice, qui est encore convaincu que la victoire des
démocraties amènera partout la libération des
opprimés, la fin du règne de l'argent et de l'ini-
quité sociale, et qui se consolerait presque de
mourir s'il pouvait penser que c'est un peu à cause
de lui que les hommes de demain seront plus heureux. Il y a celui qui est sentimental, qui ne croit
qu'aux affections particulières, pour qui le monde,
c'est quelques êtres préférés, et qui se dit : « Plusieurs de mes amis sont morts. Si tous les amis
s'en vont, à quoi bon rester ! » Il y a celui que sa
femme a abandonné depuis la mobilisation pour
se mettre avec un autre ; et qui ne reçoit plus de
lettres, plus de paquets ; qui s'estime trop vieux
pour se recommencer une existence, à qui il est
maintenant tout à fait égal de mourir, et que
l'excès de danger distrait même en lui faisant
croire qu'il tient encore à la vie. Il y a celui qui
est nonchalant et rêveur, que cela fatigue de lutter
contre le destin, et qui se dit : « Je l'ai toujours
pensé. Tout est fatal en ce monde. Rien ne sert
de se démener. Laissons-nous faire. Laissons-nous
porter par le flot. » Il y a celui qui n'a jamais eu
de chance, qui a toujours pensé qu'on était injuste avec lui, qu'on l'humiliait, qui a envié le
bonheur des autres, et qui goûte maintenant un
sentiment d'égalité dans la misère si doux à son
cœur qu'il ne souhaite que du bout des lèvres le
retour aux amertumes de la paix. Il y en a un
autre à côté de lui, chez qui la guerre a réveillé
un vieux pessimisme fondamental, et qui pense

de toutes ses forces : « L'univers est une ignoble
absurdité. Il était déjà facile de s'en apercevoir.
Mais depuis la guerre, c'est une évidence qui crève
les yeux. Pourquoi se cramponner à une ignoble
absurdité ? » ou bien : « L'humanité est diabo-
lique. Elle souille la surface de la terre. Elle est
née pour le meurtre et pour le suicide. Tant pis
pour elle (et tant pis pour moi qui ne suis qu'un
homme, qu'un point de cette moisissure). » Il y a
le catholique farouche qui se dit : « C'est la puni-
tion de Dieu qui passe sur un temps infidèle et
corrompu. Si Dieu estime que je dois payer aussi,
même pour les autres, je n'ai pas à discuter. » Il
y a le catholique tendre qui a dans un coin de son
sac une toute petite édition de l'*Imitation de Jésus*,
et qui le soir, faisant sa prière dans son trou d'obus
aménagé, la faisant très discrètement pour que le
camarade ne le remarque pas, murmure : « Je
dois souffrir comme vous, mon doux Jésus. Il n'y
a aucune raison pour que je sois épargné, alors que
vous avez souffert mille morts sur votre croix.
Donnez-moi la force de ne pas être trop indigne
de vous. » Il y a celui » et Jerphanion fit un geste
du côté de Notre-Dame qui était maintenant juste
en face d'eux sur l'autre rive, et que le jour commençait à quitter par le haut «... qui se dit : « ce
qui a pour moi de la valeur en ce monde, c'est
la langue française, ce sont les cathédrales de ce
pays, les quais de la Seine, tel paysage qui n'existe
pas ailleurs, telle façon de vivre qui n'existe pas
ailleurs. Il m'est égal de vivre si tout cela m'est
retiré. Et je ne trouve pas absurde de mourir pour
que tout cela dure après moi... » Hein ? Tu te
représentes cette chaîne, de tranchée en tranchée ?... Et voilà comment Verdun arrive à tenir.

XXV

WAZEMMES REVIENT AU « SERVICE ARMÉ ». UNE MARRAINE CHEVALERESQUE. UN MONSIEUR BARBU DANS LE METRO

Wazemmes achève de se rhabiller, dans le sale petit vestibule, tout plein d'une odeur de chair moite. Il a mis ses bretelles à l'envers. Il ne retrouve pas l'une de ses chaussettes. Il finit par la découvrir dans une jambe de son caleçon.

« Service armé ! Et allez donc... Ça n'a pas traîné. Le major a fait semblant de m'écouter dans le haut de la poitrine, pas même trois secondes... Je voulais lui expliquer que depuis ma blessure... Comment qu'ils m'ont fermé la bouche !... N'est-ce pas, ils ont des ordres. Ils récupèrent !... ordre de récupérer 85 pour 100, à ce que m'a dit le fourrier. Du moment qu'on a ses deux bras et ses deux pattes, ça leur suffit. Il paraît qu'à Verdun il meurt plus de cinq mille hommes par jour... Alors vous pensez... Ce n'est pas drôle. Ils vont m'y expédier en grande vitesse. Ça ne fera pas un pli. Le fourrier me l'a bien dit : tous les « service armé » qui venaient de l'infanterie y seront reversés immédiatement. Moi, je pourrais faire valoir qu'avant, je venais des dragons. Mais on ne peut rien leur expliquer ; ils ne vous laissent pas parler. Si mon patron était un chic type, avec les relations qu'il a, il pourrait me faire reverser dans les dragons... Quoi ! les dragons, c'est pas de l'em-

busquage... Il pourrait leur dire que je ne demande
pas mieux que de retourner au front, mais que,
depuis ma blessure, je n'ai plus la force de porter
le sac... Ils répondront que dans les tranchées on
n'a pas souvent l'occasion de porter le sac... et puis
que ça me fera du bien de coucher au grand air,
comme me le disait l'autre jour le petit major à
lunettes. Ça ne les gêne pas de faire de l'ironie.
Ce qui me nuit, moi, c'est ma taille, mon air costaud. Je n'arrive pas à faire pitié. Savoir s'ils me
rendront mes galons. Les vaches ! Ils sont bien
capables de me renvoyer là-haut comme simple
biffin ! Vous allez voir si je vais me faire porter
malade... C'est Lambert qui va rigoler en-dessous ;
lui qui est sergent maintenant ! Entre parenthèses,
ce qu'ils m'ont laissé tomber, les types de l'A. F.,
surtout depuis que je suis à l'arrière. Même ma
marraine. Quand j'étais sur le front de Champagne, elle ne ratait pas de m'écrire tous les huit
jours. Et des paquets ! Et des phrases tendres à
vous tourner la tête ! Et de tout... Sa dernière
lettre... il y avait plus d'un mois qu'elle ne m'a-
vait pas écrit. C'est sûr qu'elle en a pris un autre ;
elle n'ose pas me plaquer tout à fait... Et puis,
pourquoi est-ce qu'elle n'a jamais voulu me
donner de rendez-vous, surtout maintenant que
j'étais à Paris, et que ç'aurait été si commode ?
J'ai idée qu'elle est toute moche... Sur sa photo
qu'elle m'avait envoyée « pour que vous la portiez
sur vous le jour de l'assaut », elle n'était pas mal,
bien qu'avec une gueule un peu longue... mais ça
pouvait être une photo déjà ancienne... elle ne
m'a jamais dit son âge... ou elle peut avoir un
vice de corps. Enfin... je vais toujours lui écrire
que je repars pour le front. Ça les dégèlera peut-
être. »

A la cantine, où il était allé réfugier sa mélancolie, Wazemmes se mit à l'extrémité d'une table.
Cette place lui procurait un certain isolement, dans
la salle à moitié garnie, sans le dérober aux re-
gards.

Il tira de sa poche la dernière lettre de Mlle Anne
de Montbieuze du Sauchet. Il en connaissait fort
bien le contenu. Mais il n'était pas fâché de la
relire. Il n'était pas fâché non plus qu'on le vît
la lire. Car le papier bleu-gris en était d'aspect
flatteur ; l'écriture grande et élégante.

> Le 17 mars 1916.

Mon cher Félix,

Ne m'en veuillez pas de vous avoir laissé quelque temps sans nouvelles. Je n'étais pas trop inquiète de vous puisque je vous savais bien en sé-
curité. Et j'ai été constamment occupée par
l'installation de cet ouvroir de la rue Las Cases
dont je vous ai déjà parlé. Nous sommes un certain nombre de dames et de jeunes filles d'A. F.
qui avons mis cela sur pied, non sans de grosses
difficultés, dues en particulier au manque d'argent qui se fait de plus en plus rare (1). Nous
avons décidé après bien des discussions de nous
spécialiser dans les passe-montagne. Il paraît que
les nuits sont encore très froides à Verdun, et que
beaucoup de lainages d'hiver que portent nos chers
poilus commencent à être bien usagés. L'avantage
du passe-montagne est de pouvoir venir en com-

---

(1) Tel est bien le texte de Mlle Anne de Montbieuze. L'ex-
pression avait trahi sa pensée, qui est claire.

plément d'un tricot qui serait devenu plus ou
moins insuffisant ; et nous pourrons en fournir
beaucoup plus. Il paraît que nos chers poilus ap-
précient beaucoup le passe-montagne.

Je ne suis pas fâchée mais touchée au contraire
de votre insistance à me demander une rencontre.
Vous n'avez pas besoin de me dire que vous me
respecteriez, c'est superflu. Mais il y a bien des difficultés, et je trouve tellement joli ce sentiment
que vous avez pour moi. Cela nous reporte à l'idéal
de la chevalerie qui est toujours resté celui des
vrais Français de France, quelle que soit la région
de la société où le sort les ait fait naître. Con-
naissez-vous la *Princesse Lointaine* d'Edmond Ros-
tand ? Je vous l'enverrai un jour comme petit présent si je le trouve chez mon libraire. Je suis
persuadée que nous nous rencontrerons un peu
plus tard, espérez-le de votre côté, par exemple
dans une des fêtes que l'A. F. organisera en l'honneur de la victoire, qui est peut-être plus prochaine
qu'on ne croit. Le Boche veut en découdre et se
jette sur nous à Verdun dans l'ivresse de la fureur
teutonique. Il pourrait lui en cuire ; et nos chers
poilus pourraient bien le reconduire cette fois
jusqu'à la frontière à grands coups de baïonnette
dans le troufignon (1).

Je fais des vœux chaque jour, mon cher Félix,
et c'est la meilleure preuve de mes sentiments que
je puisse vous donner, pour que les traces que vous
a laissées dans votre santé cette vilaine balle boche
achèvent de s'effacer complètement, et pour que
vous puissiez vite, vite, rejoindre vos camarades
dans cette bataille de Verdun qui est déjà inscrite

---

(1) Il paraît invraisemblable que Mlle Anne de Montbieuze du
Sauchet ait donné ici au mot son sens exact. Le langage du
front poussait alors jusque dans le meilleur monde des infil-
trations bien accueillies mais mal contrôlées.

dans les fastes de l'Histoire. Verdun vous le savez
était une ville chère à nos Rois et qui les a toujours chéris. Il serait beau plus tard que vous
eussiez participé à sa délivrance. Ce serait un titre
de gloire pour vous. Mais dépêchez-vous. Félix.
Rappelez-vous le mot de notre bon roi Henri :
« Pends-toi, brave Crillon. J'ai vaincu à Arques
et tu n'y étais pas. »

Si vous partez, prenez ma photo sur vous,
n'est-ce pas ? Elle vous portera bonheur comme
l'autre fois. Vous savez bien, pourquoi me le re-
demandez-vous ? que je vous autorise à lui donner
de temps en temps un baiser.

Soyez assuré, mon cher Félix, de ma fidèle et
douce affection.

Votre
ANNE.

Après avoir relu, médité, soupiré même, avec
une sorte de langueur virile dont il n'était pas
défendu au reste de la salle de chercher à deviner
la cause, Wazemmes écrivit le billet suivant :

Le 2 avril 1916.

Ma bien chère Anne,

J'ai déjà répondu à votre lettre en date du
17, et je pense que vous avez reçu la mienne, bien
que n'en ayant pas eu confirmation. Mais je ne
veux pas attendre pour vous dire que j'ai enfin
réussi à me faire reverser dans le service armé,
malgré ma blessure qui me fait encore bien souffrir et qui inquiète les majors. Je leur ai dit que
ma place n'était pas ici pendant qu'on se bat à
Verdun et que les camarades se couvrent de gloire
en moissonnant les lauriers. Mon seul désir est de
partir bientôt pour le front. J'ai hâte ma chère

Anne d'administrer aux Boches une bonne râclée
qui leur ôtera l'envie de souiller plus longtemps
la terre de France. Il n'y a qu'une ombre au tableau. J'avais rendu mes galons quand j'ai été
versé dans l'auxiliaire et je ne sais pas malheureusement si l'on pensera à me les redonner. Vous
m'avez dit que vous connaissez un général très in-
fluent qui partage nos idées. Si vous pouviez lui
parler de moi, un simple mot, son appui me donnerait certainement toute satisfaction, n'ayant aucun motif de ne pas récupérer mon grade, bien
au contraire, étant récupéré moi-même. Ce serait
pour moi une grande peine si je ne pouvais pas
m'élancer à l'assaut à la tête de mes hommes en
criant : Vive la France, Boutons l'ennemi dehors,
quand on pense surtout que mon ami Lambert est
déjà sous-officier ; n'ayant en somme pas fait
moins que lui.

Votre portrait sera sur mon cœur, vous pouvez
y compter. Je serai content de lire la *Princesse
Lointaine*, surtout si c'est du même qui a écrit
Cyrano. La lecture n'est jamais de refus dans la
tranchée ; et comme j'ai déjà eu beaucoup de
brochures politiques, je ne serai pas fâché d'avoir
des lectures distrayantes sans tomber bien entendu
dans la gaudriole.

J'embrasse votre portrait chaque soir respec-
tueusement. Je l'embrasserai encore si le sang coule
de mes lèvres pendant que le clairon sonnera la
charge. C'est aux cris de Vive la France, Vive le
Roi que je termine la présente avant de courir à
Verdun, en regrettant que vous ne puissiez pas
m'accorder le rendez-vous que je sollicitais de votre
haute bienveillance. Mais peut-être reviendrez-vous
sur votre refus en considération de mon prochain
départ.

Vous assurant, ma bien chère Anne, de mes

sentiments les plus tendres qui sur un signe de vous ne demanderaient qu'à changer mon cœur en brasier,

Votre affectionné

Félix.

L'avant-dernier jour de sa permission, au retour d'une promenade en divers endroits du centre de Paris, Jerphanion se trouvait assis avec Odette dans un wagon de métro, entre les stations du Palais-Royal et de Saint-Paul, en face d'un couple assez étrange. Le monsieur avait une barbe noire, longue, soignée, semée de quelques poils blancs, le front largement dégarni ; des yeux noirs très enfoncés et petits. Il approchait de la cinquantaine. Il était vêtu d'une jaquette. Il tenait sur ses genoux un chapeau melon ; et il s'adressait avec une extrême politesse à sa compagne, une bonne grosse personne d'une quarantaine d'années, aux gros yeux pleins d'étonnement, qui ressemblait à une dame de compagnie endimanchée, et qui l'écoutait avec respect de l'air de quelqu'un qui ne comprend pas tout.

A un moment, Jerphanion saisit cette phrase que disait le monsieur :

— Tenez... je reviens de Verdun où mes fonctions m'appelaient...

il y eut quelques mots brouillés, puis le monsieur ajouta sentencieusement :

— ...la situation est grave, mais elle n'est pas désespérée.

— C'est drôle ! » dit Jerphanion, souriant, à Odette, tout en lui faisant signe qu'ils arrivaient à la station Saint-Paul.

XXVI

MAILLECOTTIN TOURNE DES OBUS
UN BONHEUR AMBIGU

Edmond Maillecottin sort de l'usine des Quatre-
Chemins. Il est vêtu comme autrefois. La seule
différence est qu'il porte le brassard des ouvriers
mobilisés, qu'il est défendu d'enlever sous peine
de sanctions graves. D'ailleurs, par ces tristes
temps, cet insigne a une commodité. Les gendarmes
qui vous rencontrent ne se disent pas : « Tiens !
Quel est cet homme jeune qui se balade en civil ? »
et ils ne vous demandent pas vos papiers. Le règle-
ment exige encore que vous ayez votre plaque
militaire d'identité attachée au poignet. Maillecottin l'y a gardée quelques jours, en juillet dernier, après qu'avait paru le décret. Mais il l'a dé-
crochée bientôt pour la fourrer au fond de sa
poche. Avoir ça au poignet, quand on est sous
l'uniforme, bah ! on n'y pense pas ; ça passe avec
le reste ; et l'on sait que ça peut être utile, si l'on
vient à se faire tuer. Mais quand on est habillé
en civil, sentir cette petite plaque serrée par son
cordonnet... on se fait l'effet d'être un bagnard
ou un chien. On s'en doute déjà assez, qu'on n'est
plus un homme libre.

Edmond n'a pas sa bicyclette. Elle ne lui est plus
très utile depuis qu'avec Georgette ils habitent en
somme tout près, dans une des maisons neuves du
centre de Saint-Ouen. Au contraire, le trajet à
pied lui procure un peu d'exercice. Il a besoin

d'exercice. Il mange trop, et de la nourriture trop
riche. Il l'a fait remarquer plusieurs fois à Georgette ; mais elle se fâche : « Alors tu trouves qu'on
ne gagne pas assez pour se payer de bonnes choses ?
C'est-il que tu deviendrais rapiat ? » Georgette
est très gourmande. Elle adorerait passer toute sa
journée à cuisiner des plats fins. Elle n'a un peu
de temps que le soir, quand elle rentre de l'atelier.
A midi, il faut se contenter d'un repas rapide, qui
ne demande à peu près aucune préparation. C'est
déjà bien joli qu'on ait pu s'arranger pour être
libres aux mêmes heures, grâce à la complaisance
du chef d'atelier de Georgette, qui lui fait un peu
la cour. (« A part ça, mon vieux », dit-elle en parlant de lui, « tu peux te mettre la ceinture ».)
Repas rapide ne veut pas dire repas négligé. C'est
pour ces déjeuners de midi que Georgette, quand
elle trouve le moment de faire un tour dans une
grande épicerie, s'approvisionne de boîtes de conserves diverses, toutes de première qualité : boîtes
de maquereaux à l'huile, de thon, de saumon, de
langouste ; boîtes de foie gras de chez Marie, de
jambon de chez Olida ; terrines de mets préparés
de chez Poinseul (cinq minutes sur le gaz, et vous
avez un plat chaud de grand restaurant). Elle a
même acheté l'autre jour tout un jambon d'impor-
tation américaine, d'un goût bien plus savoureux
que celui du jambon de Paris, et qui, maintenant,
pend au plafond de la cuisine. Mais c'est au repas
du soir qu'elle donne sa mesure. Si fatiguée soit-
elle par ses heures d'atelier (il est peut-être encore
plus abrutissant de réceptionner les grenades que
d'être à la fabrication ; il faut faire attention à plus
de détails divers, et les objets défilent plus vite,
finissent par vous tirer les yeux de la tête), elle se
jette courageusement dans la confection d'un plat
sérieux, d'un de ceux qui figurent dans les livres

de cuisine ; et elle met son amour-propre à varier le plus possible. (Une chance que ses deux enfants ne soient pas là pour l'embêter. Elle les a collés à ses parents qui habitent la campagne. « Vous comprenez, maintenant que je vais travailler en usine, une usine de guerre ! ce ne sera plus tranquille comme du temps de chez Pleyel. Je ne pourrai plus du tout m'occuper d'eux. Ça deviendra des petits voyous. Il faut qu'on s'entr'aide dans des moments pareils. Je vous verserai l'allocation, naturellement. » Et elle a pris sa mère dans un coin pour ajouter : « Edmond est gentil. Il a bien voulu se mettre en ménage avec moi. Et regarde ce qu'il a fait au moment de l'allocation. Mais je sens bien que les deux enfants, ça le chiffonne. Il faut se mettre à sa place : des enfants d'un autre, n'est-ce pas ? Si tu veux qu'il y ait des chances qu'il m'épouse, et ça pourrait très bien se faire d'ici quelque temps, il faut que les petits s'en aillent. Comme ça, il n'y pensera plus. Plus tard, on verra ».) Elle réserve pour le dimanche les préparations de longue haleine, celles qui exigent des cuissons lentes à feu doux, ou qui procèdent par étapes bien calculées, avec des introductions successives de sauces, de jus, d'assaisonnements et condiments, etc... De la sorte, même la poularde cocotte farcie, ou le ris de veau financière, ou la marinade de chevreuil, ne restent jamais longtemps absents de leur table. Mais en semaine, il faut revenir plus souvent que Georgette ne voudrait à des plats relativement simples, comme le poulet rôti, le pigeon aux petits pois, le gigot d'agneau, le modeste rostbeef.

Ce régime inquiète un peu Maillecottin, d'autant que Georgette a décidé de ne plus voir sur sa table de vin ordinaire à dix ou douze sous le litre. Elle l'a remplacé par du vin bouché que lui livre un

dépôt de vins de la place de la Mairie. Ce n'est
pas que Georgette soit aussi fine connaisseuse en
vins qu'en aliments ; mais le bon sens lui indique
que du vin à un franc, un franc vingt la bouteille
(elle s'en tient à ce niveau raisonnable) est plus
digne qu'un gros vin bleu pour charretier d'accompagner son gigot d'agneau ou sa poularde cocotte. Ses préférences vont au Bordeaux (elle trouve
d'honnête Médoc ou même du Saint-Émilion à
ces prix-là) ; elles vont aussi à un excellent vin
corse, le Sciacarello, qu'elle a découvert chez son
marchand. L'inquiétude d'Edmond est complexe.
Il craint pour sa santé : il a beaucoup grossi depuis
un an ; il a des digestions pénibles, des bouffées
de chaleur à la tête ; il ne dort pas très bien. Ses
traits se sont empâtés, et parfois il est étonné de
se voir dans la glace. Mais en outre, il n'a pas très
bonne conscience. Cette bâfrerie continuelle ne
lui paraît pas très éloignée de ce qu'il détestait
le plus chez les bourgeois d'avant-guerre. Et même,
comme il est juste, il lui arrive de penser qu'elle
est un peu plus répugnante par la coïncidence
qu'elle offre avec certains événements, et par la
façon dont se gagne l'argent qui la procure. Il ne
peut pas expliquer ce scrupule à Georgette qui
n'y comprendrait absolument rien. Alors elle
s'imagine qu'il « a peur pour ses sous ». Et comme
elle ne veut pas qu'il la prenne pour une femme
dépensière, elle lui prodigue les justifications :
« As-tu fait le compte, seulement, de ce qui nous
rentre, dans le mois ? » Non, il n'a pas fait le
compte. Il évite même de le faire. « Eh bien ! le
mois dernier, avec les heures supplémentaires, il
nous est rentré près de deux mille francs. » Et
elle n'a pas de peine à lui montrer que deux mille
francs représentent au moins six fois ce qu'un ménage d'ouvriers comme le leur aurait trouvé rai-

sonnable de gagner avant la guerre. « C'est bien
certain, beaucoup de choses ont raugmenté ; mais
il n'y en a pas beaucoup qui soient arrivées au
double. » Il s'est même produit un fait curieux :
les fins morceaux, les aliments de luxe ont eu tendance à baisser de prix. Vers les débuts de la
guerre, c'est était même prodigieux. La cause, ce
devait être que les bourgeois se restreignaient, et
que les riches étrangers n'affluaient plus dans les
grands restaurants et les grands hôtels. Une hausse
s'est marquée dans les derniers mois, depuis que
les mobilisés ont rappliqué par centaines de mille
dans les usines, et depuis que les femmes ont été
embauchées, avec des salaires que le travail féminin n'avait jamais connus. « Ton ami Pouchard
me le disait l'autre jour » déclarait Georgette
avec une sorte de fierté pathétique, « quand nous
les avons rencontrés au cinéma : J'ai fait le
compte, qu'il disait ; ma femme et moi nous ga-
gnons plus qu'un général de division... Eh bien !
je ne pense pas que chez les Pouchard il en rentre
plus que chez nous. » Maillecottin ne sait pas au
juste ce que gagne un général de division. Mais il
croit volontiers Pouchard sur parole. Seulement
l'idée de gagner plus qu'un général de division
n'a pas semblé le transporter autant que l'eût
souhaité Georgette. Elle l'a traîné avec elle au
marché : « Tu vas voir ». Elle s'est fait dire devant
lui le prix des poulets, le prix des langoustes, le
prix de la livre de colin. Maillecottin a bien été
obligé de convenir que Georgette, même en les
nourrissant comme des princes, même en leur
payant le cinéma deux fois par semaine, restait
bien en dessous des ressources du ménage. « Nous
ne pouvons tout de même pas tout mettre de côté.
Nous ne sommes pas des avaricieux. J'ai pris des
bons de la Défense. Qu'est-ce qu'on risque ? »

Edmond s'est rabattu sur les précautions de santé :
« Tu me fais rire ! a-t-elle dit. Si tu étais dans les
tranchées, elle en verrait d'autres, ta santé ! Puisque tu n'y es pas, profites-en. D'abord, la nourriture saine n'a jamais fait de mal à personne. Je
ne te fais que de la nourriture saine. Tu étais
trop maigre, moi aussi. » Georgette n'est plus
maigre. Edmond doit reconnaître qu'elle n'y a
rien perdu, ni pour l'aspect extérieur, ni pour les
pratiques intimes. La bonne chère a encore cet
avantage qu'elle entretient dans un couple les dispositions amoureuses. Ces salauds de bourgeois
s'en sont avisés depuis longtemps. Une femme ri-
chement nourrie ne risque pas de vous dire comme
une autre : « Oh ! tu sais, ce soir, je suis bien
fatiguée. » (Bien commode aussi, quand on a du
goût pour les distractions de ce genre-là, qui
comptent tellement, de ne pas avoir des enfants,
dans un logement qui n'est pas très vaste, à tourner
autour de vous, à ne pas vouloir s'endormir dans
la pièce à côté).

Oh ! et puis s'il fallait rattraper la bonne
conscience, il y aurait beaucoup de chemin à faire.
Tous ces temps, Maillecottin réfléchit le moins
possible. Il se tient coi à l'égard de lui-même
comme à l'égard des autres. Il ne cherche même
pas à se souvenir de la courte période qu'il a passée
dans l'armée combattante et au front. Il évite de
s'en souvenir, probablement pour ne pas penser
que d'autres y sont toujours et que la vie y est
devenue encore plus terrible. Il se tient coi dans
ses attitudes, dans ses propos, dans ses moindres
faits et gestes. Quand on parle de la guerre devant
lui, il prend les airs d'un homme qui a le droit,
évidemment, de penser ce qu'il veut, mais qui ne
se mêle pas de juger à tort et à travers, de critiquer, de pérorer comme certains. Une nuance

que sa physionomie, ses silences indiquent souvent, quand il est avec des camarades d'atelier,
c'est : « Nous autres, en tout cas, nous aurions
tort de nous plaindre ». Il n'exhibe plus de journaux d'extrême-gauche. Il ne les achète même
plus. D'ailleurs, pour ce qu'ils racontent, maintenant ! Il arrive en lisant le *Petit Parisien*. Personne ne peut trouver à y redire, ni les chefs, ni
les camarades... ni une troisième espèce plus re-
doutable : les mouchards, qu'il n'est pas facile
d'identifier.

Ce n'est pas qu'il se sente particulièrement menacé. Sa situation est aussi solide qu'elle peut l'être
dans son cas. Il a pour lui sa qualité profession-
nelle, que nul n'est à même de contester, et le
travail irréprochable qu'il fournit. Dès que les
usines Bertrand ont accepté des commandes d'obus
(et il paraît qu'il ne faut pas accuser le patron
d'avoir voulu à toute force être un profiteur de
guerre, au contraire, le gouvernement l'a supplié :
« avec votre outillage, votre expérience, c'est votre
devoir » ; il s'est fait tirer l'oreille), donc le premier souci de la direction a été de réclamer des
tourneurs, et l'un des premiers noms portés sur
la liste a été celui de Maillecottin. Depuis, on a
beaucoup crié contre les embusqués d'usine, contre
les faux spécialistes et même les faux ouvriers. Il
a passé dans les ateliers des commissions, des contrôleurs, qui s'enquéraient des aptitudes et du
passé de chaque homme. Quand on arrivait à Maillecottin : « Oh ! celui-là ! » s'écriait triomphalement le chef d'atelier, ou l'ingénieur, « c'est un
de nos deux ou trois tourneurs les plus émérites
d'avant-guerre. S'il n'était pas ici, il faudrait le
rappeler au galop ! » Tout le monde secouait la
tête avec le plus bienveillant sourire, et Maillecottin, qui avait poliment débrayé pour se tenir prêt

à répondre, se remettait à tourner son obus. Il
n'est même plus des toutes jeunes classes. D'ailleurs, depuis le début de la bataille de Verdun, il
n'est question que d'intensifier la fabrication. L'on
demande à tout bout de champ des heures supplémentaires ; et de nouveaux métallurgistes, plus
jeunes que Maillecottin, ont été rappelés des armées. Pour qu'on en vienne à le ramasser lui, il
faudrait que les gens perdent la tête, ou que lui
commette une imprudence très grave.

Il s'est assez reproché la bêtise qu'il a faite à
propos de Guyard Romuald. Encore la faute de
cette garce d'Isabelle ! Isabelle est venue le relancer
cinq fois, dix fois, en pleurant ; en prenant ses
airs câlins, enjoleurs, ses façons de vous dire avec
ses yeux : « Tu sais, pour ta peine, bien que ça
ne se fasse pas entre frère et sœur... enfin ce sera
comme tu voudras... » C'était dans l'hiver 14-15.
Romuald avait été « repris bon » et envoyé au
Maroc avec d'autres fripouilles de son espèce. Il
paraît qu'il se morfondait au Maroc et que le
climat ne lui valait rien. Il y avait surtout qu'Isabelle ne pouvait pas se passer de lui ; qu'elle avait
peur qu'il ne dégote une poule au Maroc et ne
finisse par fixer son industrie là-bas. « Si tu voulais, mon petit Edmond, ça te serait si facile. Je
sais qu'on en rappelle des tas en ce moment. Je
suis sûre. Tu es si bien avec ton chef d'atelier.
Il n'aurait qu'à mettre le nom de Romuald sur une
liste. Qu'est-ce qui empêcherait Romuald d'avoir
travaillé aux Quatre-Chemins avant la guerre ? Tu
penses ! Personne n'ira vérifier. Et Romuald est
très adroit. Il a été dans la mécanique autrefois
quand il apprenait pour être dentiste. Il s'y mettra
très vite. Tu n'auras pas de reproches à cause de
lui. » Isabelle avait fait marcher Georgette. Georgette ménage Isabelle, sans doute à charge de re-

vanche, pour que le jour où Edmond se demandera
s'il ne va pas faire une bêtise en épousant Georgette, Isabelle lui dise : « Mais non ! C'est bien la
femme qu'il te faut. Elle te rendra heureux. Tu
sais, entre elles, les femmes sentent ça. »

Finalement, Edmond avait parlé au chef d'atelier ; le chef, pour faire plaisir à Edmond, avait
inscrit Romuald ; et grâce au désordre de ces
temps, Romuald était « rentré » à l'usine. Edmond
avait même poussé la complaisance jusqu'à lui
donner, en toute hâte, quelques leçons de tour-
nage. Romuald avait donc tourné des obus. Il s'y
était fort appliqué. Il n'y avait pas dans l'atelier
ouvrier plus ponctuel, ni plus docile aux observations. Sa conviction était en effet qu'au cas où
l'usine le laisserait choir, l'autorité militaire l'en-
verrait non plus au Maroc, mais aux tranchées,
avec une petite note de recommandation spéciale.
Il connaissait deux ou trois exemples de « vrais de
vrais » qu'une petite note de ce genre-là avait
promptement menés jusqu'à un poste d'écoute où
ils n'avaient pas fait long feu.

Mais l'époque était venue de la chasse aux embusqués, des fiches individuelles pour spécialistes,
des examens d'aptitudes et visites de contrôleurs,
etc... Edmond avait absolument refusé de s'occuper de Romuald. Il ne voulait même plus lui
parler, ni le voir. Romuald s'en était tiré, Dieu
sait comme !

Edmond en a gardé une crispation dans
l'estomac. « Toujours les femmes pour vous mani-
gancer des histoires pareilles » se dit-il. « Si le
chef avait eu des ennuis à cause de Romuald, et,
que pour se venger, il m'ait fait partir aussi, Georgette serait bien avancée. »

Il y a eu aussi l'histoire de l'allocation. Ça,
c'était peut-être moins grave comme conséquences

possibles, du côté militaire. Ça s'est trouvé être grave tout de même pour l'arrangement de la suite de l'existence.

Peu après la mobilisation, Georgette perdait sa place chez Pleyel, où il n'y avait plus de travail. Elle restait à peu près sans ressources, et ce n'était pas Edmond, dans l'infanterie à ce moment-là, qui pouvait l'aider. Elle lui écrivit : « Si tu ne veux pas que je meure de faim avec les deux enfants, laisse-moi m'inscrire aux allocations comme compagne de mobilisé. Ma concierge, qui est très gentille, déclarera que tu vivais avec moi. Tu n'auras à t'occuper de rien. » Georgette avait touché l'allocation pour elle et ses deux enfants jusqu'au rappel d'Edmond à l'usine, à la suite de quoi seule l'allocation pour les deux enfants avait été maintenue.

Edmond s'est alors installé chez Georgette ; ce qu'il lui était difficile de ne pas faire après les déclarations de son amie et de la concierge, et ce qui avait en outre la commodité de le rapprocher de son travail. Au milieu de 1915, Georgette, grâce aux relations d'Edmond, a été embauchée dans un atelier de fabrication de grenades. Dès lors, la pleine prospérité du couple a commencé. Ils ont déménagé peu après, pour occuper un petit logement coquet dans une maison neuve de Saint-Ouen. C'était un peu un acte de magnificence, car du même coup ils s'exposaient à perdre le bénéfice des lois protégeant les locataires d'avant-guerre. Mais Georgette avait hâte d'inaugurer avec Edmond une tout à fait nouvelle vie.

A cette époque-là, il a eu plusieurs fois l'occasion de lui dire : « Maintenant que ça marche bien, tu ne penses pas que tu devrais aller à la mairie pour faire supprimer l'allocation des gosses ? » Elle a répondu : « Non, mais tu n'es pas fou ? Tu leur ferais bien croire que nous sommes millionnaires. »

Pendant qu'il franchit le dernier carrefour qui précède sa maison, levant la tête vers le ciel pluvieux et déjà envahi par la nuit, il se demande tout à coup :

« Si on te disait : veux-tu que la guerre finisse demain ; et qu'on ne se tue plus sur le front avec les obus que tu fabriques, et que tous les camarades rentrent chez eux... même s'il faut que tu te remettes, ensuite, à travailler à dix, douze francs par jour ?... qu'est-ce que tu répondrais ? »

Il s'interroge bien à fond, et il prononce :

« Je répondrais : Oui, tout de suite. »

XXVII

DE SOUILLY A VADELAINCOURT. PÉTAIN, L'AVIATEUR, LE 305 ET LE PRÊTRE

Geoffroy, qui craignait de s'être mis en retard, grimpa rapidement le perron de la mairie de Souilly, monta au premier étage, pénétra dans la grande pièce dont l'entrée faisait face au cabinet de Pétain, et demanda si l'on voulait bien prévenir le général qu'il était là et se tenait à sa disposition.

— Le général vient de partir. Il est à la maison Janvier. Mais il a dit que vous alliez le trouver là-bas.

Geoffroy redescendit l'escalier intérieur, puis le

perron, dont la rampe solennelle et les grosses
boules de pierre l'amusaient toujours.

La route grondait ; celle que les cartes appelaient route de Bar-le-Duc à Verdun ; celle que
les gens de Verdun appelaient maintenant la
Route.

Elle grondait de ses deux files de camions bon-
dés de troupes, qui progressaient en sens inverse,
comme deux chaînes aux chaînons énormes. La
double chaîne s'allongeait jusqu'aux deux extrémités du village, et continuait au-delà indéfiniment. Chaque camion, son capot à quelques pas
de l'arrière du camion précédent, avançait à demi-
vitesse, se dandinait, grognait de tous ses engre-
nages, trépidait de toutes ses tôles, autour de sa
charge d'hommes silencieux. Le bruit était si vaste,
et fait de l'addition de tant de bruits semblables,
qu'on ne le rapportait plus aux véhicules en particulier. C'était le bourg entier qu'on écoutait
trembler comme le carter d'un mécanisme. Devant
l'aile gauche de la mairie, devant la montée de
l'église, à la hauteur de la maison Janvier, plus
loin encore, il y avait des chapelets de tas de
pierres, et près de chaque tas un territorial, qui,
muni d'une grande pelle, envoyait de temps en
temps une pelletée sous les roues des camions, un
coup de pelle plus court pour la file montante,
un coup plus long pour la file descendante. L'air
sentait l'huile roussie et la pierre écrasée.

La maison Janvier était de l'autre côté de la
route. On la reconnaissait de loin, et si on ne la
connaissait pas, on la devinait, non à quelque détail, mais à son volume. C'était la « grosse maison » de l'endroit. Elle ressemblait à toutes les
autres par ses matériaux solides et mornes, son
toit peu incliné, sans la moindre grâce, sa façade
sans ornement. Mais elle avait deux étages au lieu

d'un, et plus de fenêtres que les autres à l'étage.
Elle était froide comme son nom. Elle faisait penser à une gendarmerie.

« Triste pays ! » se répétait Geoffroy pour la
millième fois, « et que la guerre n'a pas dû trop
étonner... ! Mais qu'elle est étrange, qu'elle est
mystérieuse, cette France, qui est bien chez elle
ici, et qui est bien chez elle en Touraine, en Pro-
vence. »

Il traversa prestement la file montante puis la
file descendante des camions qui arrivaient d'un
train immuable comme des bêtes aveugles, tandis
que des pierres toutes fraîches leur craquaient sous
les roues.

Il entra dans le vestibule, interrogea le plan-
ton :

— Savez-vous où est le général ?

— Non, mon capitaine. Il est peut-être bien
encore au premier. A moins qu'il ne soit dans le
salon. En tout cas, il n'est pas ressorti.

Geoffroy, par acquit de conscience, jeta un coup
d'œil, à gauche, dans la salle à manger, où les
assiettes du buffet et du vaisselier luisaient en
grand nombre. Elle était vide. Avant de franchir
la porte du grand salon qui était ouverte, il écouta
s'il ne venait pas du petit salon contigu un bruit
de voix : c'était là que Pétain recevait volontiers
ses visiteurs. Il n'entendit rien. Mais le général
pouvait y être seul, occupé à lire. Geoffroy tapota
sur le chambranle de la porte, fit un pas, parcourut du regard les deux pièces, surchargées de
meubles, dont les uns étaient anciens, dont les
autres n'étaient que vieillots, et dont l'ensemble
dégageait un parfum inimitable de bonne bour-
geoisie de petite ville française du dix-neuvième
siècle. Personne non plus.

Il monta au premier, où il avait lui-même sa

chambre : la deuxième des deux petites pièces
jumelles qui, sous le nom de « chambres d'officiers », faisaient au bout du couloir vis-à-vis à la
chambre du général.

Il frappa à la porte de Pétain.

— Entrez.

La voix venait d'assez loin.

En effet, il n'y avait personne dans la chambre
même, rien qu'une douce lumière qui, arrivant du
jardin et de la campagne, jouait un peu déconte-
nancée avec le grand lit de bois sombre à balda-
quin et la grande armoire lorraine de chêne sombre. Le bruit de la Route s'entendait, mais comme
on entend la machinerie d'un moulin où l'on
habite. Ce grondement ne supprimait pas le calme.

Pétain passa la tête hors d'une porte qui, au
fond de la pièce, à gauche, était celle de son cabinet de toilette.

— Ah ! c'est vous.

— Je vous dérange, mon général.

— Non. J'étais venu me faire un gargarisme.
Je ne voudrais pas m'enrhumer de nouveau. » (Il
avait passé la première semaine de son commandement à Verdun à grelotter de fièvre dans cette
chambre, tout en organisant la bataille.)

Il alla jusqu'à sa table de travail, y prit une pile
de plis qu'il avait préparés, et les remit à Geoffroy
qui les rangea un à un dans sa serviette après en
avoir lu les suscriptions.

— Voilà. Vous savez ce qu'il y a à faire. J'ai
pensé une chose. Quand vous aurez fini aux Bois
Bourrus, pourquoi ne passeriez-vous pas la nuit
au Mort-Homme ? Vous trouverez bien un P. C.
de brigade où vous abriter. J'aimerais assez que
vous soyez là-bas cette nuit. S'il arrivait quoi que
ce soit, vous m'alerteriez aussitôt, en me donnant
votre impression. S'il n'arrive rien, rentrez de-

main matin. Je n'ai pas besoin de vous avant
midi.

Quand il eut retraversé la route grondante, pour
aller chercher une voiture dans le parc situé au-
dessus de la mairie, à gauche, il fut rattrapé par
un jeune capitaine aviateur, qui avait une forte
cicatrice à la joue.

— Où allez-vous ?

— Eh bien... » fit Geoffroy avec une hésitation,
« je vais dans la direction de Senancourt et de la
vallée de Meuse...

— Vous passez à Ancemont ?

— Exactement.

— Parce qu'alors je vous aurais demandé de
me prendre. Vous n'aurez qu'à me déposer à Ancemont. Je me débrouillerai facilement ensuite.
Mon camp est un peu avant Dugny.

— Je passe aussi à Dugny. Je vous déposerai où
vous voudrez.

Geoffroy emmena donc l'aviateur. Ils prirent par
les petites rues du haut du village, pour rattraper
le chemin à deux traits de Senancourt sans em-
prunter la Route, où c'eût été un problème que
de s'introduire dans la file des camions.

L'aviateur était un garçon pétulant et bavard.
Il raconta qu'il n'était à l'armée de Verdun que
depuis peu de temps. Il avait fait partie des renforts réclamés par Pétain. Auparavant, il était
resté longtemps sur le front de Champagne, entre
Soissons et Reims.

— C'était la bonne vie. C'est là que j'ai gagné
tous mes galons. A la mobilisation, j'étais sergent.
Nous avions un régime épatant. On nous disait par
exemple : « Voulez-vous faire demain telle reconnaissance à longue distance, avec tels et tels ren-

seignements à rapporter ? Ce sera dangereux, parce
que vous serez sûrement pris en chasse. Si vous
revenez intact, vous aurez deux jours de perm. »
On partait. Le boulot était intéressant. On revenait (si on n'y restait pas, bien entendu). Alors,
en avant sur Paris par le premier train. Deux jours
de ribouldingue, avec toutes les femmes qu'on
voulait ; et il n'en manquait pas qui insistaient
pour payer les consommations et la chambre
d'hôtel. Dans une escadrille de combat où j'ai été,
il y avait également un tarif : trois jours de perm,
par avion boche descendu ; et même à un moment
donné, où le gibier se faisait rare au tableau :
quatre jours. Et vous savez, recta. Jamais de chi-
potage, et séance tenante. C'était absolument épatant. Un matin, où l'on avait bien envie d'aller
faire la bombe à Paris, on se levait tôt, on regardait le temps qu'il faisait. On mignotait bien son
appareil. Les mécanos, qui y mettaient leur amour-
propre, étaient aux petits soins pour vous. On véri-
fiait au poil sa mitrailleuse. On choisissait son
moment. Personne pour vous embêter. On décol-
lait, on prenait de la hauteur, on rôdaillait un peu
au-dessus des lignes. Soudain, le petit point noir
qu'on attendait : un avion boche. Le reste, c'était
une question de sport et de veine. Tout pouvait
être réglé en vingt minutes, retour au terrain compris. Alors, on laissait tout tomber. On ne prenait
même pas la peine de ranger son zinc au hangar.
On courait mettre ses belles frusques, et au trot
pour la gare dans une petite bagnole. Il m'est
arrivé, m'étant décidé à six heures du matin, de
me trouver à midi et demi, au bar de chez Pru-
nier, devant des huîtres.

— Oui, mais il devait y avoir des cas où le
Boche ne se laissait pas faire ?

— Naturellement. Vous aviez toujours la res-

source de foutre le camp avant qu'il vous ait accroché. La grande qualité dans ce métier-là, c'est
de savoir renconnaître tout de suite à qui on a
affaire, et de ne pas avoir d'amour-propre mal
placé. Jamais je n'ai engagé le combat avec un
avion que je supposais plus rapide ou mieux armé
que le mien. Comme ça, bien entendu, j'ai surtout à mon tableau des coucous plutôt inoffensifs,
et pas un seul avion de chasse. » Il indiqua la cicatrice de sa joue : « Ma seule blessure un peu
grave, je l'ai eue en cassant du bois au sol par
suite d'une fausse manœuvre. Mais on se fait tout
de même une petite réputation. Je ne suis pas
ambitieux.

Il parla de ses marraines. En ces temps fortunés,
où il avait le loisir d'entretenir une nombreuse
correspondance, et de caser de nombreux rendez-
vous à Paris, le chiffre de ses marraines s'était
élevé jusqu'à huit à la fois :

— Je ne savais plus que faire de leurs cadeaux.
J'en réfilais aux copains ; et d'abord à mes mécanos, ça se comprend.

A Verdun, la vie d'aviateur n'avait plus aucun
charme.

— On est un peu moins esclave que les fantassins, naturellement ; et moins mal logé. Mais à
part ça !...

Plus question de choisir son jour et son heure
pour une petite opération dont on aura tout le
profit. Des missions très dangereuses. dont le moment et l'objet vous sont strictement imposés. Ce
qui rendait la situation encore plus pénible, c'était
la supériorité que l'aviation boche avait acquise
depuis quelque temps :

— Nous n'avons rien que nous puissions opposer
à leurs Fokker à deux mitrailleuses. Mais comme
on ne veut tout de même pas leur laisser la maî-

trise du ciel pendant la bataille, et ça, notez-le, je
le comprends très bien, on nous oblige non seulement à soutenir le combat, mais même à l'engager, avec en mains des appareils qui ne sont
absolument pas de taille. Moi, par exemple j'avais
une escadrille de Nieuport de grande reconnaissance qui allaient pour cet usage-là. On me l'a
transformée en escadrille de combat. C'est très
flatteur, mais vous imaginez les conséquences. Moi,
j'ai encore eu assez de veine... je touche du bois.
Je n'ai perdu que deux appareils. Mais l'autre jour,
entre la Côte du Poivre et Douaumont, c'est-à-dire
dans un espace de quatre kilomètres, cinq Caudron
ont été abattus en flammes en quelques minutes.

A la sortie d'Ancemont, Geoffroy, qui venait de
remettre à son destinataire un des plis qu'on lui
avait confiés, dit au capitaine aviateur :

— Ça ne vous amuserait pas de voir tirer un 305
sur voie ferrée ? Il y en a un, tout près d'ici, qui
doit être en action.

Ce crochet ne faisait pas partie de l'itinéraire
de Geoffroy. Mais il prenait un plaisir d'enfant à
voir fonctionner ces instruments gigantesques ;
d'autant que le spectacle n'en était pas souvent
offert. Ce qui le ravissait plus que le reste, c'était,
au départ du coup, le recul énorme de la pièce
sur sa plateforme coulissante, puis son retour relativement lent et calmé à la position initiale.

Ils allèrent donc assister au départ de deux coups
de 305. La chose se faisait avec une certaine solennité. Le train était garé sur un épi de l'ancienne
voie de Saint-Mihiel à Verdun. L'officier qui le
commandait avait un air posé, parfaitement paci-
fique, d'ingénieur en uniforme. Sa vie de guerre
était pareille à celle qu'il aurait menée, s'il avait
dû construire un barrage en Haute-Égypte, ou per-
cer un tunnel dans les Andes : du grand air, des

machines magnifiques ; des problèmes simples mais
formant spectacle ; pas d'embêtements de bureau.
Il montra sur la carte sur quoi il tirait : un carrefour entre la Côte du Poivre et le Bois des Caures,
sur la route de Vacherauville à Ville, exactement
à l'intersection de cette route et d'un chemin à
un trait, un peu à gauche d'une cote 210 ; avec
une chance de prendre en enfilade un bon hecto-
mètre de la route. Des rassemblements et des passages de troupes considérables y étaient signalés
depuis la veille.

— ...par l'aviation, précisément » dit l'officier
du 305 avec une inclinaison de tête aimable vers
son collègue aviateur.

— Oui » dit Geoffroy, « il y a des grouillements
à l'arrière des lignes, sur tout l'ensemble du front
nord, des deux côtés de la Meuse... Ils doivent
préparer une nouvelle attaque... A combien tirez-
vous ?

— A 19 kilomètres 700. Ce matin j'ai tiré deux
coups à 19 kilomètres 600. J'ai un peu rallongé,
sur un rapport de l'aviation. Nous sommes obligés
d'avoir un tir très précis. Nos obus font si peu
d'éclats.

Geoffroy eut ainsi l'occasion d'admirer deux fois
le recul du monstre. Le capitaine aviateur, lui
aussi, déclara spontanément que dans toute l'opération c'était ce mouvement-là qui l'enthousias-
mait le plus, parce qu'on y sentait « une puissance
splendide ».

« Notre admiration » rêva Geoffroy en souriant
« contient sûrement quelque chose de sexuel. Sans
nous en rendre compte, nous sommes extasiés, en
tant que pauvres petits mâles, par un mouvement
que nous reconnaissons, mais qui s'effectue à des
dimensions surnaturelles ; et aussi par cet organe
miraculeux que sa détente formidable apaise, sans

l'abattre. » Mais il se garda bien de faire part de
cette songerie au capitaine aviateur.

Ils prirent congé ensemble de l'officier du 305,
en le remerciant ; et se quittèrent un peu plus
loin, fort bons amis.

Geoffroy ne fit qu'un passage très rapide à
Dugny, où maintenant il n'aimait guère s'arrêter.
Il prit le chemin de Vadelaincourt, qui était le
grand centre ambulancier de l'armée de Verdun.
Il devait y vérifier si certaines instructions, en-
voyées de Souilly quelques jours auparavant,
avaient été suivres d'effet ; et il en apportait de
nouvelles. Le Quartier Général, qui avait des raisons de craindre une très prochaine attaque allemande, donc une brusque recrudescence des pertes,
désirait que l'évacuation, vers l'intérieur, des
blessés en voie de guérison fût accélérée.

Geoffroy ne passa qu'une demi-heure à Vadelaincourt, qui était devenue une petite ville de
blouses blanches, d'ouate, et d'iodoforme.

En quittant Vadelaincourt par la route de Rampont, sa voiture dut freiner brusquement, pour ne
pas renverser un prêtre qui traversait sans précaution. Geoffroy, qui avait l'impression de l'avoir
déjà vu dans ces parages, lui fit à tout hasard un
petit signe de tête amical.

XXVIII

L'ABBÉ JEANNE ET LE GRAND BLESSÉ.
GERMAINE ET UN AUTRE BLESSÉ

L'abbé Jeanne se hâtait, parce qu'il venait de
recevoir un appel qui lui avait serré le cœur :

— A l'ambulance 2 de l'H. O. E. Gros, il y a un

grand blessé qui vous demande. Il a su que vous
étiez ici. Il dit qu'il a fait sa première communion
avec vous. Il est très gravement atteint aux deux
jambes. On va probablement lui faire l'amputation
double cet après-midi.

L'abbé Jeanne se dirigea vers le lit qu'on lui
indiquait. Il essaya de toutes ses forces de reconnaître le visage qu'il y avait là sur l'oreiller. Mais
c'était un visage d'un type parisien très courant,
et de ceux que l'âge adulte transforme en leur donnant une largeur, une carrure, où les traits de
l'enfant, dans ce qu'ils ont pu avoir de particulier,
ne se retrouvent presque plus. Une moustache
épaisse dissimulait la ligne de la bouche. Mais
qu'importait ! Il ne s'agissait pas de témoigner en
justice. On avait dit à l'abbé Jeanne le nom du
blessé : Devaux, Amédée. Ce n'était pas non plus,
pour le souvenir, un repère bien caractéristique.

L'abbé s'avança :

— Alors, Devaux, vous voilà ici ?

— Oui, monsieur l'abbé ; vous m'avez reconnu ?

— Bien sûr ! Je ne vous dis pas que vous n'ayez
pas changé. Mais je vous reconnais parfaitement.

— Moi aussi, monsieur l'abbé, je vous ai reconnu
tout de suite.

Devaux avait une voix presque normale ; un
teint animé.

— Et quelle année, déjà, avez-vous fait votre
première communion ?

— En 1899, monsieur l'abbé. J'ai vingt-sept
ans.

— ...1899 ?... peut-être bien... Vous avez de la
famille ?

— Je suis marié. J'ai deux enfants... Oh ! vous
m'auriez revu depuis, monsieur l'abbé, car je suis
resté pratiquant ; mais à ce moment-là, mes parents ont quitté Montmartre ; ils étaient crémiers,

vous vous rappelez peut-être ? Ils ont acheté un
petit fonds d'épicerie, rue Jeanne-d'Arc. Je ne
suis presque jamais retourné à Montmartre.

Ils parlèrent de Notre-Dame de Clignancourt,
du Montmartre de ce temps-là. Devaux conta qu'il
était devenu employé du gaz ; mais qu'auparavant, vers ses seize, dix-sept ans, il avait traversé
une crise de piété si forte qu'il avait sérieusement
songé à se faire prêtre.

— ... Oh ! un peu en souvenir de vous, monsieur
l'abbé.

— Vraiment ! » dit l'abbé, assez ému, en regardant plus attentivement ce visage si ordinaire.
« Vraiment... Je regrette bien en effet que nous
ne nous soyons pas revus... Mais maintenant que
je vous ai retrouvé, nous nous reverrons... quand
nous aurons repris l'un et l'autre la vie civile...
Moi, j'en serai très heureux. Ça, j'y tiens !

Tout en parlant, il se félicitait de la sérénité
morale, et de la liberté d'esprit qu'il croyait sentir
chez ce grand blessé, qui allait subir dans quelques
heures une opération peut-être mortelle, et, de
toute manière, affreuse.

Devaux changea de ton :

— J'ai voulu vous voir pour parler un peu. Je
me souvenais tellement de vous... Je ne sais pas si
on vous l'a dit, mais je suis perdu.

— Comment ! Mais on m'a dit tout le contraire.
On m'a dit qu'on allait peut-être vous opérer, mais
qu'en tout cas vous vous en tireriez certainement.

— Oh ! d'abord continuer à vivre avec les deux
jambes en moins, ça ne me tente pas.

— Mais vous allez peut-être les conserver, vos
jambes ! Le chirurgien fera l'impossible pour vous
les garder, soyez tranquille. Et vous savez, maintenant, la chirurgie fait des miracles. J'en constate,
de mes yeux, presque chaque jour.

— Non... je sais... Même pour ma femme, la pauvre, je ne la vois pas toute sa vie avec un infirme pareil...

— Votre femme vous aime, j'en suis sûr. Et elle préférerait mille fois vous conserver infirme... Vous n'en doutez pas ! Elle vous gronderait bien si elle vous entendait.

— D'ailleurs, ce n'est pas cela... Je voulais vous poser une question, à vous... Un autre me raconterait des boniments... Mais vous... Attendez... Ce n'est pas que j'aie besoin de réfléchir ; ça me trotte depuis assez longtemps dans la tête ; mais je cherche comment vous dire ça... Tout ce qui se passe est trop abonimable. Je sais ce que vous allez me dire : Dieu a voulu nous punir, ou nous mettre à l'épreuve... Les Boches aussi peuvent se dire ça... Bon, j'admets qu'il ait ses raisons de nous faire souffrir à ce point-là... bien que... enfin !... Mais je ne puis pas comprendre que ce soit un moyen de nous racheter que de nous obliger à faire le mal... Vous trouvez que c'est faire le bien, monsieur l'abbé, ce que nous faisons en ce moment, les Boches et nous ?

— Mon enfant, vous avez peut-être tort de comparer... de mettre sur le même plan... Vous, vous défendez votre patrie injustement attaquée...

— Monsieur l'abbé, vous savez bien que si c'était nous qui avions injustement attaqué les autres, je serais là tout de même ; et que vous me diriez aussi que je fais mon devoir.

— C'est qu'en effet c'est le dernier mot de la situation. Vous faites votre devoir.

— Oh ! moi, vous comprenez, monsieur l'abbé, je trouve bien que si je fais le mal dans la circonstance, j'ai des excuses... C'est de Dieu que je parlais.

L'abbé ne répondit pas tout de suite. La question

était de celles qui pouvaient le troubler. Ne se
l'était-il pas, malgré lui, posée bien des fois à
lui-même ? Lui non plus n'imaginait pas facilement le Christ mêlé à la conduite de cette affaire-
là... le Jésus de l'Évangile ne découvrant pas
d'autre méthode pour ramener les hommes au bien
que de les faire se massacrer mutuellement.

Devaux dit encore :

— Moi j'ai l'impression que Dieu n'y peut rien.

— Ne dites pas cela, mon enfant. Vous manqueriez de respect envers la Toute-Puissance de
Dieu... Mais dans votre pensée, il y a peut-être
quelque chose qui n'est pas faux... Oui, il n'est
peut-être pas absurde de supposer que, cette fois-
ci, Dieu s'est contenté, sans intervenir directement
lui-même, d'abandonner les hommes à leurs fu-
reurs... à leur nature, hélas !... Car il ne faut pas
oublier que Dieu a créé les hommes comme des
êtres libres. Pour punir les hommes, il n'a pas eu
besoin de décréter ces malheurs effroyables... Il
n'a eu qu'à se retirer et qu'à laisser faire les
hommes... Oui, je crois que c'est cela.

— Mais alors, monsieur l'abbé, quelle consolation nous reste-t-il ?

— Je me le suis parfois demandé, mon enfant...
ceci pour vous prouver que je ne vous parle pas
du bout des lèvres... Notre consolation, c'est de
penser que le Christ déteste sûrement la guerre autant que nous.

— Vous croyez ?

— Sûrement.

— Il n'est pas content, vous croyez, qu'on bé-
nisse des canons, des drapeaux ?... qu'on chante
des Te Deum ?...

— Je crois plutôt que cela l'impatiente un peu
et qu'il ne sera vraiment content que le jour de
la paix.

Cependant, Germaine et Mareil étaient assis tout près l'un de l'autre, elle en tenue d'infirmière, lui en uniforme de soldat de deuxième classe, avec la croix d'officier de la Légion d'Honneur, dans une petite maison de ce même Vadelaincourt, une charmante maisonnette d'angle, pareille à une auberge de poupée, où les infirmières avaient installé à leur usage ce qu'elles appelaient un salon de thé, et ce que l'autorité militaire dénommait une buvette coopérative de boissons chaudes.

— Alors » disait Germaine, « tu t'habitues ? Tu n'es pas trop éreinté ?

— J'avoue que c'est éreintant. C'est la trépidation du volant, au bout d'un certain temps, qui est épouvantable. Et aussi l'uniformité implacable de l'allure. Le pied s'ankylose à maintenir toujours exactement la même pesée sur l'accélérateur. Je t'ai dit que l'autre jour, mon camion ayant eu une panne, on a été obligé, pour qu'il n'encombre pas la route, de le jeter dans le fossé... Eh bien, c'était un soulagement.

Mareil, libre de toute obligation militaire, s'était engagé un mois plus tôt, exactement le 10 mars, dans les services automobiles, en spécifiant qu'il désirait être envoyé à l'arrière immédiat de Verdun, et autant que possible sur la fameuse Route. Lui aussi avait été saisi par l'émotion de Verdun, aspiré par Verdun. L'idée qu'il y retrouverait Germaine, infirmière depuis quelque temps au centre de Vadelaincourt, ou du moins qu'il se rapprocherait d'elle, et pourrait la voir de temps en temps, n'avait pas nui à sa décision.

— On est d'ailleurs très gentil pour moi » ajoutait-il. « On m'entoure de toutes sortes

d'égards. Je n'ai eu qu'à parler d'un peu de fatigue pour qu'on m'offre aussitôt deux jours de
repos.

Elle lui dit un peu plus tard :

— Il faudra que je te mène tout à l'heure auprès de cet officier canadien dont je t'ai parlé.
Il était sur la Somme. Mais il a voulu, à toute
force, venir à Verdun, se battre devant Verdun.
Sa blessure aurait pu être terrible. C'est un héros.
Lui prétend que c'est moi qui l'ai sauvé ; mais
ça !... Il t'intéressera beaucoup.

XXIX

AU P. C. DE BRIGADE.
LES PRISONNIERS POLONAIS

Vers dix heures du soir, Geoffroy, après avoir
longuement visité les nouvelles organisations des
Bois Bourrus, sur lesquelles il avait un rapport à
faire, et dîné avec l'officier qui commandait la position, décida, comme le lui avait conseillé Pétain, de gagner la région du Mort-Homme, et de
demander l'hospitalité pour la nuit à un P. C. de
brigade, en l'espèce le P. C. de la 84ᵉ. Il vit, sur
le plan du secteur, qu'il pouvait s'y rendre sans
difficulté par le boyau nᵒ 3. Il prévint par téléphone de son arrivé le général commandant la
84ᵉ brigade, qui se déclara enchanté de l'accueillir.

Le trajet prendrait environ une heure. La nuit
était d'une pureté magnifique avec une lune qui
touchait à son premier quartier, et, au point de
vue militaire, d'un calme absolu. Sur tout le par-

cours, Geoffroy n'entendit même pas deux coups
de feu.

Aussi marcha-t-il d'un bon pas régulier. Il était
à peine onze heures quand il atteignit le P. C. de
la 84ᵉ.

Le général le reçut avec beaucoup de cordialité,
et comme il n'ignorait pas entre les mains de qui
les résultats de l'enquête de Geoffroy étaient destinés à parvenir directement, il répondit de son
mieux à toutes les questions, et ne manqua pas
d'ajouter diverses remarques personnelles :

— A mon avis, ils préparent quelque chose de
ce côté-ci. Est-ce qu'ils viseront surtout le Mort-
Homme, qui les gêne évidemment beaucoup, ou
plutôt la cote 304, qui les gêne presque autant ?
Ou les deux ? Tout dépend de l'ampleur de l'effort qu'ils comptent fournir et de ce qu'ils ont
comme effectifs disponibles. En tout cas, ce que
je pense, et je ne suis pas le seul, c'est qu'après
s'être butés sur les défenses de la rive droite, ils
vont essayer de passer par la rive gauche, ne serait-
ce que pour prendre à revers nos batteries de
Vacherauville, de Marre, des Bois Bourrus, qui
les empêchent d'avancer comme ils veulent sur
l'autre rive... Quand risqueront-ils le coup ? Ça,
c'est difficile à prévoir. Mais, d'après les signes
que nous pouvons saisir, bientôt.

Là-dessus, il y eut un appel téléphonique. Le
général, qu'on avait prié de venir lui-même à
l'appareil, écouta assez longuement, répétant plusieurs fois :

— Bon, bon, c'est ça... Je les attends...

Il se retourna vers Geoffroy :

— Il paraît justement qu'on m'envoie deux prisonniers boches, dont un officier, qui viennent
d'être cueillis par une patrouille du 151ᵉ, et qui
ont fait des déclarations du plus haut intérêt. Ils

auraient parlé d'une attaque pour demain, avec
des précisions. Nous allons voir.

— Savez-vous s'ils ont été capturés malgré eux,
mon général ? ou bien est-ce qu'ils ont cherché
à se faire prendre ?

— Plutôt ceci... j'ai l'impression.

— Alors, cela donnerait du crédit à leurs
dires... Les veilles d'attaques sont des jours à déserteurs... Comme ils sont plus ou moins avertis,
surtout les officiers...

L'arrivée des deux prisonniers fut annoncée peu
après. L'officier qui les amenait entra d'abord.
C'était un grand diable de lieutenant de réserve,
dégingandé, avec des binocles, des cheveux trop
longs sur les oreilles. Il s'exprimait sur un ton
d'homme cultivé, mais très simplement, et avec
une tranquillité parfaite. On sentait qu'il eût parlé
de la même façon à Pétain, à Joffre ; et aussi à
l'un de ses poilus.

— C'est moi qui les ai ramassés, mon général.
Mais je n'y ai pas eu de mérite. Ils essayaient de
gagner nos lignes avec l'idée de se faire prendre.
Il y a un feldwebel et un simple soldat. Ils nous
ont donné des détails très intéressants, qu'il vous
répèteront, mon général, et que je ne crois pas
fantaisistes. Le feldwebel est quelqu'un d'instruit.
Il parle très bien le français. Maintenant je dois
vous dire une chose, mon général. Le colonel, chez
qui je les avais menés, a cru devoir, après les
avoir entendus, et tout en les remerciant des renseignements qu'ils apportaient, leur faire un ser-
mon très dur, en leur disant par exemple qu'il
les méprisait parce qu'ils étaient des déserteurs,
des lâches, et des traîtres à leur pays. Je lui avais
pourtant signalé, et je lui ai répété aussitôt, que
ces deux hommes étaient des Polonais, enrégi-
mentés par force dans l'armée prussienne, et que

leur premier soin, en se rendant à moi, avait été
de me dire qu'ils cherchaient depuis longtemps
à déserter par haine de l'Allemagne ; qu'ils s'y
étaient enfin décidés aujourd'hui, malgré de
grands risques, pour rendre service aux Français,
qui ont toujours été les amis de la Pologne, en
leur révélant le projet d'attaque. Le colonel n'a
pas eu l'air sensible à ces détails. Alors tout le
long du chemin, mes Polonais m'ont parlé avec
une grande amertume de l'accueil qu'ils avaient
reçu, et m'ont déclaré qu'ils regrettaient bien de
ne pas s'être livrés tout simplement sans ouvrir
la bouche. Voilà, mon général.

— Bien, bien... Merci... En effet, votre colonel
n'a peut-être pas été très adroit... Amenez-les moi.
Et restez avec nous, bien entendu.

Les deux prisonniers furent introduits. Le feldwebel, un petit homme trapu, à tête ronde, au
nez court, salua avec une correction rigide, mais
son visage semblait encore bouillir d'indignation.

— Vous comprenez le français, je crois ? » dit
le général, d'un ton très bienveillant.

— Moi, oui, mon général. Mon camarade comprend très peu.

— Cela ne fait rien. Nous nous expliquerons en
allemand s'il le faut. Je sais que vous êtes des
Polonais, et que c'est par sympathie pour la
France que vous avez franchi nos lignes, en nous
apportant des renseignements très utiles ; je vous
en remercie. Je donnerai des ordres pour que vous
soyez spécialement bien traités. La France et la
Pologne sont amies depuis des siècles.

Le feldwebel parut transfiguré, et demanda res-
pectueusement la permission de traduire à son camarade.

Puis l'interrogatoire commença. Le général,
Geoffroy, le lieutenant pratiquaient l'allemand

d'une façon très suffisante. Mais ils eurent peu à s'en servir.

Le feldwebel confirma ce qu'il avait dit précédemment, en y ajoutant quelques nouvelles précisions. Il avait réussi à se procurer le texte même de l'ordre d'attaque. Donc ses renseignements étaient tout à fait sûrs. La préparation d'artillerie devait commencer le lendemain matin à huit heures et atteindre une extrême violence. Tous les calibres seraient employés, ainsi que les torpilles, et même les projections de liquides enflammés à grande distance. L'attaque d'infanterie serait déclenchée à midi. Si elle échouait, la préparation d'artillerie reprendrait au besoin jusqu'au soir. Le feldwebel croyait savoir qu'une autre offensive serait lancée sur la rive droite en liaison avec celle-ci. En tout cas, pour l'unité dont il faisait partie, l'ordre était de s'emparer du Mort-Homme, coûte que coûte.

Il donna encore d'autres détails sur les effectifs, sur l'emplacement des unités, des réserves, des batteries. Les recoupements avec ce que l'on savait déjà prouvaient le sérieux de ses affirmations.

— Eh bien ! » dit le général à Geoffroy quand il eut congédié les deux prisonniers avec de nouveaux remerciements, « vous n'avez pas perdu votre temps en venant ici ce soir... Si vous voulez, comme il n'y a pas une minute à perdre, partageons-nous la besogne. Je vais alerter la division, et prendre de mon côté les mesures qui m'incombent. Vous, vous allez vous mettre en communication avec Souilly, n'est-ce pas ? Pensez-vous que vous aurez le général Pétain lui-même à cette heure-ci ?

— Je l'aurai certainement.

— Tâchez qu'il nous aide le plus possible, parce que ce sera dur !... Et ma brigade a déjà telle-

ment trinqué ! Ce qu'il y a de terrible » ajouta-
t-il avec une soudaine tristesse, « c'est que je viens
de recevoir des tas de pauvres petits de la classe
16... Ils n'ont jamais vu le feu... Pour l'instant,
ils sont en réserve... Mais... Pourvu que je n'aie
pas à les faire marcher demain !

XXX

CONTRE-ATTAQUE AU MORT-HOMME

A 13 heures, il courut une bonne nouvelle dans
les compagnies qui se trouvaient en réserve, sur
les pentes en face du Mort-Homme, à l'ouest du
P. C. de brigade :

— L'attaque boche est enrayée.

En effet, le bombardement avait cessé, d'une
manière brusque. Et il n'y avait pas lieu d'y voir
le présage d'un nouvel assaut, puisqu'au moment
où l'infanterie allemande était sortie de ses tranchées, à midi juste, son artillerie, bien loin de se
taire, avait donné plus furieusement, en se con-
tentant d'allonger le tir. Du coup, Wazemmes, qui
depuis le milieu de la nuit, était passé par des
émotions très variées, en connut une de plus. Elle
était faite d'une joie profonde qui ne s'avouait
pas, et d'un brin de déception, qui s'affichait :

— Hein ? C'est vexant » dit-il à ses jeunes camarades de la classe 16. « Qu'est-ce qu'on leur aurait passé !

D'ailleurs, son brin de déception était véritable.
Puisqu'on aurait évidemment à s'offrir ça, tôt ou
tard, autant valait tout de suite : Wazemmes se

sentait dans les meilleures dispositions possibles, plein d'excitations encore toutes neuves.

Mais quel début de journée ! Vers minuit, alors qu'on pionçait à poings fermés, l'alerte : « Il paraît que les Boches attaquent demain. Comme nous sommes en réserve, vous pouvez laisser les petits se rendormir » (les petits, c'étaient ceux de la classe 16, incorporés au régiment depuis quinze jours) « après que vous aurez vérifié qu'ils sont fin prêts ; mais tous les anciens veilleront, et tous les gradés naturellement. » A sept heures, tandis que Wazemmes, son fusil entre les jambes, croulait de sommeil contre une encoignure de terre, on l'avait secoué par les épaules :

— Hé ! le lieutenant vous appelle.

Le lieutenant, commandant la compagnie, arrivé au régiment quelques jours avant Wazemmes, était un très jeune officier, ruisselant aux yeux de Wazemmes de toutes les sortes de prestiges, le comte Voisenon de Pelleriès, Saint-Cyrien de la promotion 14, un de ceux qui étaient entrés dans la guerre avant d'entrer à l'Ecole (ils n'avaient même pas passé l'oral du concours) ; un de ceux qui étaient morts en si grand nombre « avec les gants blancs » durant le premier hiver. Le comte de Pelleriès était un jeune monsieur mince, pas très grand, d'une élégance raffinée, même dans la tranchée, avec de beaux yeux gris, une trace de moustache châtain clair, une voix d'une affabilité si cordiale qu'elle en devenait par moments tendre et chaleureuse. Il semblait envelopper chacun de ses hommes de confiance et d'affection. Il avait été blessé trois fois, dont une gravement. De l'avant-dernière de ses blessures, il avait gardé une trace de boîterie — toute provisoire, affirmait-il — qu'il dissimulait avec grâce.

— Mon cher Wazemmes » déclara-t-il, « j'ai su

que vous aviez été caporal, naguère. J'ai le plaisir
de vous annoncer que sur ma demande vos galons
vous sont rendus. Votre escouade sera composée
uniquement de petits de la classe 16. Vous aurez
probablement à les conduire au feu dans la journée qui vient. Je sais que vous êtes un brave à
toute épreuve. Vous leur donnerez certainement
le meilleur exemple.

Et il avait tendu la main à Wazemmes, en la
secouant comme celle d'un vieil ami.

A huit heures, « Boum, branranran, bang,
bang... » Wazemmes, ivre d'insomnie, ivre de
gloire, passa son temps à se promener parmi « ses
hommes » :

— Ça, c'est un 77... ça, là-haut, vert et jaune,
ce sont des 105 fusants... Ces bruits-là ?... eh bien,
ce doit-être des crapouillots qu'ils envoient sur les
premières lignes.

Les pauvres petits étaient à la fois ravis et dé-
vastés, tour à tour roses d'émotion et verts de peur.
Comme le bombardement, tout en étant d'une
extrême violence, ne s'abattait pas de leur côté,
ils se rassurèrent peu à peu, et plus d'un finit par
se dire que cela faisait en somme plus de bruit
que de mal. Sans vouloir leur enlever entièrement
cette illusion, les gradés leur répétaient divers con-
seils sur la façon de se comporter, avec le moins
de risques, en terrain découvert.

Le renseignement des prisonniers polonais s'était
montré parfaitement exact en ce qui concernait
la préparation d'artillerie. L'on était donc persuadé qu'il se vérifierait aussi quant au reste, et
l'on attendait pour midi le déclenchement de
l'assaut.

Vers onze heures et demie, le comte de Pelleriès
avait rassemblé les petits de la classe 16, et au
grand étonnement de plus d'un, dont Wazemmes

lui-même, leur avait tenu en substance, de sa voix
aimable et raffinée, le discours suivant : « Mes
chers amis, nous allons probablement participer à
l'action. Ce n'est pas nous qui recevrons les premiers les vagues d'assaut allemandes » (jamais
le mot : boche n'était sorti de ses lèvres) « mais
comme il se peut que nos camarades des premières
lignes soient obligés de céder un peu de terrain,
nous aurons en ce cas ou bien à barrer la route à
l'assaillant, ou bien à contre-attaquer pour reprendre les ranchées perdues. S'il faut faire une
contre-attaque, nous irons avec courage, n'est-ce
pas, mes amis ? Nous sommes les soldats de la
République. Nous sommes ici pour défendre Verdun, parce que la chute de Verdun pourrait en-
traîner la défaite de la France. Nous ne voulons
pas que notre pays, qui est une démocratie, qui
est une république d'hommes libres, soit vaincu
et asservi par les gens d'en face, qui ne sont pas
des hommes libres, qui sont encore soumis à des
féodaux. Non loin d'ici, à Valmy, il y a un peu
plus de cent vingt ans, vos ancêtres ont repoussé
les étrangers qui venaient pour écraser la Grande
Révolution Française. Un de mes ancêtres, le comte
Voisenon de Pelleriès, y était aussi, avec le grade
de capitaine. Il n'avait pas émigré... Alors, quand
nous nous élancerons tout à l'heure, je vous deman-
derai, mes amis, de crier d'abord avec moi :
« Vive la nation ! Vive la République ! » comme
nos ancêtres l'ont crié à Valmy, et ensuite d'avancer vers l'ennemi en chantant la Marseillaise. »

En cinq minutes, les convictions politiques de
Wazemmes avaient subi un renversement radical.
Et comme déjà le portrait de Mlle Anne de Montbieuze avait été remplacé sur son cœur par celui
d'une charmante dactylographe sans convictions
politiques marquées, mais plus probablement de

gauche, dont il avait fait la connaissance le soir
du 2 avril, il n'eut aucune peine à se sentir soldat
de Valmy et caporal républicain.

Soudain, une rumeur passa :

— Il paraît que nous allons contre-attaquer. Les
Boches ont encore avancé. Ils vont descendre de
ce côté-ci du Mort-Homme... Les chasseurs ont
perdu des tranchées... C'est nous qui devons les
reprendre.

Puis il y eut un temps d'une longueur infinie.
Le bombardement, qui avait repris, s'éparpillait
maintenant de tous les côtés. Les obus, avec tous
leurs noms, avec tous ces chiffres magiques et gla-
çants qui leur servent de noms, avec leurs bruits
qui ne se ressemblent pas mais où l'on se perd,
avec leurs fumées qui diffèrent aussi comme les
champignons vénéneux, avec leurs odeurs qui se
mélangent toutes, vous donnaient l'impression
qu'ils éclataient en même temps dans les airs, dans
la terre, dans l'intérieur de votre ventre. Et ce
triste, triste pays devant vous, qu'on aperçoit par
une petite brèche du parapet (bien défendu surtout de passer la tête en-dessus). Ce triste pays,
malgré le soleil, tout nu, tout grisâtre ; qui s'en
va devant vous vers l'ennemi en faisant des ondulations très lentes. C'est là en face qu'il faudra
monter. Là où le sol est à chaque instant arraché
par un obus. Et la fumée sort du sol, comme si un
crochet, coup après coup, tirait la laine d'un matelas. Et il faudra marcher tout le long de cette
pente perforée par les obus, ratissée par les mitrailleuses. Pourvu que cela n'arrive pas ! Pourvu
que l'ordre de partir ne vienne jamais ! Il y a des
choses comme cela, des chances de la dernière

minute. Que les Boches, trop épuisés, ou trop marmités par notre artillerie (car elle tape dur notre
artillerie, les 75, les 155, et le reste) se mettent à
reculer tout seuls. Ou que les chasseurs aient
l'amour-propre de vouloir reprendre eux-mêmes
les tranchées qu'ils ont perdues. Ou que, pour une
raison ou une autre, le commandement change
d'avis... Pétain, ça se sait, ne veut pas qu'on sa-
crifie les hommes.

Alors, on voit le lieutenant Voisenon de Pelleriès enfiler ses gants, lisser son peu de moustache.
Il tire son épée (car, depuis ce matin, il a mis
son épée) ; il crie, de sa voix courtoise :

— Mes amis, c'est à nous !

Puis, en franchissant le parapet :

— Vive la nation ! Vive la République !

Les petits crient, comme on crie dans les rêves,
sans être bien sûrs que le son réussit à sortir. Ils
s'élancent, assez facilement, parce que le but est
encore très loin, et que la mitraille ne se concentre
pas encore sur eux. Le lieutenant entonne la Marseillaise. Alors, ils font leur possible pour chanter
la Marseillaise. De temps en temps, interrompant
la Marseillaise, le lieutenant leur crie :

— Faites comme moi ! Couchez-vous.

Lui ne se couche qu'à moitié ; il les surveille
du coin de l'œil. Eux se couchent tout à fait.

Quelques-uns commencent à tomber. Les camarades, parfois, ne s'en aperçoivent pas ; parfois,
les regardent tomber ; mais sans tout à fait y
croire. Ils retrouvent un vers de la Marseillaise ;
ils le crient au petit bonheur. Ils ne savent pas
si c'est le même que chante le lieutenant ; le
même que crient les camarades.

— Attention, mes amis. Il y a un barrage d'artillerie à traverser... Faites comme moi... Courbez
le corps tant que vous pouvez, et jetez-vous à toute

vitesse... Ne vous couchez de nouveau que cinquante mètres plus loin.

Wazemmes ravale le morceau de Marseillaise qui
lui tournait dans la gorge pour répéter à « ses
hommes » :

— Faites comme moi !... A toute vitesse...

Il se lance lui-même, le plus courbé qu'il peut,
mais aussi le plus vite qu'il peut. Le bruit est
épouvantable.

— Ho !

Il n'a même pas une seconde pour se dire qu'il
vient d'être touché, qu'il souffre affreusement, et
que c'est fini.

XXXI

ORDRE DU JOUR

— Voilà » dit Pétain à Geoffroy, la feuille manuscrite encore toute fraîche entre ses doigts,
« Faites-le transmettre tout de suite à toutes les
unités... J'aurais voulu mettre un mot spécialement pour les petits de la classe 16... Mais j'ai eu
peur de trop faire pleurer les parents... Vous savez
combien il en est arrivé à la tranchée des chasseurs ? oui, sur les deux compagnies qui menaient
la contre-attaque : dix ! vous entendez, dix ! Il
paraît que de Pelleriès a été sublime. Il leur a fait
chanter la Marseillaise. Il a été tué au milieu de
la pente. Je vais lui faire donner la croix à titre
posthume.

Geoffroy prit le papier, et lut, dans l'écriture
un peu grande et anguleuse du général — où l'on
ne sait quoi aussi de féminin se laissait voir au

mouvement de certaines lettres — (l'encre des
dernières lignes était encore humide) :

Aux troupes de la IIe Armée

Le 9 Avril est une journée glorieuse pour nos
armes

Les assauts furieux des soldats du Kronprinz ont
été partout brisés

Fantassins, artilleurs, sapeurs, aviateurs de la
IIe Armée ont rivalisé d'héroïsme

Honneur à tous !

Les Allemands attaqueront sans doute encore.
Que chacun travaille et veille pour obtenir le
même succès qu'hier

Courage... on les aura !

PH. PÉTAIN.

« Pas mal, ce texte, décidément » se disait
Geoffroy en redescendant l'escalier. « Dommage
que ce ne soit pas le dernier ordre du jour de la
bataille de Verdun ! »

Il franchit le vestibule, passa le seuil. La Route
grondait devant lui, toujours semblable à elle-
même, avec sa double chaîne de camions.

FIN

RESUME

Le matin du 21 février 1916. Gastaldi, Mazel et Raoul, surpris par le bombardement, se réfugient dans un abri. — Pierre Lafeuille, en mission sur le front nord, assiste au début de l'affaire et s'efforce de communiquer avec l'État-Major. — Le commandant Plée refuse de croire à la gravité des événements. — L'ordre général n° 15 et son post-scriptum. — Raoul dans le coma. — Une compagnie, qui a manqué la relève, ressasse son amertume sous les marmites. — On supplie l'artillerie de tirer. — Bref répit à l'Herbebois. Le commandant Plée y trouve un argument. — Les nouvelles de Verdun arrivent au G. Q. G. Le communiqué de 15 heures. — Les survivants des premières lignes voient monter l'infanterie allemande. L'artillerie reste muette. — Gastaldi et Mazel son faits prisonniers. — L'adjudant Vigaud organise la résistance à T. 18, puis à T. 22. — Bataille dans la nuit. — Parlote au Q. G. de Dugny. L'ordre général n° 15 est mis en application, avec un délai.

Duroure écoute dans le lointain le bombardement de Verdun. Il prend ses précautions à l'égard des exigences éventuelles du G. Q. G.

Le régiment de Jerphanion quitte Pagny. Les étapes ; les acclamations dans les villages : Lisse, Possesse. Conversation avec d'autres officiers qui apportent des nouvelles de la bataille. Pétain a pris le commandement. — Givry et Triaucourt. L'encombrement des routes. Dans les ruines de Beauzée. Le ballet stratégique. — La journée du 9 mars : le 151e continue sa marche sur Verdun. La neige ; la cohue contradictoire ; les

réfugiés. Amertume de Griollet. — Verdun en flammes ; l'étape.
— Montée nocturne vers le ravin d'Haudromont.

Haverkamp traite une affaire de grenades avec le contrôleur
Cornabœuf. Haverkamp depuis la mobilisation. L'usine de
Limoges ; les premières affaires de chaussures ; les ceinturons ;
les peaux de mouton. Pudeur localisée d'Haverkamp. Ni mercanti ni margoulin. Début dans les grenades. — Wazemmes
a fait l'expérience de la gloire ; sa blessure. Il se fait verser
dans l'Intendance.

Un zeppelin démolit la maison du général Duroure. Le
lieutenant-colonel G., occupé par l'armée de Verdun, apprend
l'événement sans beaucoup d'émoi. Duroure vient se plaindre
à Chantilly.

Jerphanion, en permission, retrouve Jallez. Promenade sur
les Boulevards. Jallez et la cordonnerie. L'utilité des mains
pures. Jerphanion parle de sa vie à Verdun. Les jours de
famine. Les sentiments des combattants ; comment ils sont
devenus des « guerriers ». Il y a peu de victimes innocentes.
Ils longent la Seine. Le rôle et les modes de la contrainte
sociale. A quoi sert le fatalisme. Les femmes et la guerre.
Il y a celui qui se dit : « ... ».

Wazemmes est reversé dans le service armé. Son échange
de lettres avec Mlle Anne de Montbieuze. — Quinette dans le
métro. — Edmond Maillecottin tourne des obus. Georgette lui
confectionne de bons petits plats. Quelques ennuis de conscience.
Romuald métallurgiste Histoires d'allocation.

Geoffroy est envoyé par Pétain en différents points du front
de Verdun. Il voyage avec un capitaine aviateur. La grosse
pièce. L'abbé Jeanne cherche des excuses à Dieu. Germaine et
Mareil se retrouvent à Vadelaincourt. Le blessé canadien.

Geoffroy au P. C. de la 84e brigade. Interrogatoire de deux
prisonniers polonais. — Au Mort-Homme, avant la contre-
attaque. Le comte de Pelleriès. Il fait un petit discours. La
contre-attaque et le barrage. Wazemmes meurt en chantant la
Marseillaise. — Pétain adresse un ordre du jour à l'armée de
Verdun.

INDEX DES PERSONNAGES
Deuxième série.

L'index relatif aux dix premiers tomes figure à la fin du tome X : *Les Pouvoirs*. Le présent Index concerne les Tomes XI, XII, XIII, XIV, XV et XVI.

Note concernant l'usage de l'Index :

Les chiffres romains renvoient au tome.

Les chiffres arabes gras renvoient au chapitre.

Les petits chiffres arabes renvoient à la page.

S'il n'y a pas *mention de page*, c'est que le personnage est intéressé par *l'ensemble* du chapitre indiqué.

Quand un chapitre ou une page sont indiqués *entre parenthèses*, c'est qu'il y est question du personnage sans que lui-même soit présent à l'action.

Exemples :

I, **10.** Se reporter au chap. 10 du Tome I, où le personnage joue un rôle important.

I, **18**, 194. Se reporter à la page 194 du Tome I (chap. 18), où le personnage paraît d'une façon incidente.

II, (**11**). Se reporter au chap. 11 du Tome II, chapitre qui dans son ensemble intéressé le personnage sans que lui-même soit présent.

II, **15**, (182). Comme ci-dessus, le personnage n'étant intéressé que par la page 182.

Pour les principaux faits, le renvoi est précédé d'un rappel sommaire du fait.

Ne sont pas relevés dans l'Index les noms propres étrangers à l'action, et appelés à le demeurer.

— *Marié avec Mathilde, XIV*,
18, (169). — XIV, **19**, (187).
— *Parle de Laulerque avec
Mathilde ; pense à la Franc-
Maçonnerie*, XIV, **22**, 231-
233. — *A la butte de Vauquois*, XV, **9**. — *Reçoit an
ordre inéxécutable ; ses déchirements de conscience ; Imbard le
tire d'affaire*, XV, **19**. — *A
Vauquois, à la veille de Verdun*, XV, **24**.

CLANRICARD (Mathilde), *née* CA-
ZALIS (voir à ce nom), XIV,
19, (187). — XIV, **22**, 231-
232. — XV, **9**, (103).

CLAUDE, XI, (**18**). — XI, **20**,
(202). — XI, **31**, (299). —
XII, **15**, (155).

CLAUDEL (Paul), XII, **16**, (165).

CLÉDINGER (Commandant), XV,
11, (130). — XV, **21**. — XV,
24, 288-289. — XVI, **11**. —
XVI, **20**.

CLEMENCEAU (Georges), XI, **14**,
(143). — XI, **16**, (147). —
XIII, **20**, (190).

CLISSON (Odette), *Jerphanion
parle d'elle à Jallez*, XIV, (**3**).
—XIV, **9**, (70-71). — Voir à
JERPHANION (Odette).

COCHIN (Denys), XIII, **1**, (14).
— XIII, **2**, (19).

COLLÈGUE DE JERPHANION (un),
XIII, **14**, (125).

COMMIS DES GALERIES DE L'O-
DÉON (le), XI, **29**, (283-284).

COMPAGNE DE QUINETTE (une),
dans le métro, XVI, **25**, 242.

CONCIERGE DES PARENTS DE
JALLEZ (la), XI, **8**, (71-72).

CONCIERGE DU 142 *bis*, FAU-
BOURG SAINT-DENIS (la), XIV,
(**17**).

CORNABŒUF (le contrôleur), *dé-*

jeune avec Haverkamp, XVI,
16. — XVI, **18**, (176-177).

COSMET (capitaine), XVI, **10**,
74-76.

COTIN (sous-lieutenant), XV, **6**,
(73). — XV, **6**, (87-88). —
XV, **8**, (91). — XV, **10**,
(120). — XV, **22**, (264). —
XV, **24**, 286. — XVI, **13**.
— XVI, **14**, 132.

COTINESCU, *au dîner chez les
de Fontmonge ; ses anecdotes*,
XIII, **20**. — XIII, **23**, (208).

COUREUR (un), XVI, **4**.

COUREUR (un autre), XVI, **8**.

COURSON (François), XI, **14**,
(138). — XII, **21**, (221, 223).
— *Entretient Manifassier des
affaires de Rome*, XII, **23**.
— XIII, **1**, (5, 7). — XIII,
5, (41). — XIII, **16**, (131).
— XIII, **17**, (142, 147). —
XIV, **6**, (36).

COURTELINE (Georges), XI, (**15**).
— XI, **16**, (148).

COUSIN DE MARGARET (le), XI,
(**6**). — XI, **7**, (67).

COUTURIÉRE DE LA CELLE (la),
XIII, **27**, (264).

CROUZIOLS (Pierre, dit Pierre de
Lherm), *le personnage, sa vie,
ses soucis, ses rêves ; l'intérêt
qu'il porte au mariage de son
nevcu*, XIV, **9**. — XIV, **27**,
294. — XV, **8**, (101).

CURÉ DE BACONNES (le), XV,
10, (122-123).

CURÉ DE TRIAUCOURT (le vieux),
XVI, **12**, 105-107.

CUSTODE DE L'ARCHIVIO SE-
GRETO (le), XIII, **19**, (176).

DAME DE MONTE-CARLO (la
vieille), XI, **23**, (228). — XI,
31, (293).

DANIEL (abbé), XIV, **22**, (223).

TABLE DES MATIERES

WELLS BINDERY
WALTHAM, MASS.
DEC. 1945